MICHAEL BOENKE

Gott'sacker

IM ZEICHEN DES KREUZES Ein heißer Sommer in Oberschwaben. Daniel Bönle, Lebenskünstler und »Mädchen für alles« in der Kirchengemeinde eines 800-Seelen-Ortes am Rande des Pfrunger-Burgweiler Rieds, will eigentlich nur eine entspannte Ausfahrt mit seiner Harley Davidson unternehmen, als er in einer zerfallenen Kapelle auf eine Leiche stößt. In ihrem Schädel steckt ein gusseisernes Kreuz. Die Angst geht um im Dorf, denn kurze Zeit später wird auch noch ein Schäferhund, zur Hälfte verscharrt und mit einem Kreuz im Maul, entdeckt.

Weder Kommissar Härmle und seine attraktive Assistentin noch Daniel und sein Freund Deodonatus Ngumbu, der aus Nairobi stammende Pfarrer der kleinen Gemeinde, können sich zunächst einen Reim auf die mysteriösen Vorfälle machen. Doch dann überschlagen sich die Ereignisse und Daniel Bönle hat plötzlich mehr mit dem Fall zu tun als ihm lieb ist …

Foto: Andreas Gruber

Michael Boenke wurde 1958 in Sigmaringen geboren und lebt heute im Oberschwäbischen Bad Saulgau. Er absolvierte ein Studium der Germanistik und Katholischen Theologie. Seit 2002 ist er Mitarbeiter am Institut für berufsorientierte Religionspädagogik der Universität Tübingen. Nach Veröffentlichungen als Schulbuch-, Sachbuch- und Kinderbuchautor gibt der begeisterte Harley-Fahrer mit dem Krimi »Gott'sacker« sein Romandebüt.

MICHAEL BOENKE

Gott'sacker

Kriminalroman

Original

GMEINER

Personen und Handlung sind frei erfunden.
Ähnlichkeiten mit lebenden oder toten Personen
sind rein zufällig und nicht beabsichtigt.

Besuchen Sie uns im Internet:
www.gmeiner-verlag.de

Im Ehnried 5, 88605 Meßkirch
Telefon 0 75 75/20 95-0
info@gmeiner-verlag.de

1. Auflage 2010

Lektorat: Claudia Senghaas, Kirchardt
Herstellung / Korrekturen: Katja Ernst / Doreen Fröhlich,
Sven Lang, Susanne Tachlinski
Umschlaggestaltung: U.O.R.G. Lutz Eberle, Stuttgart
unter Verwendung eines Fotos von Michael Boenke
Druck: Fuldaer Verlagsanstalt, Fulda
Printed in Germany
ISBN 978-3-8392-1046-8

Für Kathrin,
Johannes Gabriel
und Judith Gabriela.

Danke, Charlotte.

Hitze flirrt über dem Ried,
der Gräber sucht den Ort,
er findet die heilge Stätte
und singt sein Lied,
er flucht das schändliche Wort.

Er hebt den Spaten,
stark sticht er das Grab,
und legt *es* hinein,
gebettet zur ewigen Ruh,
keiner kann die Stätte raten,
sie ist der Seele Lab.

1

Die Eingeweide verschmierten sich zu einem gelblichweißen Brei, der mir das Sehen erschwerte. Mit meinen schwarzen Lederhandschuhen versuchte ich die zäher werdende Masse zu beseitigen. Aber das Geschmiere wurde nur noch schlimmer.

Ich beschnitt den Vorwärtsdrang meiner nachtschwarzen Harley, indem ich die rechte Hand vom Gas nahm. Die Bremswirkung des schweren V-Motors ließ mich auf der schmalen Straße ausrollen. Das Visier nach oben – wieder freie Sicht.

Gottverdammte Drecksviecher.

Ich manövrierte das schwere Eisen rechts auf den unbefestigten Rand der Straße.

Die Augustsonne versetzte mir einen sanften Schlag auf den Kopf, als ich den Helm abnahm. Der Geruch von heißem Motor, Straßenhitze und Gras – und noch irgendetwas anderem stieg in meine Nase. Mit einem zerknüllten Papiertaschentuch aus meiner Lederjacke und viel Spucke versuchte ich, die Überreste des geborstenen Insektes von meinem Visier zu entfernen. Den krustigen Chitinpanzer zog ich vorsichtig mit dem Fingernagel meines Daumens vom empfindlichen Sichtschutz. Aus den Fragmenten des gesplitterten Chitinpanzers, die grünlich in der Sonne schillerten, schloss ich, eine Schmeißfliege vom fliegenden in den endgültig statischen Zustand gebracht zu haben.

Jetzt erst fiel mir auf, dass die stehende Hitze nicht nur vom Musizieren der Grillen erfüllt war; eine eintönige an- und abschwellende Melodie des Summens bildete die

Bassbegleitung. Über der einsamen Riedstraße zeichnete die Hitze eigenartige Schlieren in die Luft. Von der heißen Straße schlug der Geruch von Teer in mein Gesicht, vom Dorf her roch es nach Mist. Dem ländlich-olfaktorischen Gemenge schien aber noch etwas anderes beigemischt, wellenartig trug mir die heiße Luft einen süßlich widerlichen Geruch zu. Wäre nicht das Summen gewesen, hätte ich bestimmt schnell wieder das vor Hitze tickende Motorrad bestiegen und wäre weitergefahren, um mir etwas Kühlung durch den Fahrtwind zu verschaffen.

Jetzt sah ich es. Direkt neben der halb zerfallenen Kapelle, die schief auf riedigem Boden stand, manifestierte sich das Summen in einem dunklen Schwarm fetter Fliegen. Sie schienen in einem konzertanten nervösen Luftreigen um die Kapelle herumzutanzen. Neugierig ging ich näher an das baufällige Gotteshäuschen heran.

Ich wohne schon so lange auf dem Land, dass mir der Geruch, der jetzt noch dichter von der Kapelle herübergetragen wurde, nicht fremd war.

In der Stadt riecht man es nicht, dort werden überfahrene oder sonst irgendwie zu Tode gekommene Tiere sofort von der Stadtreinigung weggeräumt. Ein totes Tier ist nicht gut für den anwachsenden Städtetourismus.

Nicht so auf dem Land, vor allem nicht hier an dieser Straße, wo man noch stundenlang warten kann, bis ein Auto vorbeikommt.

Der Geruch war eindeutig der des Todes. Irgendein Tier musste hier schon etwas länger neben der alten Kapelle in der Sonne liegen. Ein Tier, das mit Sicherheit nicht mehr lebte.

Wie hatte der Freiburger Professor Schlesinger in seiner Vorlesung für die Erstsemester ›Post mortem est ante mortem‹ gesagt: »Vergessen Sie das mit dem Puls – erst wenn Sie den Tod riechen …« Und jetzt roch ich ihn in seiner ekelhaftesten Art.

Vielleicht ein Reh, für eine Maus braucht es nicht so viele Fliegen.

Durch das hohe Gras lief ich auf dem weichen Boden zur Schattenseite der Kapelle. Aus dem Geruch wurde Gestank. Ich atmete durch den Mund und versuchte, meine Nase aus dem Atmungsprozess auszuschließen. Die Fliegen schienen mein Eindringen in ihren Bereich übel zu nehmen. Einige der grünlich schimmernden Insekten versuchten auf meiner schweißnassen Stirn zu landen.

Ich lebe doch noch – bestimmt der Knoblauch, … Spaghetti aglio olio …

Dies, eines meiner Leibgerichte, da schnell zubereitet und von exzellentem Nährwert, hatte ich mir gestern Abend zubereitet. Und mit Knoblauch gewiss nicht gespart. Der Gedanke an das feine Pastagericht zauberte mir ein retrospektives Lächeln ins Gesicht, das jedoch durch einen Atemfehler jäh wieder verschwand und einem Gefühl schlagartiger Übelkeit Platz machte. Ich würgte, schluckte und dachte schon daran, wieder umzukehren, als ich den Schuh auf der Erde liegen sah. Es war bei Gott kein schlechter Schuh, kein italienischer Schick, aber solides Wanderwerkzeug aus braunem Leder. Und lange lag der bestimmt nicht.

Ein zweiter wäre nicht schlecht – auch zum Motorradfahren gut geeignet.

Ich hob das lederne Laufutensil vorsichtig vom Riedboden auf, ließ es aber schnell wieder fallen, als ich die gelblichweißen Maden auf der Erde sah, die mich mit ihren schwarzen punktförmigen Augen missachteten.

Pfui Teufel, hier hat wohl jemand seinen Müll entsorgt – inklusive Schlachtabfälle.

Meine Neugierde musste nun gestillt werden und ich lief zur Südseite der Kapelle zum Eingang, denn dort schien der Gestank als greifbare Wolke in der Luft zu hängen.

Und von dort kam mir auch die Prozession entgegen. Es sah eigenartig aus, hintereinander in einer Linie zogen sie mir entgegen, obwohl sie langsam waren, schien es mir, als ob sie es eilig hätten. Auf dem Boden krabbelte eine weiße Prozession des Todes. Hunderte von Maden verließen die Kapelle durch die Tür, die einen Spalt geöffnet war.

Vorsichtig schaute ich durch den Spalt zwischen Holztür und Mauer, bis ich den Ausgangspunkt ihrer Wanderung entdeckte: Das Entsetzen entlockte meinen trockenen Stimmbändern ein knarziges »Heilandzack!«.

Was da auf dem Boden der zerfallenen Kapelle durch den engen Ausschnitt der Tür zu sehen war, war ein Mensch – gewesen. Das Gebrumme, die Hitze, der Gestank, alles war mir plötzlich unerträglich. Schnell drehte ich um, ohne die Kapelle zu betreten, und stolperte über alte Backsteine und rannte wenige Schritte weg vom Gemäuer. Dann drehte ich jedoch um und ging, widerlich vom Unfassbaren angezogen, noch einmal zum Eingang, zur alten Holztür, die schief in den Angeln hing. Ich zog meine kleine Digitalkamera aus der Tasche und hielt sie, ohne mir das makabre Bild live anzuschauen, so weit wie möglich zum Türspalt hinein, ohne den Raum betreten zu müssen. Ich bewegte die Kamera in meiner Hand in alle Richtungen und schoss so einige Bilder von dem, was ich nicht sehen konnte und wollte. Immer wieder drückte ich den Auslöser und benutzte die Zoom- und Weitwinkelfunktion meiner Kamera.

Dann entfernte ich mich vom süßlich tranigen Geruch des Todes und vom unaufhörlichen Summen der fetten Fliegen, die einen Kinderhort für ihren madigen Nachwuchs suchten. Ich drehte mich noch einmal kurz um und machte ein paar Fotos vom windschiefen Sakralhäuschen. Romantisch, wie es hier mitten im Ried, nur 20 Meter von der sanierungswürdigen Landstraße entfernt, dem langsamen Verfall preisgegeben war. Ohne das widerlich süße Parfum des Todes, ohne den makabren Inhalt – eigentlich ein schöner Ort für ein Schäferstündchen. Bis jetzt war ich immer nur daran vorbeigecruist, hatte es in seiner schiefen Architektur eher belächelt. Plötzlich hatte ich einen sakralen Respekt vor diesem Gebäude. Und das nur, weil die kirchliche Form und der modernde Inhalt für mich nicht mehr korrespondierten.

Als ich meinen Helm sah, dessen Visier immer noch leicht verschmiert war, musste ich mich neben meinem Motorrad übergeben. Ich ahnte, welche letzte Mahlzeit das Insekt zu sich genommen hatte, bevor es durch einen Zusammenprall mit meinem Visier schlagartig vom Leben zum Tode geführt wurde. Und ich hatte es mit meiner Spucke und meinem Daumennagel vom Helm entfernt.

Ein weiterer Strahl Erbrochenes landete nahe der Spitze meiner Schlangenleder-Cowboystiefel.

Herrschaftsechse – das hätte noch gefehlt, 780 Euro, weiße Python aus Brasilien.

Um meinen Fuß war die Python gepaart mit einem braunen Rindsleder. Beide lebten auch nicht mehr. Alles um mich herum schien nicht mehr zu leben. Nur diese verdammten Fliegen. Ärgerlich wedelte ich mit beiden Armen, um die lästigen Insekten zu verscheuchen. Aus einem meiner vielen und abgebrochenen Studiengänge wusste ich noch, dass man diese Drecksbiester auch ›Totenfliege‹ nennt. Sogar ihr lateinischer Name ›Cynomyia mortuorum‹ war mir erstaunlicherweise noch geläufig – das war schon immer mein Problem: Ich konnte mir immer nur die unwichtigen Dinge merken.

Der Hinterleib der Totenfliege ist grünblau und metallisch glänzend, der Thorax ist deutlich dunkler. Die Facettenaugen sind rot gefärbt und die Wangen des Fliegenkopfes sind gelb-rot. Ich kenne sie gut, immer wenn ich Fisch auf den Grill lege, bevorzugt die Forellen aus dem Bach Ostrach, zählen sie zu meinen unbeliebteren Gästen.

Die Polizei.

Ich kramte nach meinem Handy, suchte nervös die Einschalttaste, bis ich bemerkte, dass ich meine Digi-Cam in der Hand hatte. Der zweite Versuch förderte mein himmelblaues Antik-Handy aus der Tasche. Im Bohnenstengel, meiner Stammkneipe, wurde ich deswegen immer geärgert. Das Handy hatte noch einen beachtlichen Antennenstummel – vermutlich war es ein Männchen.

Mit zittrigem Daumen tippte ich auf den winzigen Tasten herum, aber umsonst. Funkloch.

Schwitzend setzte ich mich auf den heißen Sattel meines Stahlrosses. Mit Zeigefinger und Daumen schloss ich meinen schwarzen Sturzhelm unterm Kinn. Mit dem Daumen drückte ich den Starterknopf des Metall gewordenen Traumes aus Milwaukee. Als ich anfuhr, ging mir ein Gedanke durch den Kopf: Was würde ich ohne Daumen machen?

Oft bin ich mit mir unzufrieden, immer wenn ich an Unwesentliches denke, wenn ich Wesentliches denken müsste. Bestimmt sollte ich hierin die Ursache suchen, dass es mit meiner Studiererei nicht so richtig geklappt hat. Meine Mutter hatte immer geschimpft: ›Ewiger Student, typisches Gammelstudium‹. Aber … genau so war es auch. Begonnen hatte ich in Heidelberg, Lehramt Kunst und Englisch. Gescheitert bin ich am Ti-eitsch ›th‹. Oder vielleicht auch an anderem. Dann Parapsychologie in Freiburg bei Professor Johannes Mischo. War klasse, aber dann hatte ich Dörthe aus Herne kennengelernt.

Heilandzack!

Ein in einer Kurve zu umfahrender Kuhfladen riss mich aus Gedanken, die fehl am Platze waren. Noch wenige Meter bis zum Ortsschild von Riedhagen.

Am Gasthaus Zum Goldenen Ochsen lag eine Katze im Schatten des lang gezogenen Vordaches. Als ich vor ihr anhielt, öffnete sie kurz die Augen, schaute mich vorwurfsvoll an und zuckte mit dem schwarz-weißen Ende ihres Schwanzes. Sie hatte nichts gegen Motorradfahrer.

Ich klingelte. Die beleibte Wirtin kam mit einer geblümten Kittelschürze, unter der die Träger ihres BHs von beachtlicher Größe hervorblitzten, aus der Tür.

»Wir haben noch nicht geöffnet, erst ab 16 Uhr!« Im gleißenden Gegenlicht hatte sie mich wohl nicht erkannt. Aber jetzt lachte sie: »Ja, was treibt dich um die Zeit hier her, und das auch noch an einem Donnerstag, setz dich zu einem Bier, du siehst ganz verdurstet aus.«

Sie streckte mir die Hand entgegen.

»Na, Danile, und wie geht's sonst? Siehst ein bisschen bleich aus, na, die Hitze und das schwarze Lederzeugs. Ja, Heiland der Welt und neue Stiefel hat's auch gegeben, sieht fast wie echtes Leder aus. Jetzt sag schon, was treibt dich her?«

»Ein Bier, ich brauch zuerst ein Bier.«

»Von mir aus, aber was ist los, der Durst allein wird's nicht sein und die Cäcilia kommt ja erst nächste Woche wieder von Tübingen.«

Ich erzählte ihr in wenigen Worten, was ich in der zerfallenen Kapelle vorgefunden hatte.

Schade, dass Cäci dieses Wochenende nicht kommt. Na ja, man kann nicht alles haben. Wahrscheinlich ist sie noch ein wenig sauer auf mich.

Als sie die Polizei verständigt hatte, kam sie mit dem hellen, bernsteinfarbenen Bier in der Hand auf mich zu. Im Gegenlicht blitzte ein Sonnenstrahl durch das labende Getränk, den Rest der Sonne verdeckte die Ochsen-Wirtin mit ihrem feisten Körper. Sie sah aus wie eine Erscheinung, langsam als Schattenriss kam sie mit kiesknirschenden Schritten im Biergarten auf mich zu und das Glas WalderBräu naturtrüb hell leuchtete immer noch in ihrer Hand.

»Gott sei Dank.«

»Äh, ja zum Wohl – bist wohl noch etwas durcheinander. Wer das wohl ist in der Wendelinskapelle?«

Gierig trank ich die ersten zwei Schlucke. Ich hätte es wissen müssen, sofort schoss mir ein scharfer Schmerz wie ein Lametta-Streifen durch das Gehirn. Immer wenn ich Kaltes zu schnell trank, verspürte ich den ominösen Schmerz unter meinem Schädelknochen. Was heißt Kaltes, eigentlich nur Bier. Wenn ich Kaltes trinke, ist es immer nur Bier … Vielleicht müsste ich mal zum Arzt. Aber dann heißt es bestimmt: ›Nutzen Sie noch die letzten Tage, machen Sie eine Weltreise, oder tun Sie das, was Sie schon immer tun wollten.‹ Ich hasse Reisen, insbesondere Weltreisen, und das, was ich schon immer machen wollte, mache ich eigentlich ständig. Meine Gedanken schweiften wieder ab. Im Schatten des mächtigen Kastanienbaumes schaute ich hinunter ins Ried. Sanft fiel die Landschaft in die Ebene des Pfrunger-Burgweiler Rieds ab, das in der Bevölkerung lediglich Pfrunger Ried genannt wurde. Der Himmel war so blau wie mein Handy, das sich immer noch weigerte, Kontakt zu einem Sendemast aufzunehmen. Wenige weiße Wolken zeigten an, dass das Wetter die nächsten Tage schön bleiben würde.

Frieda, die Ochsen-Wirtin, hatte die schläfrige Katze auf dem Schoß, die oberen vier Knöpfe der Kittelschürze standen weit offen und gaben einen eigenartig interessanten Blick auf ihren mächtigen fleischfarbenen BH frei.

»Soll ich gleich noch eins machen?« Sie deutete auf das Glas.

»Ja.«

»Aber mehr gibt's nicht, du bist mit dem Rädle da.«

Ich mochte Frieda, ich mochte es aber nicht, wenn sie meinen Schatz aus Milwaukee ›Rädle‹ nannte, nicht nur, weil es mich zu sehr an ein schweißtreibendes Fortbewegungsmittel mit Pedalen erinnerte, ich mochte es auch nicht, wenn sie mich ›Danile‹ mit langem ›a‹ nannte und meinem Namen somit eine provinziell schwäbische Note gab, und ich mochte es neuerdings auch nicht, wenn sie meine brasilianischen Pythonschlangenlederstiefel für Imitate hielt.

Als sie mit dem zweiten Bier kam, das mir heller zu leuchten schien als das erste, war die Polizei immer noch nicht da. Sinnierend betrachtete ich die kühlen Kondenswasser-Perlen, die sich langsam an der Außenwand des Glases durch die Schwerkraft des Planeten zur Tischplatte hinbewegten und einen feuchten Abdruck hinterließen. Mein Bier! Es gehörte mir im doppelten Sinne. Seit dem Jahre 2003 war die im nahen Königseggwald angesiedelte Brauerei Aktiengesellschaft und die jährliche Dividende wird in Bier ausgeschüttet. Zärtlich strich ich, meiner Aktionärsverantwortung bewusst, über die glitzernden Tropfen, die wie flüssige Diamanten am Glas hafteten. Jäh unterbrach Frieda meine bierselig, philosophischen Gedanken: »Die kommen halt aus der Bad-Stadt.«

Sie deutete mit dem Kopf in nordöstliche Richtung, wo sie Bad Saulgau vermutete.

»Vielleicht fahren sie auch gleich zur Leiche.«

Noch einmal wollte Frieda die Geschichte von den Fliegen, dem Stiefel, der Leiche und meiner Foto-Aktion in allen Details hören. Bei der Stelle anfangs, wie ich mein Visier von der zerschmetterten Schmeißfliege säuberte, schüttelten sie und ihr fülliger Busen sich voller Ekel.

»Komm, zeig mir die Bilder, die du gemacht hast.«

Ihre Hand kam fordernd über den Tisch.

Da ich den digitalisierten Tod beim Bier nicht sehen wollte, reichte ich ihr die kleine silberne Kamera und zeigte ihr kurz, wo sie drücken musste, um die nächsten Bilder anzeigen zu lassen, und wie man die Zoomfunktion benutzt. Immer wieder kam ein Zischen durch ihre Lippen, als sie ihren fleischigen Daumen nötigte, die winzige Taste zu betätigen, um das nächstfolgende Bild zu sehen.

»Das sieht ja schlimm aus … furchtbar … was ist denn mit dem Kopf, der steht so komisch ab? Da in dem Eck, was ist denn das? … Komisch.«

Plötzlich kreischte sie: »Ja halleluja, was ist auch das?«

Erschrocken schaute ich auf. Was hatte Frieda auf dem winzigen Bildschirm entdeckt?

»Die sieht noch recht lebendig aus, aber scheint ein armes

Mädchen zu sein, die hat ja gar nichts anzuziehen. Und die tollen roten Haare! Ja, wo findet man denn heute noch so eine? Aber schlecht gebaut ist die auch nicht, heilige Jungfrau Maria.«

Um ihre Beobachtungen zu belegen, klopfte Frieda sich auf ihren ausladenden Busen.

Ich brauchte einige Sekunden zu lange, um zu begreifen, doch dann schoss meine Hand nach vorn und entriss der plötzlich verlegen lachenden Wirtin die Kamera. Daran hatte ich nicht mehr gedacht, an die *anderen Bilder* – die von Susi. Mit rotem Kopf stotterte ich: »Die habe ich am Baggersee kennengelernt, ähm …, das ist heutzutage üblich … Ähm, textilfrei und so.«

»Das sah aber schon nach mehr als nur textilfrei aus«, zwinkerte sie mir mit rot geäderten Wangen zu. »Ich wusste gar nicht, dass du so auf drall und rothaarig stehst.«

»Sag den Polizisten zuerst mal nichts von der Kamera, sonst kassieren die sie gleich ein. Das wäre mir und … dem armen Mädchen peinlich … und der Cäci bitte auch nicht.«

»Ich war doch auch mal jung. Bei uns gab's leider noch keine solchen Kameras. Da musste noch alles im Labor entwickelt werden, schwarz-weiß. Und der Fotografenmeister hätte dich dann vor allen anderen nackt auf den Bildern gesehen. Was meinst du, wie schnell das durchs Dorf gegangen wäre.«

Sie lächelte kurz verschmitzt, zwei Grübchen erschienen neben ihren rot geäderten Wangen: »Sonst wär' ich bei einigen Kerlen bestimmt auch auf einem Bild. Heute bräuchte man allerdings einen Weitwinkel.«

Die Worte vom Weitwinkel schienen mir zunächst kryptisch. Doch dann musste ich lachen.

Die schnell getrunkenen WalderBräu naturtrüb hell und die Hitze zeigten ihre Wirkung. Als die Polizei eintraf, war die äußere Hülle meines Kopfes knallrot und das Innere wattiert.

Die beiden Polizisten grüßten förmlich und setzten ihre schicken Dienstmützen auf. Ihre Schritte knirschten uniform auf dem gekiesten Boden.

»Sie haben einen Leichenfund gemeldet. Sind Sie sicher, dass es sich um eine menschliche Leiche handelt?«

Ich nickte und zeigte in Richtung Ried.

»Dort liegt sie.«

Sie nahmen meine Personalien auf und wollten hören, wie ich die Leiche gefunden hatte.

»Können Sie uns die Stelle zeigen?«

Ich stieg zu ihnen in den grün-weißen Passat – er hatte keine Klimaanlage, aber schon 250.000 Kilometer auf dem Tacho, wie mir der Fahrer stolz erklärte.

Diesmal blieb ich an der glühenden Straße stehen. Mit einer Stiefelspitze bohrte ich im flüssigen Teer. Der Geruch gefiel mir, er erinnerte mich an meine Kindheit. Mit zehn Jahren hatte ich die Schlattersche Krankheit, eine Erweichung des Knochens im rechten Knie kombiniert mit einer Entzündung der dazugehörigen Sehne. Und meine Oma war der Überzeugung, dass die Behandlungsmethoden des Arztes falsch waren. Das Beste sei, Umschläge mit Ichtolan zu machen – einer teerhaltigen Salbe. Wenn ich hinter einem LKW herfahre, der Teer geladen hat, überhole ich nie – ich genieße es.

Ich beobachtete von der glühenden Straße aus, wie die Polizisten mit roten, verschwitzten Köpfen durch das hohe Gras in die Richtung des schiefen winzigen Glockentürmchens staksten. Bald kamen sie zurück mit deutlich weniger Farbe im Gesicht. Ich hörte, wie sie mit dem Funkgerät redeten. Dieses gab ihnen krächzend und unverständlich Antwort. Dann kamen sie zu mir und stellten nochmals Fragen, wie ich die Leiche gefunden und warum ich gerade hier angehalten hätte. Und dann musste ich wieder warten.

In der spiegelnden Spätnachmittagshitze kam die blausilberne Prozession wie in Zeitlupe die holprige Riedallee entlang. Es stiegen mehr Männer als Frauen aus den Autos. Einige hatten weiße Overalls, Handschuhe und weiße Hauben an. Sie trugen Köfferchen, Kistchen, Kameras und mir unbekannte technische Geräte. Andere waren in Uniform und brachten rot-weiße Absperrbänder. Ein paar waren in Zivil und zwei von ihnen kamen geradewegs auf mich zu.

»Grüß Gott, Härmle, Kripo, Sie haben die Leiche gefunden? Das ist meine Kollegin Frau Krieger.«

Seine nicht unansehnliche blonde Begleitung nickte mir kurz zu und musterte mich von oben bis unten. Ganz unten blieb ihr Blick eine Sekunde zu lange an meinen Stiefeln haften. Mein Blick blieb kurz an der nachlässig geknöpften Bluse der attraktiven braunäugigen Beamtin hängen.

»Ihr Name?«, fragte sie und kramte etwas aus ihrer Handtasche.

»Bönle, Daniel Bönle.«

Und wieder erzählte ich die Geschichte vom Insekt und dem Visier …

Der Kommissar hörte aufmerksam zu, seine Begleiterin machte mit einem zahnstocherartigen Stift Notizen in ein

Gerät, das aussah wie ein Handy. Allerdings zeigten ihre hektischen und ruckartigen Handbewegungen, gekoppelt mit ärgerlichem Kopfschütteln, dass Kugelschreiber und Notizblock ihre Aufgaben besser erfüllt hätten.

Ich bin ja ansonsten kein altmodischer Mensch, aber diese Minicomputer finde ich einfach lächerlich.

Als ich meine Geschichte wiederum zum Besten gegeben hatte, ihnen noch einmal versicherte, dass ich die Kapelle nicht betreten, die Tür aber etwas aufgestoßen hatte und meine Personalien noch einmal aufgenommen wurden, war ich endlich entlassen. Jedoch nicht, ohne einen Termin fürs Protokoll abgemacht zu haben.

Ein Polizist bot sich an, mich nach Riedhagen zu fahren. Ich lehnte ab.

Ich wollte meinen Kopf frei laufen. Ich muss zugeben, dass ich ansonsten nicht viel laufe. Die größte Strecke, die ich in meinem poststudentischen Leben so zurücklege, ist die vom Bett zum Kühlschrank. Deshalb hatte ich auch die Strecke durchs Ried völlig unterschätzt. Vier Kilometer sind auch so kaum machbar, aber unter den gegebenen Umständen eine Spitzenleistung. Meine neuen Stiefel waren noch nicht eingelaufen und meine Lederjacke eindeutig zu warm für diesen Marsch. Hätte ich sie ausgezogen, hätte ich sie tragen müssen. Und die Sonne ließ sich heute mit dem Untergehen besonders viel Zeit. Rechterseits neben der Straße lag Riedhagen, von der zögerlichen Sonne in weichem Orange beschienen. Trotz meiner Erschöpfung, gepaart mit meiner läuferischen Unlust, war das, was ich sah, schön. Das 800-Seelen-Dorf lag sanft am Hang. Dort, wo der Saum des Rieds durch Hecken und Apfelbäume gekennzeichnet war, begann die Landschaft anzusteigen, und erste ausgesiedelte Bauernhöfe prägten das ansonsten dichte Ortsbild. Hinter nachlässig gepflegten Zäunen standen unbeweglich schwarz-weiße Kühe wie Staffagen einer Modelleisenbahn. Das geistliche Zentrum der malerischen Ansiedlung hob, die Einwohner an ihre Katholizität erinnernd, in Form eines mächtigen Kirchturms den moralischen Zeigefinger, gekrönt von einem Zwiebeldach. Das profane Zentrum in Form des Goldenen Ochsens bildete den unteren Rand der Dorfkulisse. Der obere Rand der Ortschaft wurde durch die gedrungene Fassade eines Aussiedlerhofes definiert, der mitnichten von Aussiedlern umgetrieben wurde. Hier fristete vielmehr Ökogeflügel sein schlachtzeitbegrenztes Dasein. Bio-Truthähne, Bio-Gänse, Bio-Hühner und freilaufende Eier waren der ganze ökologische und ökonomische Stolz des ausgesiedelten Bio-Bauern. Ansonsten war es wie in jedem oberschwäbischen Dorf auch, je höher es ging, desto neureicher das Ambiente, je weiter man abstieg, desto höher die Bauerndichte. Ganz unten am Dorfrand war das einzige Hochhaus Riedhagens durch die Zweige der Riedallee zu erkennen. Es hatte drei Stockwerke. Mein sehnsüchtiger Blick suchte zum wiederholten Male die ferne Gartenterrasse des Goldenen Ochsens mit ihren satten Kastanien, und ich beschleunigte eher unbewusst meine Schritte. Die neuen Stiefel bremsten mich sofort in meinem Vorwärtsstreben wieder ein.

Ich hatte das Auto gar nicht gehört. Das metallische Gesäge der Grillen erfüllte die Luft – ganz abgesehen davon, dass moderne Motoren einfach zu leise sind.

»Wollen Sie nicht lieber mitfahren?«

Das blonde Fräulein, mit der Notizmaschine. Sie grinste mich an: »Das sind keine Wanderstiefel.«

Mein roter schweißglänzender Kopf sprach eine andere Sprache, als ich so unbekümmert und taufrisch wie möglich »Nein danke, ich laufe gern« in ihren schicken quietschgrünen VW-Beetle schnaufte.

Eine halbe Stunde später ließ ich mich völlig erschöpft in der Gartenwirtschaft des Ochsen auf einen grünen Klappstuhl fallen. Der Schweiß, der das natürliche Hindernis meiner Brauen überwunden hatte, brannte mir in den Augen. Unter meiner Lederjacke hatte sich ein extremes Kleinklima gebildet, das durch einen Kreislauf von Dampf und Sturzbächen gekennzeichnet war. Im Schatten der Kastanien, die weit ausladend ihre Äste schützend über die vielen kleinen und großen Tische und die Klappstühle hielten, betrachtete ich zufrieden die zurückgelegte Fußstrecke. Es ist schon erstaunlich, wozu der menschliche Körper in Extremsituationen fähig ist. Ebenso erstaunlich aber ist, wie viel ein motorisiertes Fortbewegungsmittel an Zeit einsparen kann. Ich pellte meine Python-Schlangenlederstiefel von meinen geschwollenen Füßen und stellte sie unauffällig unter den Tisch.

Unaufgefordert brachte mir Frieda ein WalderBräu naturtrüb hell.

»Das Rädle bleibt heute hier, die paar Meter kannst du auch noch laufen.«

Jetzt erst bemerkte ich, halb verdeckt vom Stamm einer mächtigen Kastanie, am Nachbartisch das blonde Fräulein. Es plapperte in ein winziges silberfarbenes Handy, ich hatte Angst, sie könnte es verschlucken. Auf dem Tisch standen ein großes Mineralwasser ohne Zitrone und ein kleiner Salatteller. Dann hätte ich auch so ein Figürchen.

Das erste der zweiten Staffel des kühlen Bier-Getränks an diesem Tag lief noch besser die sogenannte Speiseröhre hinunter als das erste der ersten Staffel bei meinem ersten Stopp bei Frieda.

Ich konnte schon als Kind nie verstehen, warum es Speiseröhre und nicht Trinkröhre heißt. Ich bin mir absolut sicher, dass da mehr Flüssiges runterläuft als Festes. Außerdem kann man ohne Essen lang leben, ohne Trinken wäre man an Tagen wie heute innerhalb weniger Stunden tot.

»Sie können sich zu mir setzen.«

Das Fräulein nickte auffordernd, den blonden Kopf hinter dem Kastanienbaum hervorstreckend, von mir zum leeren Stuhl an ihrer Seite. Neugierige Blicke der wenigen Gäste im besten Rentenalter, vermutlich Kurgäste aus der nahen Bad-Stadt, begleiteten mich, als ich strumpfsockig über den gekiesten Boden mit dem kühlen Bierglas in der Hand zum schlanken Fräulein stakste. Frieda stand im dunklen Loch der Holztür und beobachtete uns mit Argusaugen.

»Und, hat der Spaziergang gutgetan?«

Ich nickte.

Provokativ wanderte ihr Blick unter das runde, grüne Metalltischchen hin zu meinen bestrumpften schweißnassen Füßen.

»Sieht aber nicht so aus.«

Ich nickte nicht.

»Können Sie auch reden?«

Ich nickte.

»Sie sind aber nicht gerade gesprächig.«

Ich nickte nicht.

»Ich habe eine Fuß- und Beincreme dabei.«

Sie grinste mich eine Spur zu keck an.

»Haben Sie Krampfadern oder Orangenhaut?«, konterte ich.

Sie grinste nicht mehr, und ich beschloss, dem unsinnigen Gespräch eine andere Richtung zu geben: »Soll das ein Dienstgespräch, Verhör oder Ähnliches werden?«

»Oh, Sie können ja doch wieder reden. Ist das Ihre Stammkneipe hier?«

»Nein, aber der Wurstsalat ist gut, ich bin nur ab und zu hier … früher war ich regelmäßig … äh, Gast. Und außerdem ist das hier keine Kneipe, sondern eine Gastwirtschaft.«

»Sie wohnen aber hier, im Ort?«

Hätte das Fräulein bei meiner Befragung am Fundort der Leiche besser zugehört und nicht mit ihrem Zahnstocher ihr digitales Notizbuch traktiert, wäre ihr sicher nicht entgangen, dass ich seit anderthalb Jahren hier in Riedhagen wohne.

»Ja.«

»Schön ist es hier, noch richtig beschaulich und friedlich. Auch eine tolle Gegend zum Motorrad fahren … das ist doch Ihre Maschine, da vorn auf dem Parkplatz? Frisch geputzt, so wie der Chrom glänzt?«

»Das Chrom.«

Sie ignorierte meinen Einwand und wendete ihren hübschen Kopf mit der geraden Nase unter Zuhilfenahme ihres langen, makellosen Halses in die Richtung des Parkplatzes vor dem Ochsen.

»Ja, immer donnerstags wird sie gereinigt.«

Ich nickte und durchschaute sie mit ihrer Polizistinnenrhetorik. Sie wollte mich mit Komplimenten und Belanglosigkeiten locker machen, um mich unauffällig auszufragen.

»Ihre dicke Zweizylinder-Maschine gefällt mir sehr gut.«

»Mir Ihre auch.«

Das Fräulein zuckte kurz zusammen und zupfte nervös am weit geöffneten Ausschnitt ihrer Bluse.

Da hatte sie mich gründlich missverstanden.

»Ich wollte nur einen blöden Scherz über Ihren Beetle machen, nicht … ähm, über Ihre …«, stotterte ich und schaute auf ihre schlanken Finger, die nervös versuchten, die weit geöffnete Bluse mit den winzigen Knöpfchen puritanischer zu gestalten.

»Ist schon gut … war bestimmt teuer, Ihre Harley … der ganze Umbau … Fender, Ape, Kellermänner, tiefergelegt …«

Ich nickte anerkennend, das war Fachjargon.

»Sind Sie auch mal Motorrad gefahren?«

»Ja, früher mal.«

»Und jetzt nicht mehr … sind Sie mal runtergefallen?«

Sie nahm einen winzigen Schluck von ihrem Mineralwasser. Und beantwortete meine Frage nicht.

»Die Landschaft lädt ja richtig ein, gemütlich durch die Gegend zu cruisen.«

»Wollen Sie eigentlich einen Prospekt ›Motorradfahren in Oberschwaben‹ herausbringen oder mich verhören?«

Ganz langsam fing die Sache an, mich zu nerven. Da saß nun das blonde Polizisten-Fräulein und versuchte irgendwie, mit mir ins Gespräch zu kommen. Ich wollte aber nicht reden, lieber wollte ich in aller Ruhe das zweite der zweiten Staffel trinken. Aber die Vorstellung, dass das nervige Fräulein von der Polizei mir zuschaute, wie ich mit einem weiteren WalderBräu naturtrüb hell auf meinen zweizylindrigen Eisenklotz stieg, behagte mir gar nicht. Denn eines muss klar sein: Nach Hause nur mit der Schwarzen, und wenn ich sie die paar Meter schiebe.

Und weil mein Gegenüber auch noch Gedanken lesen konnte, zeigte sie auf mein mittlerweile leeres Glas: »Trinken Sie noch eins – geht auf Staatskosten.«

So ein einmaliges Angebot, den Staat nachhaltig zu schädigen, konnte ich mir nicht entgehen lassen und nickte. Frieda, die uns aus ihrer dunklen Höhle unter dem mächtigen Dach beobachtet hatte, war schnell wie nie. Ein weiteres Glas regionaler Braukunst glänzte luzid-bernsteinfarben in der Abendsonne.

»Mit Mineralwasser stoße ich nicht an«, sagte ich, als sie mir ihr Glas entgegenstreckte.

Die sonst übliche Heiterkeit kehrte nach der Hälfte des Glases wieder in mein Gemüt zurück. Auch die Gesprächigkeit. Schon bald hatte mir die engelsblonde Staatsdienerin alles entlockt, was für sie von Interesse war. Dann stand sie auf. Der Salatteller war leer, das Glas Mineralwasser noch zur Hälfte gefüllt.

»Sie lassen Ihr Kraftrad besser stehen – auf Wiedersehen.«

Sie zeigte auf meine Oldschool-Harley, von der man hinter der Hecke nur den ultrahohen Apehanger und den schwarzen Tank hervorspicken sah. Dann stand sie auf, bezahlte bei Frieda, verließ mit festen knirschenden Schritten den gekiesten Biergarten und stieg in ihren quietschgrünen VW-Beetle. Frauen-Fahrzeug mit Kindchenschema.

Ich bin ja ansonsten kein altmodischer Mensch, aber bei Fahrzeugen denke ich noch wirklich konservativ. Autos dürfen niemals ein von durchgeknallten Designern entwickeltes Mickey-Mouse-Gesicht haben und zu kugelig daherkommen. Autos sollten eine längstmögliche Motorhaube haben und darunter einen stärkstmöglichen Motor. Umweltfreundlich natürlich – vielleicht Wasserstoff, kein so ein Hybridzeugs und natürlich einen V8-Sound. Den könnte man ja …

»Was wollte die von dir, Danile, wer war das?«

Der drohende, dunkle Schatten neben mir war Frieda, ihr Gesicht war im Gegenlicht kaum zu erkennen, der Tonfall ihrer Frage mahnte mich zur Vorsicht.

»Von der Polizei.«

»Das geht auf mich.«

Sie stellte mir ein frisches Bier auf den Tisch.

»Und Frieda … ähm, noch mal wegen den Bildern von Su… ähm … dem armen Mädchen, wäre mir recht, wenn du Cäci nichts sagen würdest … du weißt ja, ich mag sie immer noch.«

»Du brauchst nicht rot werden. Von mir erfährt keiner ein Sterbenswörtchen. So, ich muss jetzt in die Küche, bald kommen die Essensgäste. Mal sehen, vielleicht weiß jemand schon was Neues über die Leiche. Wahrscheinlich ein Landstreicher, der da übernachtet hat. Den hat bestimmt der Schlag getroffen. Komm mal wieder vorbei. Das Rädle bleibt heute Nacht ja eh hier.«

»Vielleicht war's ja auch eine Landstreicherin.«

Frieda drehte ihren fleischigen Kopf überrascht in meine Richtung: »Was?«

»Emanzipation«, rief ich ihr grinsend zu und hob mein Glas.

Ich hatte mir auch schon Gedanken gemacht, wer die Leiche war. Hoffentlich niemand, den man kannte. Aus meiner Jackentasche zog ich das Röhrchen, nahm zwei Tabletten heraus und warf sie in das Bier. Die Krone wurde mächtiger, der Geschmack aber kaum beeinträchtigt. Aber zwei Aspirin im letzten Bier sind mir allemal lieber als ein Katerfrühstück.

2

Die dunkel gekleidete Gestalt zwängte sich durch das Gesträuch zur Häuserreihe und summte leise zu einer Kinderliedmelodie:

»Das Schwesterlein litt große Pein.
Das Kindchen war so krank und klein.
Da kommt das Brüderlein daher,
der Pfaff erzählt ihm eine Mär.
Die Margot ist ’ne dumme Kuh,
ich schlug sie tot, jetzt hab ich Ruh.
Ich hole mir die Schweine halt,
verscharre sie im dunklen Wald.

Die Margot schlug ich zuerst tot,
den Pfaff hol ich beim Morgenrot,
den Pfaff hol ich beim Morgenrot …«

Als der Mann in die unmittelbare Nähe der Häuser kam, die alle im nüchternen Stil der 50er-Jahre erbaut waren, versuchte er so leise wie möglich aufzutreten. Langsam zog er die Zweige der Hecke auseinander und betrat den Rasen. Dann bewegte er sich lautlos auf das beleuchtete Fenster der Veranda zu. Der Arm mit dem schweren gusseisernen Kreuz in der Hand zuckte nervös. Es war nicht viel zu sehen, das Fenster bot durch die transparenten Vorhänge einen verschwommenen Einblick in die Stube. In einem Sessel war ein hagerer kahlköpfiger Mann zu erkennen, der neben einer Stehlampe und einem verchromten

Ventilator in einem Buch las. Es war der ehemalige Pfarrer von Riedhagen.

Auf leisen Turnschuhsohlen bewegte sich die Gestalt zur Verandatür neben dem Fenster. Vorsichtig drückte sie dagegen. Verschlossen. Die Nacht war warm, der Mann schwitzte unter der dunklen Mütze, auch die Handschuhe waren schweißgetränkt.

Herrgott noch mal, bei so einem Wetter lässt man doch die Tür offen. Ich kann doch keine Scheibe einschlagen, sonst habe ich die ganze Nachbarschaft am Hals – und den Dreckskōter vom Nachbarn.

Aber er wollte es heute zu Ende bringen, irgendwann musste *alles* abgeschlossen werden. Als er ums Haus herum ging und gerade zur Kellertür hinunterwollte, fing der Schäferhund des Nachbars an zu kläffen. Als es in der dichten Hecke zum nachbarlichen Grundstück hin raschelte, zuckte der Mann zusammen und schaute voller Furcht ins dichte Gestrüpp der Hecke. Er konnte den Hund nicht sehen, er wusste aber, dass er ihn sah.

Alles – nur kein Hund!

Wie in Panik flüchtete die Person durch den Garten und verschwand im angrenzenden Wald, das schwere Eisenkreuz krampfartig umklammert.

Den Hund schickt der Teufel! Ich muss das Problem anders lösen … noch heute!

3

Gegen 9 Uhr wachte ich auf. Meine Dicke hatte mich gut nach Hause gebracht, am Lenker hatte ich mich festgehalten, als ich das mitternachtsschwarze Ungetüm durchs ganze Dorf nach Hause geschoben hatte. Sicherheitshalber schaute ich in den Hof – die Erinnerung war getrübt. Immer noch war sie schwarz und stark.

Gott sei Dank, aber auch!

Mein Kopf war klar, nur ein schlechter Geschmack im Mund verriet mir, dass ich das Zähneputzen vergessen hatte. Nach einer Dusche machte ich mich ans Frühstück. Der Kühlschrank war gut bestückt.

An und für sich bin ich ja kein altmodischer Mensch. Aber ich hasse Wellness-Frühstücke. Ich mag keinen frisch zentrifugierten Karottensaft mit Magermilchjoghurt und Kleiesprengseln. In meinem Kühlschrank fand sich dunkel geräuchter Speck, die Zwiebel war flugs geschält. Während der Speck in der Eisenpfanne langsam sein duftendes Fett vom festen in den flüssigen Zustand brachte, holte ich aus meinem Kräutergärtlein frischen Schnittlauch. Die fein gewürfelten Zwiebeln dann zum Speck, Hitze hochfahren. Drei Landeier aus Freilandhaltung in die große Tasse, kurz verquirlen, in die heiße Pfanne, Schnittlauch darüber. Pfeffer, Salz. Da kommt kein Wellness-Joghurt an Cocktailtomätchen mit!

Da ich zum Frühstück die leiseren Töne liebe, legte ich eine CD von Deep Purple auf, ›Machine Head‹.

Ian Gillan kreischte: ›Nobody gonna take my car, I'm

gonna race it to the ground, nobody gonna beat my car, it's gonna break the speed of sound, Oooh it's a killing machine, it's got everything, like a driving power big fat tyres and everything.‹

Ja, die guten alten Zeiten …

Das Telefon riss mich mit seinem Geklingele aus meinen Gedanken. Es war die Gemeinde. Frau Kätherle klang aufgeregt: »Wo bleiben Sie denn, Herr Bönle? Sie haben keine Ferien. Die warten schon seit neun am Gemeindezentrum auf Sie!«

Mit dieser Frage fiel es mir auch wieder ein. Die Psycho-Tanten. Der Kurs, der extra auf Wunsch zweier Bäuerinnen in die großen Ferien gelegt wurde.

»Bin schon unterwegs.«

Im Dorf war ich zuerst einmal der Gammelstudent, dann der ewige Student gewesen. Nach dem Tod meiner Eltern hatte ich ohne Zögern das Elternhaus als mein Haus und das Dorf meiner Kindheit als Heimat angenommen. Nachdem es nach meinem zweiten Staatsexamen mit einer Stelle im Lehramt an Gymnasien nicht geklappt hatte, war ich in der Gemeinde so etwas wie ein Mädchen für alles. Mit den Fächern Geografie und Katholische Theologie, in denen ich letztendlich einen mäßigen Abschluss gemacht hatte, waren meine Kompetenzen derzeit auf dem Bildungsmarkt nicht gefragt. Hätte ich nicht die Erbschaft vor zwei Jahren gemacht – das Häuschen und noch ein ordentliches Taschengeld dazu, wer weiß, vielleicht wäre *ich* jetzt der Obdachlose, der in alten Kapellen nächtigen müsste …

In der 800-Seelen-Gemeinde war ich nun im kirchlichen Sektor der Mann für alle Fälle. Durch mein abgebrochenes

Psychologie-Studium und meinen Abschluss in Theologie war ich irgendwie in die kirchliche Hilfsschiene reingerutscht und machte nun alles, was gerade so in einer kleinen Kirchengemeinde anfiel.

Mal eine Rede bei Beerdigungen – ich hatte auch drei Semester Germanistik in Münster studiert – mal ein VHS-Kurs ›Die Schwäbische Barockstraße und die Kirchen, die sie säumen‹ oder wie jetzt eben den Selbstfindungskurs für Hausfrauen ›Wer bin ich? Versuch einer Definition des Ichs zwischen Küche, Beruf und Kindern‹. Der Kurs war achtstündig, vier mal zwei Stunden in den großen Ferien – Freitag vormittags. Und jetzt war Vormittag, auch Freitag.

Ich stieg auf meine Maschine und fuhr die 200 Meter zum neuen Gemeindezentrum. Die Kurs-Damen waren völlig aufgeregt, auch der Herr. Mit ernsten Gesichtern standen sie vor der gläsernen Eingangstür des Franziskus-Hauses. Schnell entschuldigte ich mich, die Stimmung gefiel mir nicht.

»Sie müssen's ja auch schon wissen?«

Alle schauten mich neugierig an, als hofften sie, etwas Ungeheuerliches von mir zu erfahren.

»Das mit dem Toten in der Kapelle … Weiß man schon, wer der Tote ist?«, fragte ich.

»Auch Frauen können tot sein!«

Hildegard, die attraktive Grundschullehrerin, die ihre Ferienpläne extra für diesen Kurs geändert hatte, schaute mich vorwurfsvoll an. Ich wusste nicht, warum, und machte mir nicht die Mühe, ihre eigenartige Aussage zu interpretieren. Herr Philipp Maiser, der einzige Mann des Kurses, der sich für diesen Termin extra freinahm und unser Riedhagener Kirchen-Organist ist, fuhr sich nervös durch sein ungepflegtes langes Haar und meinte: »Nein, nicht die Leiche in der Kapelle, der Hund von deinem Nachbarn, dem Müller.«

»Was ist mit dem?«

»Tierschänder wahrscheinlich, irgendwie totgeschlagen und dann komisch hergerichtet, aber mehr weiß ich auch nicht.«

Nach wildesten Mutmaßungen über die Leiche im Ried – ich musste wieder meine Geschichte des Auffindens zum Besten geben – und den toten Hund bat ich um Ruhe und begann die Sitzung mit meiner fünfköpfigen Gruppe: ›Wer bin ich? Versuch einer Definition des Ichs zwischen Küche, Beruf und Kindern.‹

Für diesen Tag hatte ich meiner Psycho-Gruppe in meinem Rucksack Dinge mitgebracht. Dinge kamen immer sehr gut an.

Ich legte die Sachen – einen Stein, eine mittlerweile welke Blume, ein unbenutztes Tempotaschentuch, eine weiße Feder und eine Zahnbürste – in die Mitte unseres schwingenden Kreises. Wir saßen alle auf gemeindeeigenen Pezi-Bällen in schreienden Farben und spielten das Spiel ›Ich fühle mich wie …‹

Reihum suchten sich die vier Frauen und der Mann eines der Dinge aus, um dann im meditativen Sprechgesang ihre Befindlichkeit für diesen Morgen auszudrücken. Das lief immer sehr gut und ich konnte dann ein bisschen meinen eigenen Gedanken nachgehen.

Hildegard, die Lehrerin mit der sportlichen Kurzhaarfrisur, nahm als Erste die welke Blume, drückte sie an die Brust und hauchte mit einem ätherischen Sprechgesang: »Ich habe Mitleid mit dem armen Hund.«

Die anderen nickten betroffen. Ich dachte mit Schaudern an die Leiche in der Kapelle.

War es ein schlimmer Tod? Hatte sie oder er Kinder? Wird sie oder er von jemandem vermisst? War der Mensch jung oder alt?

»Er hatte so ein herrlich braunes Fell, er ist immer an mir hochgesprungen, wenn ich ins Krautland gegangen bin.«

Dermaßen sensibilisiert für die unergründlichen Dinge des Lebens fuhr ich nach dem Kurs nach Hause. Beim Nachbarn Herrn Müller stand ein Polizeiauto. In meinem Hof stand schon der apfelshampoogrüne Beetle des blonden Kriminalfräuleins.

»Schön wohnen Sie hier.«

»Bei uns auf dem Land ist alles schön.«

»Darf ich mit hineinkommen?«

»Sie begleiten mich ja schon.«

Ich ging zur Tür, entledigte mich meines schwarzen Helmes und das Fräulein folgte mir.

»Wohnen Sie schon lange hier?«

In der Küche setzte sich das Polizistenfräulein unaufgefordert auf einen der vier Küchenstühle, legte ihre Ellbogen auf die grau gesprenkelte Resopalplatte meines Küchentisches mit Schublade und schaute mich auffordernd an.

Ich signalisierte ihr, indem ich Daumen und Zeigefinger meiner erhobenen rechten Hand abwechselnd zeigte, anderthalb Jahre.

»Wieder sehr gesprächig. Kann ich Ihrem Gefuchtele entnehmen, dass Sie nicht wissen, ob Sie seit ein oder zwei Jahren hier wohnen?«

»Nein, ich wohne seit anderthalb Jahren hier. Ich habe das Haus von meinen Eltern geerbt … ähm, nach ihrem Unfall.«

»Wissen Sie schon, was bei Ihrem Nachbarn vorgefallen ist?«

Sie sagte nichts von einem Hund und dass da irgendetwas Unheimliches passiert sein musste. Raffiniert, das Fräulein. Ich könnte ja der Täter sein und sogenanntes Täterwissen in meiner Einfalt preisgeben.

»Nein.«

»Na, dann kommen Sie mal mit.«

Keine zwei Minuten im Haus und schon wieder ein Ortswechsel. Sie ging voran und ich erkannte, dass ihre Figur seit gestern nicht schlechter geworden war. Beim Nachbarn Müller, der als begeisterter Frührentner sonst eher durch Ruhe auffiel, war einiges los im Garten. Er gestikulierte wild mit den Händen und erzählte vieles: »… bester Freund … treu … deutscher Schäfer… eins-a-Zucht, exzellenter Stammbaum … hatte mir nichts dabei gedacht, als er heute Nacht angeschlagen hat, das macht er öfters … vielleicht ein Igel, hatte ich gedacht … wenn ich den erwische … Waldemar hätte keinem was zu Leide getan … so grausam können nur Menschen sein …«, waren einige der Wortfetzen, die ich vernahm.

Die beiden Polizisten machten sich Notizen.

Das Fräulein Gesetzeshüterin führte mich an den Rand des Müller'schen Grundstückes, wo zwei hohe Tannen und dichte Hecken die Grenze zum Grundstück des alten Pfarrers markierten.

»Schauen Sie sich das an!« Bei der Aufforderung beobachtete sie mich genau mit ihren nussbraunen Augen.

Die Aufforderung wäre nicht nötig gewesen. So einem Anblick konnte man sich nicht entziehen.

Müllers ›deutscher Schäfer‹ steckte bis zur Mitte seines Körpers in der Erde, die wie ein kleines Grab um ihn herum unförmig angehäufelt war. Der Kopf lag auf den Pfoten, die wie zum Gebet gefaltet worden waren. Das Maul war weit aufgerissen und wurde von einem darin befindlichen Aussegnungs-Kreuz, das Sterbenden ans Bett gestellt wird, offen gehalten. Die bläulich verfärbte Zunge hing weit heraus. Zwischen den Pfoten lag als makaberer Grabschmuck ein Büschel welker Gänseblümchen.

»Was sagen Sie dazu?«, forschte die Kommissarin mit misstrauischem Blick.

»Jetzt weiß ich endlich, woher das Sprichwort kommt ›Hier liegt der Hund begraben‹.«

»Sehr witzig. Haben Sie heute Nacht etwas gehört oder gesehen?«

»Nein, beim Schlafen habe ich gewöhnlich die Augen zu, und wie das mit den Ohren beim Schlafen funktioniert, das weiß ich nicht so genau. Die Augen kann man schließen, die Ohren haben seltsamerweise keinen Verschlussmechanismus – aber ich habe auch nichts gehört.«

»Reden Sie mir nicht die Ohren ab! Wann sind Sie nach Hause gekommen?«

»Da müssen Sie Frieda fragen.«

»Wen?«

»Die Ochsen-Wirtin.«

Die Beamtin grinste mich provozierend an und meinte: »Aha, zu viel Alkohol – und dann noch nach Hause gefahren. Wenn Sie nicht kooperieren, werde ich Ihren Namen bei meinen Kollegen der Abteilung Verkehr bekannt machen.«

»Geschoben … Ich bin nicht gefahren.«

»Das ist doch ganz schön steil vom Ochsen bis zu Ihnen.«

»Männer sind kräftiger als Frauen.«

Sie notierte sich mit dem Plastikzahnstocher etwas auf ihrem albernen digitalen Notizblock und fluchte leise vor sich hin.

»Funktioniert's nicht?«

Sie funkelte mich aus kabafarbenen Augen an.

»Ich oder mein Kollege werden sich …«

»Man sollte höflichkeitshalber sagen: ›Mein Kollege oder ich.‹«

Sie funkelte mich mit ihren Haselnussaugen noch gefährlicher an.

»… mit Ihnen, wenn nötig, wieder in Verbindung setzen. Schönen Tag noch.«

»Danke, wenn Sie wiederkommen, bringen Sie bitte Handschellen mit.«

Mit energischen Schritten, die ihrer Gesamterscheinung in der Rückansicht gut standen, stapfte sie durch die Hecken von Müller auf mein Grundstück zu und stieg in ihren laubfroschgrünen Beetle, um, ohne noch einmal zu mir herzuschauen, mit nicht angepasster Geschwindigkeit aus dem verwirrten Dorf hinauszufahren.

Das Dorf war nicht mehr so, wie es noch vor wenigen Tagen war. Überall redete man. Ältere Bauern in ihren karierten Hemden und schwarzen Breitcordhosen mit Hosenträgern unterhielten sich mit alten Bäuerinnen in geblümten weit ausgeschnittenen Kittelschürzen. Junge Bauern mit ihren auf Jeansschick gestylten strapazierfähigen blauen Arbeitsanzügen stiegen von ihren riesigen und unförmigen grünen 200-PS-Traktoren und unterhielten sich mit den Töchtern der Altbauern und Altbäuerinnen, die niemals Bäuerinnen werden wollten und enge Bluejeans und weiße Tops mit Spaghettiträgern trugen.

Und weil meine Tagesplanungen eher einer freien Struktur folgten, begab ich mich ins plötzlich kommunikative Dorf. An jeder Ecke standen sie. Die Bauern hatten ihre Traktoren jeglicher Größe mitten auf der Straße geparkt, die kleinen Traktoren gehörten den Alten und waren mattblau oder rot. Die Hausfrauen schrien sich über die Gartenzäune hinweg gegen den Lärm der laufenden Traktormotoren die Neuigkeiten zu. Die wenigen jüngeren Schüler des Dorfes, die vor lauter Ferienlangeweile mit ihren Fahrrädern und Inlineskates ziellos durch das Dorf rasten, bildeten spontane Grüppchen und plapperten wild darauflos. Das häufigste Wort in ihrem lauten Durcheinander war ›geil‹, Rang zwei belegte ›Mörder‹, gefolgt von ›brutal‹. Ein Fünftel ihres Gesamtwortschatzes war somit verbraucht.

An der Ecke Fliederweg und Riedblick, dort, wo die besseren Leute wohnten, entdeckte ich Hildegard aus meiner Psychogruppe. Schnell wollte ich in die Ernst-Filbinger-Straße einbiegen, um auf diesem kleinen Umweg ins Unterdorf zu gelangen, als sie schon rief: »Hey, Dani, willst du auch mitmachen? Die anderen machen alle mit.«

Fragenden Blickes und nichts Gutes ahnend ging ich auf Hildegard zu, die mit einer für diese Tageszeit beachtlich gestylten Hausfrau am Gartenzaun stand.

»Wo mitmachen?«

»Ich organisiere einen Gedenkmarsch für heute Abend. Die anderen kommen auch alle. Ich finde, im Angesicht der traurigen Vorfälle solltest auch du mitmachen, zumal du ja auch kirchlich engagiert bist. Vielleicht kannst du ein paar Lieder mitbringen, die der Stimmung angemessen sind? Oder dass wir vielleicht an ein paar Orten, wo er sich gern aufgehalten hat, meditieren.«

»Ja aber, wenn man noch gar nicht genau weiß, wer das Opfer ist …«, stammelte ich etwas verwirrt.

»Was, das hast du schon wieder vergessen? Typisch Studierter, es war Waldemar. Jeder im Dorf kennt ihn hier!«

Mein Mund öffnete sich ohne mein Zutun.

»Waldemar, der Schäferhund von deinem Nachbarn, dem Müller«, sagte sie vorwurfsvoll.

»Wir treffen uns um 19 Uhr an der Dorflinde. Wäre schön, wenn du ein Kerzchen mitbringst. Philipp kommt mit der Gitarre.«

Philipp kommt mit der Gitarre, ja, spinnen die jetzt alle? Philipp, der Mann namens Maiser aus meiner Psycho-Frauengruppe. Ein Gedenkmarsch für einen reinrassigen deutschen Schäfer! Und was singt man dann? ›Ich hatte einen Kameraden‹ oder ›We shall overcome‹ oder ›This is the end, my only friend, the end‹, Jim Morrison wäre dankbar.

Schnellstmöglich entfernte ich mich von der gefährlichen Hildegard.

»Vergiss die Gruppe nächstes Mal nicht. Die Meditation heute war suuuper, tschüs, Dani.«

Am nächsten Eck standen zwei alte Bauern mit ihren kleinen Traktoren, sie riefen sich über die knallenden und rußenden Motoren Neuigkeiten zu.

»Hallo, Herr Bönle«, grüßten sie, »schon was Neues gehört?«

Die Idee, ins Dorf zu gehen, war keine gute, deshalb bewegte ich mich zielstrebig nach Hause.

Ich laufe zu viel zurzeit. Wenn ich Motorrad fahre, gerate ich nie in solch schwierige kommunikative Situationen.

Zu Hause war alles besser. Ich machte mir einen Kaffee. Als moderner Mensch hatte ich mir vom Erbe auch einen Vollautomaten geleistet und Kaffeetrinken war zu einem richtigen Hobby geworden. Es war ein herrlich dynamisches Geräusch, wenn die Maschine beim Betätigen des Einschalters ein energisches Knacken von sich gab, dann sammelte sie Kräfte, saugte Kaffeebohnen an und zermahlte diese unter ohrenbetäubendem Lärm zu feinem Pulver. Danach ruhte sie Bruchteile von Sekunden, um das Gemahlene mit weiterem Knacksen in Form zu bringen, nun wurde verdichtet, dann vorgebrüht und zum Schluss mit 15 bar Druck gebrüht.

Ich machte mir einen Espresso in ein winziges Tässchen. Zufrieden legte ich mich auf mein grünes Kanapee, das noch von meiner Oma stammte. Die Füße legte ich auf das Nierentischchen, das ich seit meiner Kindheit kannte und, als ich das Haus von meinen Eltern erbte, zu meiner bedeutendsten Fußablage wurde. Am Haus und an seinem Interieur hatte ich kaum etwas verändert, seit ich darin wohnte. Ich kannte ja alles aus meiner Kindheit und Vertrautes ändert man nicht gern. Zum Gespött meiner Freunde zog ich jeden vierten Tag die Kuckucksuhr, die mir als Kind schon viel Freude bereitet hatte, an ihrem schweren Messingtannenzapfen auf. Auch das düstere, den Raum erdrückende Büfett, gefüllt mit dem Aussteuergeschirr meiner Mutter, war mir heilig. Die Herz-Jesu-Bilder, en miniature auf dem Klo, in groß über dem ehelichen Bett im Schlafzimmer, hatte ich mir erlaubt zu entfernen und unters Dach zu verbannen. Ebenso war der röhrende Hirsch über dem Kanapee in die Verbannung zum Gerümpel unterm Dach geschickt worden. Den nun sichtbaren hellen Fleck an der Blumentapete hatte ich mit einem netten Poster einer Harley Davidson, auf der sich eine ansehnliche Dame im feuerroten Bikini räkelte, geschickt verdeckt.

Müde geworden, griff ich zur Fernbedienung und stellte meine Stereoanlage an. Ich fragte mich, warum es nur schwarze Fernbedienungen gab und keine roten, grünen oder gar lilafarbenen. Immer noch waren ›Deep Purple‹ zu Besuch. Mir stand nach den Ereignissen von heute und gestern der Sinn nach Sanfterem, Romantischerem. Ich kramte in meiner Sammlung und blieb dann doch bei ›AC/DC‹ hängen. ›Can I sit next to you, girl?‹, fragte Herr Young von der chaotischen Gruppe höflich.

Und dann kam der Schlaf und der brachte noch seinen seltsamen Bruder mit, den Traum:

»Kann ich mich zu Ihnen setzen?«, fragte die blonde Frau.

Ich nickte.

»Ich muss immer sitzen, manchmal werde ich geschoben, auch wenn ich tot bin.«

Sie trug eine eigenartige Uniform mit kariertem Rock und im Anschlag hatte sie eine Jagdflinte.

»Sie sind stumm?«, fragte sie.

Ich nickte und sagte: »Ja, seit meiner Kindheit. Aber erzählen Sie es bitte niemandem. Sonst darf ich nicht mit zur hellen Prozession. Sie wissen schon, bei der Kapelle im Ried. Von dort kommt die satte weiße Prozession.«

Sie nickte verständnisvoll, schwebte schrittlos auf mich zu und nahm mich in die Arme.

»Ich werde niemandem erzählen, dass Sie stumm sind, wenn Sie mir erzählen, wo der Hund begraben liegt.«

Ich sagte leise zur Blonden: »Leider kann ich es Ihnen nicht erzählen, weil ich stumm bin, außerdem habe ich schon viel zu viel geredet. Alles, was ich Ihnen sage, kann gegen mich verwendet werden und ich muss mich nicht selbst belasten.«

Sie hob die Jagdflinte und flüsterte: »Komm mit, mein Dummer, komm mit zum Gericht, dort löst sich alles auf.«

»Sie wollen mich doch nur vor den Richter bringen. Den Richter der Hitze und der Straßenglut. Den Richter der Fliegen und des Gestanks, des Summens und der Prozession.«

»Rede nicht so dumm, komm einfach mit.«

Die Blonde schaute mich voller Mitleid an und sagte: »Wir brauchen keine Richter, wer richtet, wird selbst Gericht. Gericht der Maden. Für ein Linsengericht haben sie mich verkauft.«

Ich nickte ihr verständnisvoll zu, obwohl ich nicht verstand, was sie meinte, und flüsterte, damit sie erkannte, dass ich wirklich stumm bin: »Ja, sie haben den Tod begraben und der Hund ist auferstanden und das Kreuz ist sein Zeichen.«

Die Blonde nickte mit einem feuchten Schleier in den Augen. Jetzt erst sah ich, dass sie im Rollstuhl saß, sie lächelte und flüsterte: »Wer kommt zu richten, wird hingerichtet.«

Sie hob ihre Jagdflinte, zielte in mein Gesicht und die Flinte war ein Kreuz.

»Öffne deinen Mund«, sagte sie …

Mein Mund fühlte sich trocken an, als ich vom Erb-Kanapee hochschreckte.

Herrgottzack – so ein Scheiß-Traum!

Ein zweiter Espresso machte die Gedanken ein bisschen heiterer. Unruhig ging ich in der Wohnung hin und her.

Mein abgebrochenes Psychologiestudium machte mir Sorgen. Hatte der Traum etwas zu bedeuten? Musste ich mir Gedanken machen oder noch einen Espresso zu mir nehmen?

Da fiel mir die Kamera ein. Sollte ich zuerst die Bilder von Susi anschauen oder die anderen, die Bilder aus der Kapelle? Ich entschied mich für die dralle Susi mit dem Flammenhaar.

Das Kontrastprogramm nach Susi konnte nicht größer sein. Obwohl ich die Kamera, ohne den Sucher zu verwenden, zur Kapellentür hineingehalten hatte, waren die Aufnahmen aus der Kapelle einwandfrei. Als ob ich direkt im zerfallenen Innenraum gestanden hätte, präsentierten sich mir die makabren Bilder. Die tote Person lag mit dem Gesicht nach unten mitten in der Kapelle. Die Arme waren ausgebreitet, die Beine lagen dicht beieinander. Ein Schuh fehlte. Die Gestalt bildete ein Kreuz auf dem mit Schutt übersäten Boden. Durch die verklebten Haare am Hinterkopf schien etwas seltsam herauszustehen.

Ich setzte mich an meinen Mac und lud die Fotos auf die Festplatte. Nun konnte ich Details besser vergrößern. Schon die kleinen Bilder waren fürchterlich, die Vergrößerungen aber zeigten den Tod in seiner Hässlichkeit in allen Einzelheiten. Das Opfer war von Maden übersät, die Hände hatten eine dunkle Färbung angenommen, die dunklen langen Haare wirkten verklebt. Und aus dem Haar des Hinterkopfes ragte das Ende eines spitzen Metall-Gegenstandes heraus. Ich dachte an den Hund und meinen Traum und hoffte nur, dass der Gegenstand nicht das war, was ich dachte.

Ich musste unbedingt gleich raus. Bis zum Stammtisch war noch Zeit, aber die Hitze im Haus war selbst am Abend noch unerträglich. Ein frühes WalderBräu naturtrüb hell könnte nicht schaden. Vielleicht kommt ja Cäci doch noch übers Wochenende nach Hause, dann wäre sie bestimmt schon da. Und wenn nicht, dann könnte ich sie ja vom Ochsen aus anrufen. Von Tübingen bis hierher braucht sie nur anderthalb Stunden. Außerdem waren Semesterferien. Das Wetter war bestens – die Chancen, Cäci zu sehen, standen ganz gut. Ich zog die guten Reptilien-Stiefel an und begab mich zu Fuß ins Unterdorf. Das Ziel war der Goldene Ochsen und der Beweggrund war der aus aktuellem Anlass nach Riedhagen verlegte Stammtisch. Als ich durch die bleierne Hitze mein Ziel ansteuerte, hatte ich immer noch das Gefühl, auf den Bildern aus der Kapelle etwas übersehen zu haben.

Erst als ich im Zentrum des Dorfes die beiden unter der Linde dastehen sah, fiel es mir wieder ein. Philipp hatte eine Wandergitarre lässig über seinem hageren Rücken hängen. Er trug wie ein Relikt aus Urzeiten eine lilafarbene Batik-Latzhose, seine ungepflegten Haare hingen ihm wild auf die Schultern. An den Füßen trug er außer Schweiß nichts. Hilde war sportlich gestylt und fummelte an den Dochten von winzigen Kerzen herum. Sie hatte fotokopierte Blätter mit geeigneten Liedern zwischen Ellbogen und Rippen geklemmt. Ihr vorwurfsvoller Blick und die Teelichtchen in der Hand verrieten mir alles.

»Wir warten schon über eine halbe Stunde. Ich hatte 19 Uhr gesagt! Die anderen kommen bestimmt nach, wir ziehen jetzt los.«

Aus einer Umhängetasche wurstelte sie ein fürchterlich orangefarbenes Feuerzeug, auf dem sich das Logo einer kleinen Hand befand, und versuchte die Dochte von drei Teelichtchen zu entflammen.

Auffordernd packte sie mich am Arm.

»Hättest ruhig was Besseres anziehen können als deine Honda-Jacke!«

Das Innerste meiner Seele war getroffen.

Honda-Jacke! Ja, kann diese Psycho-Kuh nicht zwischen Honda und Harley unterscheiden? Nur weil beides mit ›H‹ anfängt.

»So etwas sportlich Knappes, wie du es trägst, habe ich leider nicht.«

Provokativ starrte ich auf ihre festen Brüste.

»Lass den Blödsinn!« Ärgerlich zupfte sie an ihrer dunklen Kurzhaarfrisur.

»Und meine lila Latzhose hat mir das Museum für Frühgeschichte abgekauft.«

Ich schaute nicht zum mageren Philipp mit seiner Gitarre und den nackten Füßen.

»Etwas mehr Toleranz würde einem studierten Theologen auch nicht schaden …«

Als ich gerade zu einem vernichtenden rhetorischen Konter, der mir ein weibliches Psychogruppenmitglied weniger beschert hätte, anheben wollte, rief es vom Goldenen Ochsen her: »Danile, komm jetzt endlich rein, du hast mir versprochen, dass du mir heute die Wurlitzer richtest.«

Sofort hatte ich kapiert: »Ja klar, … tschüs, Hildegard, tschau, Philipp, bis zum nächsten Mal in der Gruppe … habe schon was Tolles vorbereitet: mystagogische Meditation mit mir.«

Am Ärmel zog mich Frieda durch die Gaststube mit den riesigen Eichenbalken und der niedrigen Decke in den Biergarten. »Was will denn die Schnalle von dir?«

Ich erklärte ihr die Sache mit der Psychogruppe.

»Und da sind nur Frauen?«

»Ja.«

»Bist gestern noch gut ins Bett gekommen?«

»Ja, das Schieben ging leichter, als ich dachte.«

»Du Depp, ich hab ja mitgeschoben hinten dran. Du bist ja nicht mal aus dem Kies hier rausgekommen. Weißt das nicht mehr? Was glaubst, wer dich ins Bett gebracht hat? Die Nachtfrau? Du konntest dich ja kaum am Lenker festhalten.«

Die Erinnerungen wollten sich nicht einstellen. Das war vielleicht auch besser so.

Neugierig schaute ich, ob es Anzeichen für Cäcis Anwesenheit gab, aber es war nichts zu entdecken, weder im Gastraum noch im malerischen Gartenbereich. Ich schaute auch in den weiten, von der Straße her nicht einsehbaren hinteren Bereich des Gasthauses, aber ihr grüner Mazda war nirgends zu sehen. Vielleicht war das Auto mal wieder kaputt und sie war mit einer Mitfahrgelegenheit gekommen, vielleicht auch mit dem Zug. Fragen wollte ich Frieda nicht, das war mir etwas peinlich, seit Cäci und ich uns getrennt hatten.

Vom Dorf her waren das Geschepper von Philipps Gitarre und der hohe Gesang Hildegards zu hören.

An den Tischen herrschte reger Betrieb. Nicht nur die Kurgäste aus der nahen Stadt waren neugierig auf den neuesten Tratsch – auch viele Riedhagener saßen in bekannten und sozial stabilen Gruppierungen beieinander. Die Stimmen waren meist gedämpft. Die Köpfe waren dichter beieinander als vor einer Bürgermeisterwahl. Immer wieder schauten sie zu mir und nickten wissend mit den Köpfen.

Unser Stammtisch war aus gegebenem Anlass für diesen Freitag aus dem badstädtischen Bohnenstengel nach Riedhagen verlegt worden.

Joe, Butzi, Flaschen-Gordon und Gesicht waren zuerst nicht begeistert gewesen, aber als sie meine Story gehört hatten, waren sie überzeugt, dass hier mehr abgehen würde als in unserer Stammkneipe in Bad Saulgau. Unser Milwaukee-Iron-Kings-Eagle-Boys-Only-Street-Stammtisch, kurz auch MIKEBOSS-Stammtisch genannt, bestand seit knapp zehn Jahren und wir bildeten den harten Kern. Nur, vom Kern war noch nichts zu sehen.

Frieda hatte uns ein schönes Plätzchen unter einer Kastanie reserviert – etwas abseits vom Hauptbetrieb. Weit konnte man von hier über die niedrigen Hecken ins Ried schauen. Auf der angrenzenden Weide standen wiederkäuende Kühe. Mit ihren quastigen Schwanzenden vertrieben sie die lästigen Fliegen in Richtung Gartenwirtschaft. Als Fliegenschutz hatte ich den runden Bierfilz auf das Glas gelegt. Das leiser werdende nervende Geschrummel der Gitarre aus dem Dorfzentrum verstummte allmählich ganz. Erste Grillen stimmten ihre Instrumente auf der Weide. Herrlich, diese Ruhe auf dem Land.

Als Ersten hörte man Flaschen-Gordon. Es war eindeutig die Shovelhead mit ihrer illegalen Auspuffanlage, die durchs Ried heranröhrte. Im Hof stellte er seine Maschine so ab, dass er sie von unserem Platz aus sehen konnte. Er winkte mir mit seinem Halbschalenhelm über die Hecke zu. Flaschen-Gordon trug sein schwarzes Lederjäckchen mit dem rückseitig aufgestickten Adler – unserem ›Firmenlogo‹.

»Hi«, mit dem Gruß harter Männer gaben wir uns die Hände.

»Wo sind die anderen? Was war denn das für eine Zweimann-Prozession? Die stehen mitten auf der Straße mit Kerzchen und Gitarre. Ist doch noch hell und Woodstock ist doch auch schon vorbei. Musste so bremsen, dass das Hinterrad stempelte. Die können doch auch neben der Straße singen. Der Alt-Hippie, ist das nicht der Philipp und die andere, das ist doch die doofe Lehrerin? Die würde ich auch nicht von der Bettkante stoßen. – Ist Butzi noch nicht da, er wollte eigentlich vor mir losfahren?«

Die Antwort auf die letzte der vielen Fragen war aus dem Ried zu hören, das hohe Kreischen eines alten hubraumschwachen Zweitaktmotors kündete vom Eintreffen Butzis mit seiner Zweitmaschine, einer alten Zündapp aus den 70er-Jahren.

Er lehnte den qualmenden Zweitakter an die Ligusterhecke und rief uns schon von Weitem zu: »Hi, wo sind die anderen? Habt ihr auch die Deppen auf der Straße gesehen? Was wollen die denn? War das nicht die komische Lehrerin? Aber tolle Figur, meine Herren. Und … gibt's schon Neuigkeiten?«

»Ich erzähl euch alles, wenn die anderen hier sind.«

Minuten später waren auch Gesicht und Joe mit dessen altersschwachem VW-Bus eingetroffen.

Wir saßen noch keine fünf Minuten, von den angereisten Stammtischlern war noch kein 0,5 Glas WalderBräu naturtrüb hell getrunken, die Geschichte von den beiden Toten war meinerseits ebenfalls noch nicht zu Ende erzählt, als die vier wie hypnotisiert über meine Schultern schauten, mit den geröteten Köpfen nickten und hektisch antworteten: »Ja natürlich … immer … äh ja … es ist uns eine Freude.«

Die Frage war: »Darf ich mich zu den Herren setzen?«

Gestellt hatte sie das blonde Fräulein Freundin und Helferin.

»Heilandsakrament, hat man nicht mal am Feierabend seine Ruhe?«, redete ich leise vor mich hin. Die Gesichter meiner Freunde schienen ein einziges vorwurfsvolles Fragezeichen in meine Richtung zu senden, vor allem wusste man nun, woher Gesicht seinen Spitznamen ›Gesicht‹ hatte.

»Aber lass doch die junge Dame sich hierher setzen«, schmeichelte Zweitakt-Butzi. »Sie sind bestimmt von der Mutter-Kind-Klinik … in Kur?«

»Nein, von der Kripo, darf ich …?«

Die vier nickten mit offenen Mündern.

Das Fräulein sah heute auch besonders reizend aus. Sie trug ein Nebelfetzchen von einem weißen Shirt mit Nudelträgerchen. Eng anliegend! Dazu ein knappes Röckchen in dezentem Schwarz und rote High Heels, die sie sicher als Dienstwaffe angemeldet hatte.

Ich bin bestimmt kein altmodischer Mensch, und es macht mir eigentlich gar nichts aus, dass Frauen seit circa 60 Jahren nach Millionen Jahren emanzipatorischer Evolution nun auch Hosen tragen dürfen, aber manche Frauen passen sehr gut in einen Rock, und oft steht dann diesen Frauen ein kurzes Röckchen deutlich besser als ein karierter wadenlanger Faltenrock.

»Schauen Sie Frauen auch in die Augen?«, unterbrach sie mich in meinem Philosophieren.

»Nur, wenn sie mir auch auf den Hintern schauen.«

Das Fräulein fand meine Antwort nicht sonderlich originell und zog einen Stuhl vom Nachbartisch zwischen Gesicht und Butzi.

Stille.

Räuspern.

»Noch fünf Helle?« Frieda rettete mal wieder die Situation.

»Für mich auch eins«, meldete sich das blonde Fräulein.

Ich wollte mit den Jungs anstoßen, aber Gesicht meinte nur: »Wir warten noch« und lächelte sein Ich-krieg-alle-Frauen-Lächeln.

Auch die anderen nahmen meine Anstoßaufforderung nicht ernst und fingen an, mit dem Polizistenfräulein Unsinniges zu plappern.

»Ich kann auch allein trinken«, sagte ich schnell.

Und als ich sah, dass die flinke Frieda schon mit dem Bier für unseren Überraschungsgast unterwegs war, nahm ich eilends den ersten Schluck. Wieder war da der Schmerz, als ob der Schöpfer mir eine geschälte Meerrettichwurzel zwischen Schädeldecke und Gehirn gezogen hätte.

»Schmeckt's heute nicht?« Sie lächelte im Uhrzeigersinn, ausgehend von meinen tränenden Augen, ihr blondes Lächeln in die männlich dominierte Runde.

Die fünf verstanden sich prächtig und vier von ihnen merkten nicht, wie das Weibchen sie ausfragte, vor allem Dinge, die meine Person betrafen.

So schnell sie gekommen war, war sie auch wieder verschwunden.

»Tschüs, habe noch zu tun, bis bald.«

Sie stieg in ihren gallegrünen Beetle und düste davon.

Endlich konnte ich meine Version der Ereignisse erzählen. Schon bald stierte der harte Kern des MIKEBOSS-Stammtisches Kopf an Kopf in den winzigen Monitor meiner Digitalkamera. Susi hatte ich vorsichtshalber in einen Ordner ›Susi‹ auf meine Festplatte kopiert und vom digitalen Kamera-Zwischenlager entfernt.

»Sieht ja brutal aus.«

»Wie der Kopf nach hinten absteht … als ob er vorn auf etwas liegt.«

»Wer das wohl ist?«

»Was kommt da aus dem Kopf raus?«

»Ein Messer!«

»Das ist kein Messer, das ist irgendeine Spitze.«

»Ein Messer hat auch eine Spitze.«

»Ja, aber keine so eine.«

»Die Füße sehen so klein aus …«

»Ja schon, aber der Rest ist massig.«

»Das ist ein Mann.«

»So kleine Füße hat nur eine Frau.«

»Du mit deinen Füßen immer …«

»Lass mich sehen, was ist das da in der Ecke?«

Auf die Ecke der Kapelle hatte ich mich bei meinen heimischen Bildbetrachtungen noch nicht konzentriert. Der Anblick der toten Gestalt mittig im Raum war so dominant, dass der Rest des Ortes für einen oberflächlichen Betrachter verloren ging. Außerdem war dieses Bild das Einzige, das ich mit maximaler Weitwinkelfunktion aufgenommen hatte.

»Kann man da nicht zoomen?«

Joe drückte mit seinen dicken Fingern die winzige Zoomtaste. Und tatsächlich, ganz am Rand des Bildes konnte man gerade noch zur Hälfte einen karierten Gegenstand mit einem Rädchen erkennen.

»Das ist so ein Trolley… dings … für alte Weiber …«

Tatsächlich, nach kurzer Diskussion stand unser Ergebnis fest. Am Rand des Bildes war zur Hälfte ein karierter Koffertrolley zu sehen.

Frieda brachte das zweite Gedeck WalderBräu naturtrüb hell und fragte freundlich: »Na, welche Bilder hast du denn deinen Freunden gezeigt, die von der Leiche oder die vom armen Mädchen?« Und schon war sie wieder weg.

»Was für ein armes Mädchen?«

»Äh, eine aus meiner Psychogruppe, da musste ich ein Porträt machen für ein Bewerbungsschreiben … habe ich euch schon erzählt? Der Hund vom Müller hatte übrigens ein Kreuz im Maul.«

Der Themenwechsel war mir nicht besonders gelungen. Ich erzählte, um vom armen Mädchen abzulenken, eine getunte Version der Geschichte vom zu Tode gekommenen Nachbarshund.

»Und wisst ihr, was ich glaube, der Leiche schaut ein Kreuz aus dem Kopf«, schloss ich meine spannend ausgeschmückte Erzählung.

Die Jungs bekamen den Mund nicht mehr zu und Gesicht machte seinem Namen alle Ehre. Butzi meinte nur: »Jetzt geht mal wieder die Fantasie mit dir durch!«

4

Der Mann war früh, noch vor der Dämmerung, aufgestanden, er war ganz ruhig und trotzdem passte es ihm nicht, dass auf einmal so viel Aufregung im Dorf war. Das gestern ging daneben, trotzdem war es ein Erfolg, er hatte den reißenden Wächter besiegt. Es war ein harter, aber fairer Kampf gewesen. Er schaute auf seine zerkratzten Hände. Die Revanche gegen den Wächter war geglückt. Auge um Auge, Zahn um Zahn.

Der andere Kampf würde kein Kampf sein, nur Kampf im übergeordneten Sinne. Er dachte an das schwere gusseiserne Kreuz, das im Holzschopf auf ihn wartete. Er konnte es förmlich in seiner rechten Hand spüren, das kalte Metall. So wie er es schon einmal erfolgreich gespürt hatte.

Wie leicht es ins Auge eingedrungen ist, das komische Geräusch, das es dabei machte. Erst ganz am Schluss brauchte er den Hammer. Der krachende Laut, als die Spitze des Kreuzes den hinteren Teil des Schädels durchbrach. Aber dann steckte es auch gut. Nur der Transport, der war beschwerlich …

Schnell ging er zum kleinen Holzkreuz an der Wand, verbeugte sich, nahm den kleinen Thujazweig aus dem Weihwasserkessel, spritzte dreimal gegen den Heiland aus Holz und betete:

»Oh Herr, ich habe gesündigt,
habe große, übergroße Schuld auf mich geladen,
ich habe gesündigt in Worten und in Taten,
mea culpa, mea maxima culpa,

und du, oh Herr, du Drecksack hast mich bestraft.
Für was, Heilandzack, … war ich nicht immer dein frommer Diener?«

Er nahm das muschelförmige Weihwasserschälchen aus seiner runden Messinghalterung, blickte in das hölzerne Gesicht des Gekreuzigten und schüttete das Wasser ins unbewegte Gesicht des Holzheilands. Er wischte sich schreckhaft über den Mund und spritzte sich den Rest des Wassers mit hektischen Bewegungen ins Gesicht und bekreuzigte sich.

Ich muss es bald zu Ende bringen, dann ist die kleine Seele frei. Wenn nur nicht die Polizei überall herumschnüffeln würde – nur wegen des Drecksköters. Der Höllenhund, der Gräber. Ich muss warten, aber nicht zu lange.

Routiniert bekreuzigte er sich ein weiteres Mal, machte eine knappe Verbeugung vor dem Toten aus Holz und ging in den Holzschopf. Er nahm das schwere gusseiserne Kreuz aus einer Bundeswehr-Wolldecke, spannte es in den massigen Schraubstock und steckte den Winkelschleifer in die Steckdose. Dann arbeitete er, bis das untere Kreuzende eine glänzende Spitze hatte. Er goss einen Schluck Mineralwasser über die heiße Spitze. Mit dem linken Zeigefinger tippte er kräftig dagegen. Ein dunkler Tropfen bildete sich auf der Spitze des schmutzigen Fingers.

Er lächelte.

5

Nachdem ich am Samstagmorgen noch nach Bad Saulgau gefahren war, von Kommissar Härmle befragt wurde und meine Aussagen dann schließlich bei einem freundlichen Polizisten zu Protokoll gegeben hatte, war der Weg für ein erholsames Wochenende im Kreise der Lieben eigentlich geebnet.

Der Milwaukee-Iron-Kings-Eagle-Boys-Only-Street-Stammtisch traf sich vor dem Ochsen zu einer Ausfahrt. Alle hatten ihre Sonntagsmaschinchen an diesem Samstag dabei. Es donnerte ordentlich, als wir in Richtung Bodensee starteten. Über den nahen Höchsten wollten wir die erste Station in Friedrichshafen machen. Uferpromenade. Eis essen. Der zweite Stopp sollte dann in Ravensburg sein, in der Eichelstraße. Der Irish Pub. Dunkles Bier. Von dort sollte es nach Bad Schussenried gehen. Bierkrugmuseum, mit anschließendem Vesper im Biergarten. Maschinen nach Hause und harmonischer Ausklang in Saulgau bei Hans im Franziskaner. Letztendlicher Absacker bei Andrea im Sternen. Frauen anrufen – Shuttleservice ins Bettchen. Gesicht würde versuchen, in der Mausefalle sein Single-Dasein zu einem erotischen Ende zu bringen. So hatte es sich Butzi, unser Routenplaner als Touren-Beauftragter vorgestellt. Wir waren noch nicht einmal über dem Höchsten, dem höchsten Berg der näheren Region, als Flaschen-Gordons Shovelhead ihren Geist aufgab.

Die Kette war gerissen, hatte sich um die hintere Achse gewickelt und dazu noch ein paar Speichen verbogen. Wir transportierten die havarierte Maschine mithilfe von Joes

Frau, ihrem VW-Bus und einem MIKEBOSS-Motorrad-Anhänger nach Bad Saulgau. Es war nicht das erste Mal, dass sie ihrem Mann helfen musste, dessen antiquarische Harley zu bergen. Sie trug ihr Frauenschicksal mit stoischer Gelassenheit. Ihre drei Kinder hatten den unfreiwilligen Ausflug als spannende Unterbrechung eines langweiligen Spielplatz-Samstagnachmittags am Illmensee sichtlich genossen. Nur Joe war nicht heiter, er fluchte ununterbrochen.

Zwei Stunden später saßen wir in Bad Saulgau im Bohnenstengel an unserem Stammtisch. Im Dunkel der Kneipe war die Hitze erträglicher als im kleinen Biergärtchen. Die Diskussion wurde hart, aber fair und vor allem laut geführt. Auf den Nenner gebracht war es die Diskussion: Riemen oder Kette an einer Harley.

Als moderner Mensch vertrat ich die Devise: »Revolution ist Evolution und der Riemenantrieb ist die Zukunft in der Kraftübertragung ans Hinterrad bei hubraumstarken Motorrädern.«

Ich hatte schon drei WalderBräu naturtrüb hell. Joe hatte sich bereit erklärt, mit dem VW-Bus die Fahrgeschäfte zu übernehmen.

Flaschen-Gordon nippte an seinem Bierfläschchen und schaute traurig. Er hatte den Verlust seiner Antriebskette und dreier verchromter Speichen noch nicht verkraftet.

»Komm, Gordon, Kopf hoch, vier Stunden schrauben, eine fahren ist für eine alte Shovelhead doch ein prima Verhältnis.«

Wir hatten sehr viel Freude an diesem sommerlichen Samstagnachmittag mit Flaschen-Gordon und seinem Missgeschick, bis die Tür zum Bohnenstengel aufging und ein Engel mit finsterem Gesicht hereinstürmte. Immer wenn ich sie sah, vollführte mein Sonnengeflecht ein kurzes Freudentänzchen. Sie sah auch wieder klasse aus. Die Jeans hauteng um die schmalen Hüften und die langen Beine geschmiegt, das untere Ende steckte in hellbraunen Cowboystiefeln. Die ansehnliche Mitte war in eine weiße, in der Jeans geschoppte, weite Bluse gehüllt, deren Holzknöpfe im oberen Bereich einen vielversprechenden Einblick in ein makelloses Dekolleté gaben. Der obere Teil bestand im Augenblick aus riedwasserbraunen großen Augen, die vor allem mich vorwurfsvoll anfunkelten. Mit einer schnellen, trotz alledem eleganten Geste strich sie sich eine Strähne ihres langen, brünetten Haares aus dem ovalen Gesicht mit den vollen Lippen.

»Cäci, was machst du hier? – Du wolltest doch erst nächste Woche kommen, hat deine Mama gesagt.«

»Hallo … Daniel, kannst du mir erklären, was da los ist?«

Cäci baute sich vor mir auf, zog die Ohrstöpsel ihres iPods heraus und stemmte energisch ihre Fäuste in die Hüften, was wiederum die silberne Gürtelschnalle mit dem Indianerkopf trefflich betonte.

»Mama musste auf die Polizeiwache. Ich bin extra von Tübingen hergefahren. Aber ich darf da nicht mit rein. Sie wird verhört. Ich habe nur mitbekommen, als die Polizisten sich unterhalten haben, sie hätte Insiderwissen oder Täterwissen. Sie hatte nur gemeint, ich soll mich mit dir in Verbindung setzen. Du wüsstest Bescheid, ich soll nur sagen – ›das arme Mädchen‹.«

Fragend schaute sie mich an und zog dabei ihre dunklen Augenbrauen finster zusammen, sodass sie über der Nase beinahe zusammenstießen. Mein Kopf verfärbte sich rötlich, mir dämmerte es allmählich. Die Bilder. Frieda hatte sie alle gesehen und wahrscheinlich bei etlichen Gästen damit geprahlt. Und ich hatte der Polizei nichts von meinen fotografischen Tätigkeiten gesagt.

»Jetzt erzähl mal, was es mit dem armen Mädchen wirklich auf sich hat.«

»Das ist nur eine Eselsbrücke von deiner Mama. Sie will mich … ja, wie soll ich sagen … ein bisschen schützen.«

Cäcis düsterer Blick wurde nicht freundlicher: »Warum soll sie dich schützen? Meine Mama hat doch mit dem Toten in der Kapelle nichts zu tun, was hast du ihr da eingebrockt?«

»Ich denke, das erkläre ich besser, wenn deine Mama mit dabei ist, dann weiß ich auch, was sie den Polizisten gesagt hat.«

Die MIKEBOSS-Stammtischler schauten recht ratlos und Cäci zuckte mit den Schultern: »Wie du meinst. Ich habe aber nicht die geringste Lust, meine Semesterferien wegen irgendeinem Blödsinn, den du mal wieder verbockt …«

Ich verschloss meine Ohren mental und hatte dabei das Gefühl, dass meine Werte auf Cäcis Beliebtheitsskala gerade rapide am Sinken waren.

Zusammen versuchten wir dann Cäci zu beruhigen und überredeten sie zu einem Kristallweizen. Kaum hatte sie sich zu uns gesetzt und gerade zum ersten Schluck ihres Bieres angesetzt, klingelte ihr winziges Handy den Radetzkymarsch. Es war ihre Mutter, sie wollte vom Polizeirevier abgeholt werden.

Sie nahm noch einen großen Schluck, wischte sich das weiße Schaumbärtchen von der Oberlippe, bedrohte mich mit ihrem hübschen Zeigefinger, an dem sie immer noch den silbernen Schlangenring mit den Türkisaugen trug, den ich ihr zum ersten Kuss geschenkt hatte, und zischte mich an: »Wir sehen uns gleich im Ochsen, und dann wird Deutsch geredet!«

Ich sparte mir einen billigen Scherz, den sie in dieser Stimmung sicherlich missverstanden hätte. Jedes Wort konnte zu viel sein, ich nickte nur in ihre Richtung.

Energisch klopften die Cowboystiefel auf den Holzboden, als sie aufrecht und schlank zur Tür schritt. Ihr langes dunkles Haar fiel fast bis zum Gürtel. Sie wusste, dass ich ihr nachschaute, und drehte sich deshalb nicht mehr um.

Im Ochsen angekommen, versuchte ich mich darauf vorzubereiten, der verstimmten Cäci in Anwesenheit ihrer grummelnden Mutter und unter Beobachtung sichtlich irritierter MIKEBOSS-Stammtischler die Sache mit der Kamera zu erklären, und vor allem, warum ich der Polizei nichts von den Bildern gesagt hatte. Um Neugierige auszuschließen, hatten wir uns Holzstühle aus dem Gastraum geholt und uns um den monströsen altmodischen Gasherd versammelt, an dem Frieda und Cäci mit ihren Küchenhilfen gerade klodeckelgroße, panierte Schnitzel in wagenradgroßen Pfannen goldbraun anbrieten. Wenn die Bedienungen hereinkamen, um zentnerweise Schnitzel mit Pommes, Soße und kleine Salate in den Biergarten zu tragen, unterbrachen wir unser Gespräch oder flüsterten.

Um wenigstens ein paar Bonuspunkte bei Cäci zu sammeln, hatte ich mir die Katze mit dem schwarz-weißen Schwanzende, die auch Motorradfahrer mochte, in die Küche mitgenommen und auf meinen Schoß gelegt. Um meine nervösen Finger zu beruhigen, kraulte ich sie unterm

Kinn. Das gab mir etwas Sicherheit und der Katze bestimmt auch irgendetwas.

»Nimm nachher das Vieh wieder mit raus, die Katze hat hier drinnen nichts verloren«, schimpfte Frieda.

Frieda war wohl auch etwas verschnupft, der Besuch bei der Polizei war ihrem ansonsten heiteren Naturell offensichtlich abträglich gewesen. Die Sache mit dem armen Mädchen entwickelte sich langsam zu einem kleinen, aber lästigen Problem, da Cäci auf keinen Fall von dem armen Mädchen erfahren sollte. Und das wusste Frieda. Auch die anderen ging es im Grunde genommen nichts an. Und wenn das Susi erfuhr, dass Frieda die Bilder gesehen hatte. Irgendwie musste ich aus der Sache herauskommen. Die Hitze in der Küche schien schlagartig um einige Gradzahlen zu steigen.

»Mein Gott, das ist ja sauheiß hier.«

Aber vorerst ließ mir Frieda noch Bedenkzeit, sie begann zu schimpfen: »Das war die Blonde von der Polizei«, meinte Frieda und war sofort wieder im roten Drehzahlbereich, »die ist immer hinter mir her geschlichen und hat gelauscht, was ich meinen Gästen erzählt habe. Aber nur so bekommt man Kundschaft, Leute – Sex und Crime. Und Crime haben wir jetzt, und zwar ordentlich. Eine Leiche in der Kapelle und Hundeschändung in der Nachbarschaft. Näher geht's ja gar nicht. Das muss man doch gastronomisch nutzen! Ich bin doch von den Gästen abhängig, was glaubt ihr, wie der Laden hier läuft, seit ich jeden Tag ein bisschen mehr erzähle. Ich brauche jeden Abend Aushilfen. Die Gäste kommen sogar aus Sigmaringen, Ravensburg und Saulgau. Und ich hab ja die Bilder vom Danile genau gesehen, ich hab doch nicht die Unwahrheit gesagt. Und jetzt behaupten die von der Polizei, ich könnte das nur gesehen haben, wenn ich selbst dort gewesen sei und in der Kapelle gewesen wäre. Oder von dir könnte ich's wissen, aber du behauptest ja, dass du nicht in der Kapelle warst und die Tür nicht aufgemacht hast. Wie die Spurensicherung sagt, seist du wohl bewiesenermaßen nicht in der Kapelle gewesen. Keine nachweisbaren Spuren von dir. Und ich wüsste als Einzige, wie's innen aussieht. Na, da habe ich mich ganz schön rausreden müssen. Ich hab schon gedacht, die behalten mich.« Sie wollte gar nicht mehr aufhören, so echauffiert war Frieda. Ich stellte die Frage aller Fragen: »Hast du's ihnen nun erzählt oder nicht, die Sache mit der Kamera, und dem ... ähm, armen Mädchen?«

»Nein!«

Sie schaute mich vorwurfsvoll an. Cäci schaute mich neugierig an, sie ahnte, dass irgendetwas nicht stimmte.

»Ich hab dir doch mein Ehrenwort gegeben.«

Unauffällig versuchte sie zu ihrer Tochter Cäci zu schauen und nickte mir dann wissend zu. Dann wurden ihre Augen feucht, sie kam auf mich zu, drückte mich an ihr großes Herz und flüsterte kaum hörbar: »Die Cäci braucht doch das von der Rothaarigen nicht wissen.«

Ich drückte ihr dankbar kurz die Hand und sagte dann laut in Richtung Frieda, die wieder zum dampfenden und zischenden Herd ging: »Du hättest das mit den Fotos von der Leiche den Polizisten gern erzählen können. Ich sage denen dann, ich hätte das vergessen zu erwähnen, oder dass ich die Bilder der Presse verkaufen wollte und deshalb nichts gesagt hätte ... oder irgendetwas, was sich noch besser anhört.«

»Das klärt aber immer noch nicht die Sache mit dem armen Mädchen, Daniel«, funkelte mich Cäci aus der Tiefe ihrer riedwasserfarbenen Augen an.

Für ihren Kücheneinsatz hatte sie die weiße Bluse durch ein rotes T-Shirt mit der weißen Aufschrift ›Bedienung‹ ersetzt. Auch das stand ihr auffallend gut.

Die restlichen MIKEBOSS-Stammtischler nickten wie der Geldmohr mit dem Turban an Weihnachten in der Kirche, wenn man ein Geldstück einwirft. Auch sie waren äußerst neugierig auf die Enthüllung. Sie erwarteten eine Sensation.

Resigniert ließ ich die Schultern sinken, auch die Katze wurde mir lästig, es war viel zu warm für eine Katze auf dem Schoß.

»Ja, das war sooo. Als ich deiner Mama die Bilder vom Toten gezeigt habe, hat sie da halt noch weitergezappt ... als eben die Leichenbilder ... und da waren halt noch andere Bilder ... eins halt mit drauf von einem Mädchen ...«

»Und, wo gibt's da ein Problem?«

Bei dem Wort ›Problem‹ hob Cäci ihren hübschen Kopf, strich gekonnt die widerspenstige Strähne aus dem Gesicht und zog die Nase eigenartig nach oben und ich wusste genau, jetzt wird es eng für mich.

»Eigentlich keins, das Mädchen hatte halt nichts an.«

»Waaas ...? Und mir ins Telefon sülzen: ›Ach, komm doch wenigstens an den Wochenenden. Wir können's ja noch mal versuchen.‹«

»Nur einen ganz knappen Bikini ...«

»Ach was, lüg mich nicht an.«

»Nur oben ohne.«

»Jetzt reicht's, sag mir, kenne ich sie?«

»Susi.«

»Lauter!«

»Suuusi!«

»Waaas? Aber nicht die fette, rothaarige Biker-Schlampe,

die mit dem albernen Arschgeweih. Ich habe bis jetzt gedacht, du stehst auf schlanke, große Frauen.«

Demonstrativ schaute Cäci auf ihre Beine.

»Und Intelligenz war bis jetzt für dich auch immer ein Kriterium.«

Sie hob den Kopf leicht an und zog ihre Nase schnippisch nach oben.

»Und Rothaarige waren bis dato auch nicht in deinem Beuteschema, oder täusche ich mich etwa?«

Sie streichelte kurz über ihr brünettes Seidenhaar, ihre Riedwasser-Augen blitzten gefährlich.

»Aber wahrscheinlich sind es ja die üppigen Primärreize, da kann ich nicht mithalten. Wenn die um die Ecke kommt, sieht man ja erst mal fünf Minuten nur Titten.«

Sie hob ihre schlanken, braunen Hände andeutungsweise in Richtung ihrer Brüste. Die MIKEBOSSler wurden immer nervöser auf ihren Stühlen und lenkten abwechselnd ihre Blicke zu Cäci und mir. Sie hatten ihre Sensation.

Ich wollte aufstehen und gehen, das war nicht mein Niveau. Doch Cäci war ordentlich in Fahrt, sie stand jetzt direkt vor mir, sodass die Aufschrift ›Bedienung‹ direkt vor meinen Augen wippte. Sie drückte mich unsanft zurück auf den Küchenstuhl.

»Ich möchte da jetzt nicht … ähm, vergleichen … das ist nicht mein Niveau. Du verstehst das völlig falsch. «

»Niveau, Niveau, ausgerechnet du redest von Niveau. Gibst dich mit dieser drittklassigen rothaarigen Regional-Schlampe ab. Und was war außer Fotografieren?«

Ich zog meine Schultern nach oben.

»Nur Fotos am Baggersee, … ehrlich, mehr war nicht … halt ein bisschen oben ohne, mein Gott, wir sind doch moderne Menschen … mit ähm … modernen Beziehungen.«

»Ha! Gerade du und modern! Die hat dir bestimmt nicht nur ihre Möpse gezeigt!«

Cäci sprang auf, steckte sich demonstrativ die Ohrstöpsel ihres kultigen Mini-Musik-Players in die Ohren und marschierte energischen Schrittes Richtung Gastraum.

»Ich gehe jetzt bedienen, die Gäste warten! Die behandeln einen wenigstens anständig!«

Auf ihren langen Beinen stampfte sie verärgert zur Küchentür hinaus.

Die gefühlte Küchentemperatur betrug circa 52 Grad Celsius.

»Doch, ich kann's beweisen, dass da sonst nichts war. Die Bilder sind auf meiner Festplatte«, rief ich der schönen Stürmenden hinterher.

Und kaum hatten die Worte meinen Mund verlassen, merkte ich, wie dumm sie waren.

Die MIKEBOSSler stürmten auf mich ein: »Wahnsinn. Die rote Susi? Ist das die von der Bank? Die mit den riesigen …?«

Butzi formte seine Pranken zu Halbschalen und führte Auf-und-ab-Bewegungen vor seinem Brustkasten durch.

»Die Bilder. Zeig sie uns! Auf, komm, wir fahren sofort zu dir.«

Ich schämte mich für meine Geschlechtsgenossen. Nichts Niedriges schien ihnen fremd.

In meinen Gedanken war ich jedoch schon Meilen weiter als meine notgeilen Bikerfreunde: Morgen sofort einen Termin mit Susi abmachen … am Baggersee … Kamera mitnehmen … Cäci dann die harmlose Variante präsentieren … Beruhigung der angespannten Situation … Probleme sind dazu da, sie zu lösen.

6

Gestern Abend hatte ich Susi noch erreicht. Sie quietschte vor Vergnügen bei der Vorstellung, dass ich sie schon ganz früh zum Sonntags-Frühstücks-Baden an den Baggersee mit meinem Eisen abholen würde.

Als ich auf mein Bike stieg, kamen mir doch ein bisschen Skrupel und ich holte noch ein Fläschchen Sekt aus dem Keller. Ich steckte es in meine Lederjacke.

Susi wartete schon am Straßenrand in Ruschweiler und hüpfte vor Freude wie ein Gummiball, als ich um die Kurve kam. Sie wurstelte ihr rotes Haar zu einem Dutt und presste ihren Rollerfahrer-Helm über das Arrangement. Sie lachte mich begeistert an, ihre grünen Augen blitzten: »Das ist ja voll geil!«

Sie wusste ja noch nicht, dass meine Harley ein Einsitzer ist und meine Motive für das frühe Badeevent niedriger Natur waren. Sie setzte sich ohne Protest auf den nackten Kotflügel zwischen Fahrersitz und LED-Rücklicht und legte ihre Füße auf meine Fußrasten nach vorn.

»Das ist ja wahnsinnig geil!«, rief sie.

Ich bin keiner, der Frauen nicht mag und bin auch ansonsten recht modern eingestellt, was Frauen und zwischenmenschliche Beziehungen angeht. Aber auf ein Motorrad gehören eigentlich keine Frauen. Es gibt, wie jetzt, gewisse Notsituationen, wo es unumgänglich ist, auch weibliche Fahrgäste zu befördern, aber das sind eben die Ausnahmen der Regel – und es ist ja nur die Soziaposition.

Am Baggersee angekommen, fiel mir Susi gleich um den Hals.

»Wauuu, das ist ja super geil ohne Sitz. Da spürt man viel mehr Waibreischns!«

Susi sprang wie ein pubertierendes Känguru zum Strand des Baggersees.

»Oooh, wie süß, du hast ja Schampus dabei, alter Romantiker!«

Die Zeit war günstig, noch kein Mensch war zu dieser frühen Stunde am See. Die Lichtbedingungen waren nahezu perfekt.

Susi lag schon bald im knappen pinkfarbenen Bikini, dessen Oberteil an den höchsten Stellen mit jeweils einem Gänseblümchen aus Kunststoff verziert war, neben mir und nippte an der Sektflasche. Unauffällig zückte ich meine Kamera und knipste die kichernde Susi.

»Noch ein paar scharfe …?«

Und schon war das winzige Oberteil mit den albernen Gänseblümchen entfernt. Sie posierte und kicherte in einem fort. Als sie den Hauch von Höschen auch noch ausziehen wollte, gebot ich streng Einhalt.

Fragend schaute sie mich an: »Das letzte Mal warst du nicht so prüde.«

Es war dann noch relativ anstrengend mit Susi von der Dresdner Bank. Sie wollte ständig knutschen und rumfummeln, und mir stand einfach nicht der Sinn danach. Ich hatte andere Probleme, und Männer folgen nicht nur einfach ihren niedrigen, triebgesteuerten Instinkten. Es gibt auch noch höhere Ziele.

Susi war kurz enttäuscht, als ich nach einer Stunde Baggersee plötzlich Kopfschmerzen bekam.

Als ich sie zu Hause wieder absteigen ließ, schüttelte

sie ihr rotes Haar, hüpfte schon wieder vor Freude wie ein Laubfrosch mit Tourette-Syndrom und warf mir Kusshändchen zu.

»Das ist ja echt supi geil ohne Sitz, bloß auf dem Schutzblech, voll die Gudwaibreischns. Da braucht man gar keinen Sex. Bis bald!«

Manchmal möchte ich sein wie Susi, nur nicht dauernd.

Keine Sekunde zu spät hatte ich den Unter-Ordner ›Susi_See‹ im Ordner ›Akt‹ angelegt, als es an der Haustür klopfte.

Cäci!

»Wo warst du heute Morgen schon?«

Oh Mist, sie hat mich natürlich gehört – die offenen Endrohre …

»Morgenfahrt – willst du einen Kaffee?«

»Gern – wohin?«

»Durchs Ried, dann Richtung Baggersee.«

»So?«

»Kann den Leichenfund nur so verarbeiten – muss einfach immer wieder da vorbeifahren, an der Kapelle – kann auch schlecht schlafen. Und die Träume nachts erst. Da kommt dann der Geruch wieder hoch. Ich sehe dann riesige Maden. Und in meinen Träumen sieht die Leiche immer gruseliger aus als auf den Bildern. Das muss erst mal verarbeitet werden.«

Ich wollte ihr Studiengang bedingtes psychologisches Interesse an mir etwas verstärken und senkte kurz deprimiert meinen Kopf.

In ihrem schwarzen, kurzen Stretchsommerröckchen und einem gelben Top kam sie auf mich zu, setzte sich in meinem Arbeitszimmer am Computertisch neben mich und legte ihre rechte Hand auf meinen Schenkel. Ich roch den

Kräuterduft ihrer frisch gewaschenen Haare. Kühl kitzelten sie an meiner linken Wange.

»Sorry …, das glaub ich ja alles, das ist nicht einfach zu verarbeiten. Wenn ich später eine eigene Praxis habe, darfst du dich als Erster auf meine Couch legen und therapieren lassen. So, aber jetzt will ich die Bilder vom armen Mädchen sehen.«

Sie grinste ganz leicht.

Gott sei Dank, jetzt ja nichts mehr versauen.

Mit der Kaffeetasse in der linken Hand betrachtete Cäci die Bilder aus dem Unter-Ordner ›Susi_See‹ im Ordner ›Akt‹.

Ich klickte Bild um Bild weiter. Cäci entging kein Detail.

»Sooo schlimm sind die doch nicht – aber Mama ist halt recht prüde. Die Susi hat aber schon verdammt gute Glocken. So viel Masse kann ich nicht bieten. Und die tollen dichten roten Haare, nicht so langweilig brünett.«

»Du kennst mich doch – nicht Quantität, sondern Qualität zählt.« Ich gab ihr einen zarten Kuss auf die rechte Wange.

Cäci rückte näher.

»Zeig mir auch mal die Leichenbilder.«

Ich lehnte ihren Wunsch nicht ab, und als sie das Weitwinkelbild mit dem Trolley anschaute, meinte sie: »Die Haushälterin vom alten Pfarrer zieht doch immer so einen hinter sich her, wenn sie sich zum Bahnhof fahren lässt. Der hat auch so riesige Räder und so ein ähnliches Muster. Übrigens – toll, deine neuen Stiefel.«

Dann legte sie die Hand auf meine Schulter: »Ich hätte gern noch ein Gläschen Sekt zum Frühstück.«

Der zweite Teil des Sonntagmorgens nahm eine unvorhergesehen angenehme Wendung.

7

Am Montagmorgen war in der Schwäbischen Zeitung zu lesen:

Mord in Ried-Kapelle

Von unserem Mitarbeiter Erwin Zuder

(ez) Am Donnerstag entdeckte ein Motorradfahrer in der Wendelinus-Kapelle im Pfrunger Ried die Leiche einer Unbekannten (wir berichteten ausführlich). Die Obduktion ergab, dass die unbekannte ältere Frau ermordet wurde. Über die Identität der weiblichen Person gibt es noch keine Angaben. Am Tatort wurde ein stabiler Koffertrolley gefunden, dessen Zusammenhang mit dem Verbrechen noch nicht geklärt ist. Er befindet sich derzeit bei der Spurenauswertung. Auch Tatmotiv und Täter liegen noch im Dunkeln. Intensive Recherchen der SCHWÄBISCHEN ZEITUNG lassen jedoch den Schluss zu, dass dieses schreckliche Verbrechen in Zusammenhang mit dem gewaltsamen Ableben des Schäferhundes W. von Herrn M. aus Riedhagen zu bringen ist. Der reinrassige deutsche Schäferhund W., der laut seines Besitzers ein hervorragender Wachhund und treuer Kamerad gewesen ist, ist im ganzen Ort beliebt gewesen und als gewissenhafter Wachhund bekannt. Umso erstaunlicher ist es, dass er seinem Täter offenbar mühelos zum Opfer wurde. Der Hund war (wir berichteten) in auffälliger Pose, halb in der Erde vergraben, nach seinem grausamen Tode noch wie auf einem

Totenbett hergerichtet worden. Der offensichtlich geistesgestörte Täter hatte dem Tier wohl mit einem schweren Gegenstand das Genick abgeschlagen (Aussage der Polizeidirektion Bad Saulgau) und ihm dann quasi ein Grab geschaufelt, das nur die unteren Extremitäten bedeckte. Im Maul des Tieres entdeckten die Experten der Spurensicherung ein circa 20 Zentimeter großes Eisenkreuz, das selbiges aufsperrte. Weitere intensive Recherchen der SCHWÄBISCHEN ZEITUNG ergaben, dass weder der Schäferhund W. noch sein Herrchen, das immer noch unter Schockeinwirkung steht, im Ort Feinde hatten. Laut Aussagen von Herrn M. will er seinem treuen Hund an der Stelle seines grausamen Todes ein Mahnmal für alle geschändeten Hunde errichten. Spenden für die Errichtung einer solchen Trauerstätte, die auch von der Straßenseite her der Öffentlichkeit zugänglich gemacht werden soll, bittet Herr M. auf das Sonder-Spenden-Konto mit dem Namen ›Waldemar‹ bei der KSK Bad Saulgau unter der Nummer 8743749342, BLZ: 684495 einzuzahlen.

Jüngsten intensiven Recherchen der SCHWÄBISCHEN ZEITUNG zufolge ist es auch schon zu Verhören durch die Polizeistelle Bad Saulgau unter Leitung von Polizeihauptkommissar Härmle gekommen. Eine renommierte Gastwirtin aus R. wurde zur Polizei vorgeladen, um Aussagen zu machen.

Schlechter Journalismus … typisch Zuder … der hat schon im Religionsunterricht nichts getaugt … aber eine weibliche ältere Leiche … ein stabiler Koffertrolley …

Der alte Pfarrer Hermann Sütterle schüttelte nachdenklich und sichtlich beunruhigt seinen kahlen Kopf. Er dachte an seine Haushälterin Fräulein Margot. Margot besuchte in ihren Sommerferien immer ihre Schwester in Stuttgart, die an fortschreitender Demenz litt.

Wie viele Tage ist die jetzt schon weg? Ich bin ja heilfroh, wenn sie so schnell nicht wiederkommt, aber sicher ist sicher.

Margot hatte eigentlich schon gestern wieder in Riedhagen zurück sein wollen. Es war nichts Außergewöhnliches, wenn sie ein paar Tage länger in Stuttgart bei ihrer kranken Schwester blieb.

Ich rufe einfach mal bei der Schwester an, sicher ist sicher. Wahrscheinlich ist ja alles in Ordnung.

Der kleine, magere Mann schlurfte langsam zum Telefon und wählte.

»Ja, hallo, hier Pfarrer Sütterle aus Riedhagen. Hallo, verstehen Sie mich? Ja ... der Pfarrer ... Wann kommt denn das Fräulein Margot wieder?«

Das Gespräch mit der dementen alten Dame aus Stuttgart war sehr anstrengend. Schließlich legte er auf, um jedoch gleich die Nummer der Polizei zu wählen.

Wenige Stunden später war es Gewissheit. Fräulein Margot, die 72-jährige Haushälterin des ehemaligen Pfarrers von Riedhagen, war zwar nach Stuttgart zu ihrer Schwester aufgebrochen, aber nie dort angekommen.

Schon ein paar Stunden später wurde Fräulein Margot von Angehörigen in ihrer vorletzten Ruhestätte, der Tübinger Pathologie, identifiziert.

8

Der spontane Gedenk-Gottesdienst, der auf Initiative der katholischen Gemeinde für Margot Kramer am Dienstag um 18 Uhr stattfand, war deutlich besser besucht als jeder Sonntagsgottesdienst in leichenfreien Wochen. Auch einige Evangelische aus dem nahen Wilhelmsdorf saßen zur Freude des jungen afrikanischen ›Ausleihpfarrers‹ Deodonatus Ngumbu in den engen Holzbänken. Ebenfalls anwesend war die Polizei, Hauptkommissar Härmle saß unauffällig in der letzten Reihe neben seiner blonden Komplizin, die heute das kleine Schwarze trug. Ich zwinkerte ihr, als ihr neugieriger Blick mich festhielt, aus meiner privilegierten und übersichtlichen Sitzposition kurz zu. Sie schaute mich mit kurzem Erstaunen an, richtete ihren Blick auf meine Stiefel aus Reptilienleder und tippte sich dann dreimal ganz kurz und unauffällig mit ihrem rechten Zeigefinger an die Stirn.

Dumme Bullenkuh.

Ansonsten war heute alles in der Kirche, was Rang und Namen in der Gemeinde hatte. Nur der alte Pfarrer fehlte. Vielleicht ging es ihm zu nahe, dass sein jahrzehntelanger keifender Schatten nun dort war, wo er immer hingepredigt hatte.

Da schau ich nach dem Gottesdienst kurz vorbei – der Alte mit seinem schwachen Herz … von der vielen Sauferei … nur den besten Messwein, Bodensee-Qualität … nicht dass der noch unterm Tisch liegt.

Dieser Gottesdienst war für mich Pflicht. Nicht weil ich die alte Margot Kramer mochte, war ich heute hier, sie war die einfältigste alte bigotte Kuh, die ich je kennengelernt hatte und die sich in alles einmischte, was sie nichts anging. Auch die Neugierde war nicht Motivation meiner gedenkgottesdienstlichen Anwesenheit. Es war der Dienst im Namen des Herrn.

Der Gemeinde-Mesner Herr Kalner war zwar körperlich noch fit, wurde aber in den letzten Jahren seines Amtes immer verschrobener und konnte sich mit seinen 69 Jahren kaum mehr etwas merken. Und so war ich vor sechs Monaten, als der Aushilfspfarrer mich bat, zum Job des Ersatzmesners gekommen, und das auch noch für ein gutes Taschengeld. Die Katholische hat immer noch genug Kohle.

Die eigenartige Stimmung im heißen Gotteshaus machte mich schläfrig und so schwelgte ich bald in Erinnerungen an den gestrigen zweiten Teil des Sonntagmorgens. Cäci war nach einem Schlückchen Sekt recht locker geworden und hatte gemeint, ich könne ja ›Susi‹ löschen und einen Ordner ›Cäci‹ anlegen. Das waren keine schlechten Aussichten.

Einer der liturgischen Höhepunkte des Trauergottesdienstes, das Vaterunser, wurde mal wieder zum Ereignis, das Mikrofon am Ambo verrichtete seinen Dienst unzulänglich und gab bei jedem gesprochenen Vokal ein nervenzersetzendes, hochfrequentes Pfeifen an die miserablen Lautsprecher weiter.

»Vater unsa, der du bist in Himmäl …«

Ich mag ihn sehr, unseren freundlichen Pfarrer aus Kenia, manchmal kommt er sogar zum MIKEBOSS-Stammtisch in den Bohnenstengel. Butzi hatte ihm eine 1,7 PS starke

NSU Quickly S, Baujahr 1957 in perlgrau und jadegrün als Missionsfahrzeug hergerichtet, mit der er nun im Namen des Herrn unterwegs war.

Da stand er vorn im Altarraum und füllte ihn mit einer unglaublichen Präsenz aus. Er war schon ein ganz besonderer Mensch, unser neuer Pfarrer Deodonatus, der von Gott geschenkte, der jahrelang in den Slums von Nairobi seine seelsorgerische Tätigkeit verrichtet hatte. Taufen ließ er sich mit 15 Jahren, gegen den Willen seines mächtigen Vaters. Wie ein Musterathlet stand er mit seinen breiten Schultern und seiner kräftigen Gestalt im Altarraum. Seine Hautfarbe war von tiefem Schwarz, die kurzen schwarzen Locken lagen eng an seinem ovalen Kopf. Die Lippen standen voll unter seiner langen und geraden Nase. Für den heutigen Gottesdienst trug er das passende Messgewand, ansonsten war er nie ohne seine Soutane mit den 33 Knöpfen, die dem Alter Jesu entsprachen, zu sehen. Mit seiner freundlichen und humorvollen Art hatte er schnell die Herzen der Riedhagener Bevölkerung gewonnen. Er schien immer bester Laune zu sein und hatte für jeden in der Gemeinde, ob katholisch, evangelisch, atheistisch oder zu der einzigen muslimischen Familie des Ortes zugehörig, ein offenes Ohr. Obwohl sein Einstand in die kleine oberschwäbische Gemeinde nicht ganz leicht war – von den Jungbauern hatte er sofort den Spitznamen ›Buschpfarrer‹ bekommen – gewann er durch seine sympathische und menschenfreundliche Art bald die Herzen der Einwohner Riedhagens. Neben seiner Stammgemeinde, in deren Pfarrhaus er wohnte, betreute er noch drei Nachbargemeinden.

Der Anblick des tiefschwarzen Geistlichen und die Entwicklung der Dinge an und für sich in unserem Dorf brachten mich wieder einmal in eine sentimental-philosophische

Sakral-Stimmung, vielleicht war der unbewusste Auslöser auch das meditative Orgelspiel des Dorfhippies Philipp aus der Frauen-Psychogruppe, denn verstärkt flossen nun meine Gedanken: Früher sind die Weißen in den Busch, haben wie die Berserker herummissioniert, haben ewig gebraucht, um den Schwarzen ihren Voodookram auszureden. Und heute, heute kommen die Missionierten aus dem Busch zu uns, um uns die Religion, die wir ihnen gebracht haben, wieder neu beizubringen. Weil kein 16-jähriger Disko-Trottel mehr weiß, was eine Monstranz ist und keine 16-jährige Ich-fühl-mich-wie-eine-Popstar-Schlampe mehr weiß, was Kommunion bedeutet. Die halten das für ein Medikament. So weit ist es gekommen. Gott sei Dank gibt es Kerle wie Deodonatus Ngumbu, die kein Risiko scheuen, im Dschungel des undifferenzierten Atheismus den Kampf gegen die Gottlosen anzutreten. Deshalb hat der MIKEBOSS-Stammtisch ihm auch die NSU Quickly geschenkt – um nun mobil an allen Stellen des aufflackernden Atheismus schnellstmöglich missionarisch tätig sein zu können.

Das war immer so, die Gedanken taten, was sie wollten, und so war ich ganz froh, als unerwartet Herr Kalner, der Alt-Mesner, durch die Sakristei in die Kirche stapfte und meine Gedanken unterbrach. Vorgestern zum Sonntagsgottesdienst hatte er sich kein einziges Mal blicken lassen. Er verbeugte sich kurz vor dem Altar, ging zum Seitenaltar und zündete dort die Kerzen an. Wahrscheinlich war er gedanklich schon bei Weihnachten. Er kam wieder zurück, verbeugte sich im Mittelgang wieder kurz zum Altar hin und verschwand in der Sakristei. Immer wieder brauchte er solche Auftritte, er wollte noch nicht zum alten Eisen gehören.

Dann, nach einer gefühlten Ewigkeit, ein weiteres liturgisches Highlight: Deodonatus spendete den Schlusssegen durch die rebellierenden Lautsprecher: »In Namä von Vatte, Sohn und die heilige Geistaa.«

Das darauf folgende, unerwartet aktuelle Schlusswort von Deodonatus Ngumbu kam mir länger vor als seine Predigt. Einige, die schon zur Kirche hinaus wollten, hielten noch einmal kurz inne: »Lieba Gemeinde, war schrecklicha Woche für Doaf. War de Tod von lieba Frau Maagot Krama in da Kapelle von da Wendelinus. Lieba Frau Maagot hatta meina Vorgänga gedient. Wenn wieda zurückkommt von Obduktion von Tübingen, dann richtige Beädigung mit Kirchakor ... Dann war auch noch da tote Hund ina Garten vona Gemeindemitglied. Für Gemeinde ista des alles seah schlimm, es ist wischtig zusammahalte und bruderlisch Solidarität. Einanda Unterschtützung in da schwära Zeit, wischtisch, aba schlechta wenn falsche reda, wenn zu schnell Urteil üba andera fälla.« Er hatte recht, unser Pfarrer!

Die Leute zog es nun förmlich zur Kirche hinaus, die Ministranten waren schon zur Sakristei geeilt, als der schwarze Pfarrer noch einmal anhob: »Unsere lieba Herr Maiser Philipp spielta uns noch für Gemeinde und de Frieda in Gemeinde noch eina Bachkorall. Scheene Tag noch.«

Ich schaute kurz zu Frieda, sie war aus ihrer schläfrig-meditativen Stimmung hochgeschreckt, als sie ihren Namen hörte, hatte Deodonatus jedoch sofort richtig interpretiert. Sie wusste, dass ihr kein Abschlussständchen gespielt wurde, und rutschte wieder in eine bequemere Sitzposition. Alle warteten auf Philipps erbärmliche Intonation des angekündigten Bachchorals. Außer warmer Stille war jedoch nichts zu hören. Meiner Aufgabe als Mesner bewusst, schritt ich zur Orgelempore die Treppen hinauf.

Philipps Platz war leer.

Von der Kirche wie fast von jedem Ort des Dorfes hatte ich nur knappe fünf Minuten nach Hause. Bei Nachbar Müller erwartete mich die nächste Überraschung. Ich wähnte den Frührentner bei einer unnötigen abendlichen Gartenarbeit zu selbsttherapeutischem Zwecke. Die nachbarliche Situation stellte sich jedoch gänzlich anders dar.

Während des Gedenkgottesdienstes für seine Nachbarin Margot war bei Herrn Müller ein Steinmetz mit seinem Kleinlaster angereist und hievte gerade mit einem Kleinkran einen Großstein mit Inschrift in Müllers Garten.

Ich warte seit vier Monaten auf eine Ersatzstufe an meiner Treppe und der bekommt seinen albernen Köter-Gedenk-Brocken noch nach Feierabend!

Der runde Aufkleber ›Schäferhundverein e. V.‹ am Kleinlaster erklärte alles. Müller selbst stand breitbeinig und zufrieden in einem kleidsamen blauen Arbeitsanzug auf seinem Rasen und betrachtete die Arbeit. In seinen Armen hielt er einen winzigen Schäferhund, der ihm eifrig das Gesicht leckte.

Wo kann man so schnell Schäferhunde kaufen? Kauft man Hunde – als beste Freunde des Menschen – überhaupt? In welchen Läden kauft man Hunde? Ich habe in einer Zoohandlung noch nie Regale mit Hunden gesehen. Kinder kauft man ja auch nicht in Läden, die sind ja mitunter auch Freunde des Menschen, die bekommt man. Hat Müller einen Hund bekommen?

»Wollen Sie ihn auch mal halten? Der beißt nicht. Eins-a-Zucht«, lachte Müller sein sympathisches Frührentner-Lachen und hielt mir das Tierchen hin. »Na, wie finden Sie den Stein?«

»Was steht denn da drauf?«

»Sie haben doch studiert und können lesen?«

Müllers WalderBräu-naturtrüb-hell-Wampe hüpfte im Takt seines Lachens.

Der am Kran pendelnde Stein senkte sich in die vorgesehene Mulde, zwei türkische Arbeiter, Vater und Sohn Özgül, die der einzigen muslimischen Familie im Dorf angehörten und im einzigen dreistöckigen Hochhaus wohnten, drückten ihn unter Stöhnen und Genörgel mit Stangen und Pickel in die richtige Position:

Waldemar 2001 bis 2008

Des Menschen bester Freund
vom Menschen hingemeuchelt
doch jenseits kommt die Stund
da sehen wir uns wieder

Unter die bedeutungsschwangere Inschrift waren noch zwei Löcher in den chinesischen Sandstein gebohrt.

Als ob Müller meine Frage geahnt hätte, sagte er stolz: »Da kommt noch ein Messingtäfelchen mit seinem Bild hin.«

»Kommen denn Hunde überhaupt in den Himmel?«

Entsetzt schaute mich mein Nachbar an.

»Aber Herr Bönle, Sie haben doch Theologie studiert. Das müssen Sie doch wissen, der Herr liebt alle Geschöpfe, und der Noah hatte alle in seinem Boot.«

Ich wollte den verunsicherten Müller mit seiner Grundschultheologie nicht enttäuschen – außerdem war ich mir nicht mehr sicher, ob in Noahs Arche auch ein deutscher Schäferhund war – und nickte: »Ja, stimmt schon, der Noah. Was ist denn übrigens mit dem schönen Vesper hier?«, fragte ich hungrig.

Auf einem großen Brett lagen leckerer Hinterschinken vom Schwein, eine Leberwurst, daneben eine harte Schwarzwurst. Zwei ungeöffnete Flaschen Bier ruhten daneben.

»Oh, die können Sie gern haben. Die Türken sind wohl was Besseres gewöhnt.«

Abfällig nickte er zu den schwitzenden Özgüls.

Ich enthielt mich jeglichen Kommentars im Hinblick auf eine ungestörte Nachbarschaft.

»Hallo, ihr Süßen«, rief es nervend von der Straße her.

Oh nein, nicht schon wieder Hildegard.

»Aaaah, das wird ja toll. Das ist bestimmt für Waldemar. Der würde sich sicher freuen, wenn er das sehen könnte«, bemerkte sie mit schrägem Haupt, um die Inschrift zu entziffern.

Dumme Kuh, wenn er sich freuen würde, würde er noch leben, wenn er noch leben würde, bekäme er kein Denkmal, wenn er kein Denkmal hätte, über das er sich freuen könnte, würde er sich nicht freuen. Außerdem können Hunde nicht lesen!

Nachdem sie unaufgefordert in den Garten meines Nachbarn stolziert war, bemerkte sie den winzigen Köter mit seinen großen Kuschelaugen auf meinem Arm.

»Gott, ist der süüüß! Darf ich mal? Als meine Lamas noch klein waren, hatten sie auch so ein Stupsnäschen.«

Sie fuhr unaufgefordert mit dem Daumen über die Nase des Hundes und rubbelte kräftig daran.

Für den kleinen deutschen Schäferhund auf meinem Arm schien die Verzückung und Entrückung der einfältigen Hildegard zu viel zu sein. Ich spürte warme Nässe am Unterarm. Entsetzt drückte ich das verdutzte Jungtier Hildegard an die knackige Brust, die die Inkontinenz des verwirrten deutschen Schäferbabys zu spät bemerkte und es auf Müllers Rasen plumpsen ließ. Und schon war es in Richtung der hohen Tannen durch die Hecken auf das Grundstück des Alt-Pfarrers verschwunden. In diesem Augenblick fiel mir wieder ein, dass ich mir sowieso vorgenommen hatte, nach dem Alt-Pfarrer zu schauen, da er beim Gedenkgottesdienst gefehlt hatte. Aber seit unser neuer Pfarrer das Sagen in der Kirche hatte, war der Alt-Pfarrer nicht mehr in der Kirche gesehen worden. Er hatte sich mehr und mehr aus dem Dorfleben zurückgezogen.

Ich rannte dem Hund hinterher. Hildegard rannte mir hinterher. Müller lachte und vergrub die Hände in den Taschen seines attraktiven Arbeitsanzuges in blau.

»Sie wissen ja, wie der Alte Hunde liebt, der holt sein Luftgewehr. Bringen Sie ihn mir ja heil wieder!«

Nicht nur einmal hatte der alte Pfarrer seinem Nachbarn Müller die Hundescheiße von seinem Grundstück auf die Haustreppe gelegt.

Als ich durch die Hecken stürmte, sah ich gerade noch, wie der deutsche Mini-Schäferhund zur offenen Verandatür des Alt-Pfarrer-Domizils hineinstürmte. Hinter mir hörte ich einen Schmerzensschrei. Hildegard bekam die zurückwippenden Zweige meiner Heckendurchquerung ins Gesicht.

»Pass doch auf!«

Und dann standen wir beide, ich etwas atemloser, jedoch im Gesicht streifenloser als Hildegard, auf der Veranda.

»Hallööööchen, Herr Pfarrer, der tut nichts. Herzliches Beileid noch …, der will nur spielen.«

Ich wusste schon immer, dass Hildegard beim Verteilen der Intelligenz nicht drangekommen war. Ich wusste auch, dass der Alte mit keinem Hund spielen würde, ich war mir sicher, dass er gerade sein Luftgewehr holte, mit dem er die Katzen, die unberechtigt sein Grundstück betraten, anschoss.

»Hallo, Herr Pfarrer, Entschuldigung … Müllers Hund …«

Nur langsam gewöhnten sich meine Augen an das Düstere, als ich durch die Verandatür ins Studierzimmer trat. Mir wäre es allerdings lieber gewesen, meine Augen hätten sich überhaupt nicht an den düsteren Raum angepasst und ich hätte dieses Bild nie gesehen.

Auf dem Boden, neben dem Sessel, lag der ehemalige Pfarrer von Riedhagen. Nicht eine Spur Leben war noch in seinem Körper. Das hätte allein schon das große gusseiserne Kreuz verhindert, das aus der Mitte seiner Brust herausstand. Die Augen waren geschlossen und sein Gesicht sah, die eigene Situation missverstehend, friedlich aus. Was hell aus dem Mund herausragte, war nicht die Zunge, sondern eine kleine herausgeschnittene Seite eines Buches mit winzigen Schriftzeichen. Die bleichen Hände waren auf der Brust nachlässig gefaltet, wobei zwischen Zeige- und Mittelfinger der linken Hand das Eisen des Kreuzes emporstieg. Unter dem bleichen Kinn des Pfarrers lag wie zur Entschuldigung ein welkes Sträußlein Gänseblümchen.

Die Schmerzen in meinem linken Oberarm wurden stärker. Hildegard drückte immer heftiger zu.

»Was ist denn hier passiert? Wo ist der Kleine bloß hin? Ruf doch den Krankenwagen, Dani!«

Die Wahrscheinlichkeit, innerhalb von einer Woche zwei Leichen zu finden, ist in Friedenszeiten relativ gering.

»Ruf doch schon an. Vielleicht kann man da noch reanimieren. Tu doch endlich was und steh nicht so blöd rum! Ich glaube, der atmet noch.«

Jetzt erst konnte ich mich von diesem grotesken Bild losreißen, kniete mich neben den Alten und versuchte, den Puls zu fühlen. Die Hände waren schon kalt und steif. Selbst Jesus hätte ihn nicht mehr wiederbeleben können.

»Tu doch was, reanimier ihn«, schluchzte Hildegard.

Ich drückte ihr mein Handy in die Hand: »Ruf bei der Polizei an.«

Voller Grauen schaute ich mir den Zettel im Mund des Toten genauer an. Als ich mich zögerlich überwindend ganz nahe über das wächserne Gesicht beugte, meinte ich, schon einen leichten Geruch des Todes zu verspüren.

Es war eine kleine Seite, wahrscheinlich eine Textstelle aus der Bibel, mit rotem Stift waren Verse eingekreist, nervös versuchte ich die Worte zu lesen, konnte aber in Anbetracht der makabren Situation und meines vor Aufregung zitternden Kopfes lediglich ein paar Begriffe der winzigen Schrift entziffern:

›… erfüllte sich, … Propheten Jeremia …
… Geschrei … Rama … lautes Weinen … Klagen
Rahel weinte … Kinder … trösten … sie waren dahin.‹

Zur Sicherheit holte ich meine Kamera heraus und hielt alles, was mir wichtig erschien, in digitaler Qualität mit sieben Millionen Pixel fest. Vollautomatisch wurden Blende und Zeit berechnet, auch der Blitz benötigte kein Eingreifen meinerseits. Nichts im Raum ließ ich aus, vor allem den kleinen Zettel im Mund des Getöteten versuchte ich mit der Makro-Funktion der Kamera bestmöglich abzulichten.

»Lass doch den Blödsinn mit dem doofen Fotoapparat. Tu lieber was!«

Inzwischen war der Zwergenköter wieder aufgetaucht, somit hatte die nervende Hilde ein ihrem Intelligenzquotienten angemessenes Betätigungsfeld gefunden und ich endlich meine Ruhe, die jedoch nicht lange währte.

Die verstörte Hildegard rannte mit dem Hündchen auf dem Arm sofort zu Müller und erzählte, was sie im Nachbarhaus vorgefunden hatte. Müller ging durch die Hecke wie ein Raddampfer, in seinem Strudel der Steinmetzmeister und seine beiden türkischen Arbeiter. Gerade als ich meine intensive Fotoarbeit erledigt hatte, kamen die vier mit ihren schmutzigen Gummistiefeln hereingestürmt. Als sich der erste Schock gelegt hatte, trampelten sie durch das Studierzimmer des Toten und beäugten diesen aus jeglichem Winkel.

»Nichts anrühren, verdammt noch mal! Geht raus, ihr macht doch für die Spurensicherung alles kaputt«, rief ausgerechnet Müller, der nervös wandernd keinen Winkel des Raumes ausließ.

Zuerst verließen der Steinmetz und seine Arbeiter den grausamen Ort. Als ich zur Verandatür hinaustreten wollte, spiegelte sich das Innere des Raumes in der Scheibe der Tür und ich bemerkte gerade noch, wie Müller in einer raschen Bewegung einen Zettel vom Grundig-Röhrenradio des Pfarrers nahm. Ich drehte mich schnell um: »Ich mache noch ein paar Fotos.«

»Mensch, schnell raus, bevor die Polizei unsere Sauerei sieht.«

Der Zettel schien schon irgendwo verschwunden. In der Verandatür drückte sich Müller an mir vorbei und versuchte den rasch gefalteten Zettel in der Tasche seines neuen blauen Anton verschwinden zu lassen. Der Zettel rutschte jedoch neben die Tasche und landete, von dem auf die Grenzhecke zu eilenden Müller unbemerkt, direkt vor meinen Füßen auf dem Dielenboden der Veranda.

Sofort hob ich ihn auf.

›Wenn Sie noch einmal auf einen Hund schießen, werden Sie es bereuen!!

Einer, wo es gut mit Ihnen meint‹

Sprachlich war mit diesem Schreiben kein Literaturpreis zu gewinnen, aber die Aussage war interessant. Die Kamera hatte ich noch in der Hand – und schon war das Beweisstück digitalisiert.

»Herr Müller, das haben Sie verloren.«

Noch vor der Hecke gab ich ihm den wieder zusammengefalteten Zettel in die Hand.

»Ah, danke, da habe ich die Stunden der Arbeiter notiert.«

Diesmal landete das Stück Papier in der weiten Hosentasche seines Arbeitsanzuges.

Die rasch eingetroffenen Polizeibeamten und die mit ihrem Privatfahrzeug angereiste Beamtin höheren Dienstranges staunten über den unglaublichen Schmutz auf dem Boden des Studierzimmers. Als sie den Grund dafür vom plötzlich sehr redseligen Müller erfuhren, mussten sich die Arbeiter und ihr Meister eine Gardinenpredigt der Beamten anhören, wie man sich an einem Tatort zu verhalten habe. Müller nickte nur, er hatte inzwischen Turnschuhe an seinen Füßen.

»Haben Sie mal wieder die Leiche gefunden?«, kam die blondeste aller Beamtinnen auf mich zu.

Ich nickte und zeigte mit meiner Rechten auf die Einfältige.

»Sie waren auch dabei?«

»Ja, aber es war schon zu spät. Wir konnten ihn nicht mehr retten.«

Hildegard bekam feuchte Augen. Mitleidig schaute die Polizistin zu mir: »Ich bin jetzt seit 15 Jahren bei der Polizei …«

»So alt sind Sie doch noch gar nicht!«

»… aber *ich* habe noch nie zwei Leichen gefunden – und lassen Sie einfach Ihre dummen Bemerkungen. Ich kann Sie auch aufs Revier einladen, wenn Ihnen das lieber ist.«

»Entschuldigung, dass ich zwei Leichen gefunden habe. Lieber würde ich meinen Frieden finden, das können Sie mir glauben.«

Lange und ausführlich mussten Hildegard und ich der geduldigen Frau Polizistin den Hergang unserer Entdeckung des getöteten Alt-Pfarrers schildern. Wir saßen idyllisch im Schatten der Tannen am Müller'schen Gartentisch, vor uns ragte drohend das neu gesetzte Mahnmal für den zu früh verstorbenen Hund empor. Die Staatsdienerin fummelte wieder an ihrem elektronischen Notizblock mit ihrem Plastikstocher herum und jeden Satz mussten wir zehnmal wiederholen, bis er gespeichert war. Die Hitze war immer noch unerträglich, doch Herr Müller hatte vom eigenen Most einen Fünf-Liter-Plastikkanister hergestellt, somit wurde die Vernehmung nach und nach heiterer. Zuerst hatte die Blonde die Annahme eines Glases Most verweigert, doch bald trank sie tapfer eine Mischung mit Mineralwasser im Verhältnis 1:1.

Vielleicht lag es am Mischungsverhältnis, dass sie am Ende der langatmigen Vernehmung ihren elektronischen Notizblock zwischen all den Flaschen und Gläsern auf dem Tisch vergaß, vielleicht lag es aber auch daran, dass das Ding so winzig und so grau war oder eventuell daran, dass die Hitze selbst abends das Innere des Kopfes dämpfte. Auch ich hätte es beinahe übersehen, als ich mich vom Tisch durch die Macht des Mostes leicht schwankend aufmachte, um über den Zaun in mein geerbtes Reich zu kommen. Aber da fühlte ich das winzige Informationszentrum schon in meiner klebrigen Hand. Hildegard blieb noch mit Müller sitzen, Lehrer und Frührentner haben eben immer Zeit. Er erzählte ihr wild gestikulierend eine Geschichte, wie Waldemar ihm beinahe einmal das Leben gerettet hätte.

Die Sonne ging rot unter, als ich völlig erschöpft und verschwitzt zum Ochsen lief. Zu Hause hatte ich es nicht ausgehalten, nachdem ich den Inhalt des polizeilichen Notizblockes und die Bilder meiner Kamera auf meine Festplatte kopiert hatte, denn in den Räumen stand die Hitze. Kurz vor dem Ochsen hörte ich Schritte hinter mir – Frauenschritte – es war die festbrüstige Nervensäge namens Hildegard: »Hallo. Gehst du auch noch in den Ochsen zur Versammlung? Das ist ja der Wahnsinn, was in diesem Kaff abgeht, und voll gruselig. Wenn ich das in der Gruppe erzähle, das glaubt mir niemand. Der Müller ist eigentlich supernett, ich denke, dem fehlt halt als Frührentner ein bisschen der Ausgleich. Ich hatte den immer für so einen Chauvi gehalten. Er kann mir auch so ein Hundebaby besorgen.«

Das Einzige, was du brauchst, ist ein Menschenbaby, dann zettelst du keine Gedenkdemos für Köter an und brauchst keine Psycho-Gruppen, dachte ich, sagte aber: »So ein Hündchen ist wirklich was Nettes. Und die aus der Gruppe wissen das doch schon längst, so was geht in Sekunden durchs Dorf.«

»Ich meine die andere Gruppe, die in Ravensburg.«

Ich fragte lieber nicht nach.

Im Biergarten herrschte Dorf-Krisen-Stimmung. Am Laternenpfahl hing ein Schild ›Geschlossene Gesellschaft‹. Der Bürgermeister Hubert Hallinger stand auf einer kleinen unnatürlichen Erhebung, einer umgedrehten hölzernen Bierkiste direkt unter dem größten Kastanienbaum, an dem schon die bunten 25-Watt-Glühbirnen mediterrane Stimmung verbreiteten. Er fuchtelte aufgeregt mit dem rechten Arm und hielt seinen Mitbürgern eine Ansprache. In der Linken hielt er einen frisch gefüllten Maßkrug. Wortfetzen drangen zu uns, ich stand mit Hildegard am geöffneten Fenster des gastwirtschaftlichen Nebenzimmers und versuchte, das Gehörte aus dieser sicheren Distanz in einen logischen Zusammenhang zu bringen.

»Unser schönes Dorf. Mord und Totschlag … von außerhalb … Zusammenhalt. Schwere Stunden … alle zusammen … das glaubt ja wohl niemand … Polizei … schlecht für den Tourismus … im Schweiße unseres Angesichtes … früher der Kommunismus, heute Mord und Totschlag …

Auswirkungen der Russenmafia … selbst ein deutscher Schäferhund … auf das Grausamste … Zeichen der Überfremdung …«

So einen Schwachsinn hatte ich im Dorf zuletzt vor der anstehenden Bürgermeisterwahl gehört und als ich mich angewidert vom Fenster wegdrehte, hatte ich drei Frauen vor mir, eine doofe und zwei schöne. Das wohlgeformte, aber etwas nervös wirkende Fräulein Kommissarin, eine eifersüchtig dreinschauende Cäcilia und eine immer noch gedankenlose Hildegard. Zu meiner Beruhigung sagte Hilde: »Der redet mal wieder braune Scheiße!«

Mit einem koketten Augenaufschlag beantwortete sie meinen anerkennenden Blick.

»Wollen wir uns nicht alle an einen Tisch setzen?«, fragte die schlanke Blonde mit einer einladenden, fast meditativ weiten Handbewegung, die sie wahrscheinlich in einem Kommunikationskurs gelernt hatte.

»Au ja, und dann spielen wir Abendmahl und Sie bekommen die gute Jesus-Rolle. Ich bin der böse Judas.«

»Ist der immer so? Wie halten Sie das mit ihm aus?«, fragte die blonde Schöne gereizt in Richtung Cäci.

Cäci nickte und strafte mich mit einem wackelnden Zeigefinger. Die Situation gefiel mir langsam immer besser.

»Wo sind denn heute Ihre Mopedfreunde?«

»Die dürfen noch nicht so lange aufbleiben. Es wird ja schon dunkel, da kommt die Nachtfrau.«

»Daniii!«, warnte Cäci.

Das blonde Drei-Sterne-Eisfach-Fräulein nickte dankbar in Richtung Cäcilia.

Frieda war als Pendlerin zwischen Zapfhahn und Biergarten auf kurzem Umweg zu uns gekommen und hatte unaufgefordert vier WalderBräu naturtrüb hell auf den Tisch geknallt. Etwas Schaum spritzte auf den lackierten Holztisch des winzigen eigenwillig eingerichteten Nebenzimmers. Es war das Jagdzimmer. Cäcis Vater hatte in diesem seltsam geschmückten Raum mit seinen Jägerfreunden den wöchentlichen Stammtisch zelebriert. Überall hingen bleiche längliche Schädel mit mehr oder weniger großen Geweihen und Hörnern. Auf einigen größeren Geweihen saßen ausgestopfte Vögel: Eichelhäher, Elstern, Fasane, aber auch Bussarde und Sperber. Zentral drohte der grimmige Kopf eines Ebers, dessen gelbe, säbelartige Hauer furchterregend seitlich aus dem Maul ragten. Fast schon verspielt wirkten die präparierten Fische, Karpfen, Hechte und Forellen, die das düstere Gesamtbild mit ihren hochglanzlackierten Körpern auflockerten.

»Geht aufs Haus. Ich muss wieder raus, das Geschäft läuft. Wenn ihr noch was braucht, Cäci weiß Bescheid.« Kurzatmig und mit rotem Kopf, aber offensichtlich glücklich stürzte sie sich wieder in den tumultigen Außenbereich.

»Ganz schön was los«, sagte die Polizistin mit dem blonden Haar in meine Richtung. »Was haben Sie gestern Abend gemacht?«

»Gestern, Montagabend. Da war ich zu Hause. Cäcilia kann das bezeugen! Wollen Sie das nicht gleich wieder notieren?«

Cäcilia nickte schnell und bekam einen roten Kopf. Die Polizistin trank zu rasch auf meine kecke Frage hin einen kleinen Schluck und ihre braunen Augen blinkten hektisch: »Lassen Sie doch einfach mal Ihr dummes Geschwätz, mir ist heute nicht nach Späßchen Ihrer Couleur!«, fauchte sie schnippisch.

»Fehlt Ihnen etwas?«

»Ja, aber das geht Sie nichts an!«

»Vielleicht das?«

Ich zog ihren elektronischen Freund aus meiner Hosentasche und reichte ihn der Verdutzten über den Tisch.

»Wo haben Sie den gefunden? Ich habe schon das ganze Auto durchsucht.«

»Das kann ja nicht lange gedauert haben.«

Diesmal lächelte sie – verkrampft: »Danke, nicht auszudenken. Sie haben nicht reingeschaut? Fehlt ja erst seit eben. So was können Sie bestimmt nicht bedienen? Ihr technisches Verständnis geht ja nicht über das Betätigen einer Automatikkamera oder eines Gasdrehgriffes an einem Motorrad hinaus.«

»Danke, ich mag ehrliche Frauen.«

Das erleichterte Fräulein von der Polizei nahm ihr elektronisches Elend glücklich in die Hand und stach mit dem Plastikstift sofort darauf ein. Zufrieden bemerkte sie nach wenigen Kontrollblicken, dass alles Geheime und Vertrauliche aus ihren Ermittlungsarbeiten noch da war. Ich konnte es nicht mehr mit ansehen, wie sie die arme Maschine nötigte, Informationen zu speichern und abzugeben, und ging zum Tresen. Dort holte ich einen WalderBräu-Kugelschreiber und fünf WalderBräu-Bestellblöckchen. Kommentarlos legte ich die praktischen und nützlichen Schreibutensilien neben den grauen wieder heimgekehrten verlorenen Sohn der Kommissarin aus Kunststoff. Ärgerlich blitzte sie mich an und sagte in Richtung Cäci: »Habe ich Ihnen schon gesagt, dass er manchmal wirklich nervig ist?«

Beim Wörtchen ›er‹ funkelte sie in meine Richtung und Hilde, die einfältige, kicherte.

Die doofe Hildegard kam eindeutig zu kurz bei dieser unwichtigen Kommunikation und so fing ihr Mund einfach ohne ihr mentales Zutun an, in Richtung Kommissarin zu plätschern: »Das war ja äußerst brutal mit dem Hund, aber das Schlimmste fand ich ja, dass niemand zum Gedenkmarsch gekommen ist, außer Philipp. Ein Tier ist ja auch ein Lebewesen, auch wenn es tot ist und man darf ihm die Würde nicht absprechen. Tiere werden in unserer Gesellschaft zu wenig geachtet und unterschätzt. Man verspeist sie nur. Da sind wir halt zu zweit durchs Dorf gegangen und haben gesungen, dafür muss man sich ja nicht schämen. Und beim Pfarrer, da konnte ich nichts mehr machen, mit Reanimation und so, und wenn die anderen mehr nachdenken würden, dann würden sie auch kein Fleisch von Tieren essen.«

Gott sei Lob und Dank habe ich keine Kinder. Nicht auszudenken, wenn sie von der in der Grundschule unterrichtet würden.

Schnell, viel zu schnell trank ich aus Verzweiflung einen Schluck aus dem Glas und da war wieder das Gefühl, als hätte mir jemand ein Loch in die Schädeldecke gebohrt und mit einem Trichter flüssigen Stickstoff eingefüllt.

»Ich vergaß – Sie stoßen ja mit Frauen nur im Bett an!«

Mit einem Engelslächeln prostete mir die unverschämte Blondine zu. Cäci schaute mich fragend an, ich deutete auf meinen schmerzenden Kopf und ging auf die verbale Unverschämtheit nicht ein.

»Trink doch nicht so gierig«, fauchte Cäci, die mein Problem kannte. »Männer sind einfach nicht lernfähig!«

Die demente Hildegard lachte laut heraus: »Das sehe ich auch so. Geistig noch immer in der Steinzeit und immer aggressiv durch Fleischgenuss.«

»Lieber aggressiv durch Fleischgenuss als doof durch Vegetarismus.«

»Wie meinst du das? Hast du ein Problem mit Vegetariern?«

»Nein, ausschließlich mit Vegetarierinnen.«

Der Abend gefiel mir mit einem Mal immer weniger.

Nachdem ich mein Alibi für den Montagabend dem elektronischen Notizblock der feschen Kommissarin anvertraut hatte, begab diese sich in den immer noch vollen Biergarten und versuchte, so viel wie möglich Datenfutter in ihren digitalen Begleiter einzugeben. Mittlerweile ersetzte betrunkenes Gelächter das dramatische Gebell des aufgebrachten Bürgermeisters.

Über all dem schwebten die Geister zweier Ermordeter, sie schienen sich in zart mäandernden Nebelfetzen über dem dunkelnden Ried zu manifestieren. Das Dorf war im Ausnahmezustand: drei Tote in kurzer Zeit, zwei Menschen, die bei wenigen beliebt waren, und ein Tier, das brevis post mortem viel Ehre erfuhr und retrospektiv das treueste im Dorfe war.

Im Biergarten, dem neuen Kommunikationszentrum Riedhagens, wusste es mittlerweile jeder, da Bürgermeister Hallinger und Hauptkommissar Härmle zusammen Tennis spielten. Und nach dem fünften Bier konnten die drallen und rotwangigen, aber auch die bleichen und magersüchtigen Jung-Bäuerinnen aus Bürgermeister Hallinger die letzten Geheimnisse über die Toten herauskitzeln: Margot, die Haushälterin, berichtete er mit gedämpfter Stimme, sei ebenso wenig eines natürlichen Todes gestorben wie Pfarrer Sütterle. Auch die Haushälterin sei den Kreuzestod gestorben, der Mörder habe ihr ein Kruzifix aus Gusseisen durch das linke Auge und den hinteren Schädelknochen geschlagen. Jedoch – man dürfe es aber ja nicht weiter erzählen – sei der Fundort nicht der Tatort. Margot sei aller Wahrscheinlichkeit nach auf ihren eigenen Trolley gebunden vermutlich vom Dorf her in die Kapelle transportiert worden, so die Erkenntnisse der Spurensicherung. Der eigentliche Reiseinhalt des Fahrkoffers sei jedoch immer noch nicht gefunden. All das nicht zu erzählen, hatte Bürgermeister Hallinger seinem Freund Härmle bei einem Tennis-Bier versprochen.

9

Der Mann las im zweiten Buch der Makkabäer:

›14,41 Schon waren die Truppen dabei, den Turm zu besetzen; sie versuchten, sich den Eingang durch das Hoftor mit Gewalt zu erzwingen, und riefen nach Feuer, um die Türen in Brand zu setzen. Rasi war von allen Seiten umzingelt. Da stürzte er sich in das Schwert;
14,42 denn er wollte lieber in Ehren sterben als den Verruchten in die Hände fallen und eine schimpfliche Behandlung erfahren, die seiner edlen Herkunft unwürdig war.
14,43 In der Hast aber hatte er sich nicht sofort tödlich getroffen; die Männer stürmten bereits durch die Türen herein. Da lief er mutig hinauf auf die Mauer und stürzte sich entschlossen auf die Menge hinab.
14,44 Weil diese sofort zurückwich, entstand ein freier Raum, und er fiel mitten auf den leeren Platz.
14,45 Doch er lebte immer noch; in höchster Erregung erhob er sich, während das Blut in Strömen aus seinen schrecklichen Wunden schoss, durchbrach im Laufschritt die Menge und stellte sich auf einen steil abfallenden Felsen.
14,46 Fast schon verblutet, riss er sich die Eingeweide aus dem Leib, packte sie mit beiden Händen und schleuderte sie auf die Leute hinunter; dabei rief er den Herrn über Leben und Tod an, er möge sie ihm wiedergeben. So starb er.‹

Er legte das Alte Testament bedächtig auf die Werkbank und fing an, Ordnung in den Holzschopf zu bringen.

Wann würden die Truppen bei ihm sein? Bald, bestimmt bald. Jeden Tag sind sie mit ihren grün-weißen und silbrig-blauen Legionen im Dorf. Nie würde er sie aufhalten können, das wollte er auch nicht. Er wollte nur Gerechtigkeit.

Ein Schwert hatte er keins, aber Kreuze. Auf die Mauer könnte er auch klettern, wenn etwas schiefging. Aber man braucht für das eigene Ende mehr Mut als für das Ende der anderen. Beim zweiten Mal ging es schon viel leichter, der Alte war vor Schreck umgefallen, als er ihn sah. Er brauchte ihm nur noch das Kreuz in die Brust hämmern, das ging einfach. Man benötigt nur das richtige Werkzeug.

Er ging daran, den Hammer zu reinigen, ein paar kleine dunkle Spritzer an Stiel und Kopf störten ihn. Zuerst entfernte er die bräunlichen Flecken am hellen Holzstiel mit dem Fingernagel, danach nahm er einen öligen Lappen und rieb zärtlich den schweren Kopf des Werkzeugs. Nach getaner Arbeit suchte er nicht lange im hinteren Teil des Schopfes, er fand ein schlichtes Eisenkreuz, wog es fachmännisch in der Hand, spannte es in den Schraubstock, nahm den Winkelschleifer und machte sich an die Arbeit.

10

Meine Arbeit nötigte mich, am frühen Mittwochnachmittag Philipp in Weingarten an seiner Arbeitsstätte zu besuchen. Als Sozialpädagoge arbeitete er in einer betreuenden integrativen Werkstatt und unterlag somit nicht dem gängigen Schulferienrhythmus. Es war mir klar, dass ich ihn nicht bei seinen Schützlingen fand, die wie immer Starter in Neonröhren einbauten. Lothi, der Dicke mit Down-Syndrom, wollte mir wie immer zeigen, wo Philipp war. Wir fanden ihn zwar nie, aber Lothi wusste, dass ich ihm am Automaten stets einen Kaffee spendierte. Ich fand Philipp Maiser auch nicht in der Teestube bei den ernsthaften, aber feschen Sozialpädagoginnen mit ihren engen Jeans und schwarzen Blusen, die mich auf einen ›kurzen Kaffee‹ einluden. Ich fand ihn diesmal im Außenbereich in seiner kleinen Werkstatt.

Er hämmerte gerade an einem Metallteil herum und fluchte laut vor sich hin. Als er mich bemerkte, begrüßte er mich wortlos mit einem Peace-Zeichen, gebildet aus einem ›V‹ von Zeige- und Mittelfinger seiner rechten Hand. Seine langen strähnigen Haare hingen ihm wirr ins Gesicht, über seinen kurzen grünen Gammelhosen und seinem lila Batikshirt trug er eine mächtige, braune Lederschürze. Er zeigte zur Orgelpfeife auf der Werkbank.

»Das war harte Arbeit, bitte vorsichtig beim Einbau. Sag mal, warst du gestern Abend mit Hildi unterwegs?«, fragte er ganz nebenbei.

»Ja, warum?«

»Nur so. Ihr wart im Ochsen?«

»Ja, warum?«

»Habe ich gehört.«

»War nett mit Hildegard.«

»Machst du dich immer an die Frauen aus deiner Gruppe ran?«

Jetzt ist es raus, dachte ich.

»Nein, an dich nicht.«

»Sehr witzig.«

»Weißt du – vielleicht weißt du's ja nicht –, ich gehe mit Hildi.«

»Wohin?«

»Ähm. Ich bin mit ihr erst seit Kurzem zusammen ... und du weißt ja, viele Frauen stehen auf so oberflächliche Sachen wie Cowboystiefel und Kawasaki, aber Hilde ist viel ernster, sie macht sich Gedanken, wie man die Schöpfung retten kann, deshalb auch die Sache mit den Lamas.«

Ich blickte nachdenklich auf mein pythonbeledertes Schuhwerk und fragte mich, ob ich mich verhört hatte oder das teure Schuhwerk wieder verkaufen sollte.

»Ja, aber Hildegard ist doch nicht oberflächlich.«

»Ähm, nein, so habe ich das nicht gemeint, aber könntest du die Finger von ihr lassen? Man kennt ja deinen Ruf.«

Jetzt war es endlich ganz raus, Philipp der Mutige mit kurzen Jeans, die er selbst abgeschnitten und grün eingefärbt hatte, aus meiner Frauenpsycho-Gruppe hatte es auszusprechen gewagt: Er hatte Angst, dass ich ihm seine Hirnlose ausspannte. Aber Männer haben auch Ideale. Hildegard sah aus einigen Blickwinkeln wirklich echt spitze aus, aber mit ihr reden konnte man nur über Vegetarismus und das gehörte nicht zu meinen Lieblingsthemen. Ich machte Philipps Seelenpein ein schnelles Ende: »Ich finde Hildegard ja wirklich klasse, aber sie ist nicht mein Typ. Sie ist, wie soll ich sagen, viel zu intellektuell für mich.«

»Ja, das verstehe ich, war ja auch nicht böse gemeint.«

»Woher hattest du denn die Info vom Tête-à-tête?«

»Ach, gestern auf die Nacht war ich auch noch im Ochsen bei der Versammlung und da hatte die Dame, die blonde von der Polizei, gemeint, du würdest dich an Hilde ranmachen, ich solle mal besser aufpassen. Ich habe das aber gleich nicht geglaubt. Ihr passt ja irgendwie gar nicht zusammen.«

Der zufriedene Philipp machte den Vorschlag, ich könne ihn noch auf einen Kaffee ins renovierte und renommierte Humpis in Ravensburg einladen. Ich lehnte ab, da mir das zu eng erschien. Der Sozialpädagoge verzurrte mir mit vier Gummispannern das wertvolle Orgelteil auf meinem Rücken, sodass es wie ein Schornstein über meinen Helm hinausragte. Vorsichtig fuhr ich mit meiner wertvollen musikalischen Fracht Richtung Riedhagen los. Philipp verabschiedete mich mit einem Peace-Zeichen.

Ab einer moderaten Geschwindigkeit von 70 Kilometern in der Stunde gab die Orgelpfeife ihr Bestes, den Sound meines Kult-Bikes mit einem sonoren Pfeifton auf meinem Weg zur Riedhagener Kirche zu unterstützen.

Die 20-minütige Fahrt war angenehm, das Ankommen angenehmer. Zuerst musste ich jemanden finden, der mir die Pfeife vom Rücken schnallte.

Aber Kalner, der unzuverlässige Mesner, hatte mich schon gehört. Er grinste über sein ganzes Gesicht, als er meine musikalische Fracht sah: »Die größte Pfeife – mit der größten Pfeife.«

Obwohl Kalner meist sehr zurückhaltend war, verstand ich mich mit ihm recht gut, wenngleich ich ihm einen Teil seiner Arbeit weggenommen hatte. Aber das schien ihn nicht zu stören – im Gegenteil.

Vorsichtig befreite er mich von der restaurierten Orgelpfeife. Und als ob die Pfeife nichts wiegen würde, schritt der 69-Jährige mit ihr in Richtung Kirche.

In der schattendunklen Eingangstür der oberschwäbischen Barockkirche stieß ich mit Frieda zusammen. Geblendet von der in der Sonne blitzenden Außenhaut des Gotteshauses sah ich sie nicht aus der dusteren Türöffnung stürmen.

»Ja, Heilandzack, was machst denn du hier?«, erschrak sie.

Noch schnell machte sie mit der Weihwasser genässten Hand ein routiniertes Kreuzzeichen über Stirn und Brust.

»Das gleiche könnte ich fragen.«

Die Antwort ergab sich von selbst, als sich meine vom gleißenden Sonnenlicht geblendeten Augen an das schattige Innere der Kirche gewöhnt hatten. Deodonatus Ngumbu krabbelte gerade aus dem barocken Beichtstuhl und rief der Ochsen-Wirtin nach: »Zua Buße fünf Vater unsa und a Affemaria.«

»Ja, ja, das mach ich zu Hause, beten kann man auch daheim.«

»Eben nicht, da Religion ista nicht nua private Angalegaheit. Warum baut man so schöne Gotteshäusa, wenn keina mehr reinkommt? Außadem ist hier viel kühla als in de Gasthaus.«

»Hoppla, so viele Sünden.« Mit dem Zeigefinger drohte ich scherzhaft der beliebten, beleibten Wirtin.

»Ach, lass mich in Ruhe!«

Es war ihr offensichtlich peinlich, dass ich sie bei der intimen Tätigkeit des Beichtens überrascht hatte. Ich zuckte mit den Schultern und versuchte den Orgelpfeifenträger einzuholen.

»Daniel, hasta kuza Zeit?«

Der mächtige Deodonatus winkte mich mit ernstem Gesicht zu sich her. Und weil mir vom Orgelpfeifentransport der Rücken schmerzte, setzte ich mich in den Beichtstuhl, dessen Holzbank vom ausladenden Gesäß Friedas immer noch wohltemperiert war.

»Was gibt's, Deo?«

»Ist Probläm füa mich. Du weißt, dass ich imma Ägaa mit meine alta Kollegaa hattä. Jetzt waa Polizei bei mia unda hatta viel gefragt. Weil imma war zwischa alta Pfarra und mia theologische Streit.«

»Ja und, hast du etwas zu befürchten? Hast du ihm das Kreuz in die Brust gesteckt, weil er Geschiedenen die Kommunion verweigert hat?«

»Nein, natüalich nicht, aba ich haba Angst, die fragat komisch und meine Antwotaa sie verstehen vielleicht falsch, wega Sprachschwierigkeitaa.«

»Keine Sorge, die werden dich schon nicht verhaften, vorher ist Frieda dran.«

Entsetzt schnaubte Deodonatus auf der anderen Seite des hölzernen Trenngitters.

»Was weißt du vonna Frieda?«

Ich beugte mich nach vorn und spähte hindurch. Ich sah nur seine großen Augen.

»Ego te absolvo, ich spreche dich von deinen Sünden frei, du schwarze Seele, oder so ähnlich.«

Am Arm zog mich Deodonatus aus dem hölzernen, dunklen Buß-Sarkophag: »Damit macht ma keina Spaß!«, ermahnte er mich.

»Komm, Deo, bleib heiter. Hier spinnt doch langsam

jeder im Dorf. Die verdrängen, dass es wahrscheinlich jemand aus der Gemeinde war. Wenigstens wir beide müssen bei klarem Verstand bleiben. Du hättest gestern den Unsinn hören sollen, den der Bürgermeister erzählt hat.«

»Du hasta gut reda, du weißt ja, dass Polizei auch imma fragt nach dir.«

»Haben sie dich auch über mich befragt?«

»Klaaa!«

»Was hast du gesagt?«

»Nua Gutes.«

Ich war beruhigt, auf Deodonatus war Verlass. Aber irgendwie schien langsam alles aus den Fugen zu geraten.

Mit Kalner baute ich dann die Orgelpfeife ein, damit Philipp ohne Misstöne aufspielen konnte – zur Doppelbeerdigung.

An diesem Nachmittag, wie an vielen anderen auch, nahm ich mir frei. Wenn schon Cäci aufgrund der Ereignisse ihre Semesterferien nach Riedhagen verlegte, musste ich diese Chance nutzen. Den Helm hängte ich an den rechten Rückspiegel, die Jacke ließ ich offen, so startete ich zum Goldenen Ochsen.

Ich bin ja an und für sich kein altmodischer Mensch und die Helmpflicht hat ja größtenteils Vorteile, aber das waren noch Zeiten vor 50 Jahren, als man mit der DKW ohne Helm durch die Gegend rauschen konnte – Born to be wiiiiiilde.

Herrgottzack noch mal!

Ein Insekt, der Größe nach eine Heuschrecke, war mir aufs linke Auge geknallt. Es schmerzte fürchterlich und das flüssige Innere des Insektes brannte wie Chilipaste auf meiner empfindlichen Augenschleimhaut.

Vor dem riesigen Gasthaus mit seinem weit ausladenden Ziegeldach und den mächtigen Fachwerkbalken erwartete mich ein optischer Leckerbissen. Einträchtig saßen Frau Kommissarin und Cäcilia unter dem glänzenden Wirtshausschild mit dem vergoldeten Ochsen auf der Treppe.

»Was ist denn mit deinem Auge passiert?«

»Fahren Sie immer ohne Helm?«

Frage eins kam von der besorgten Cäci, Frage zwei von der dienstgeilen Wasserstoff-Kommissarin. Ich beantwortete sicherheitshalber keine der beiden Fragen. Die Katze, die auch Motorradfahrer mochte, strich um meine Schlangen-Stiefel und reckte ihren schwarz-weißen Schwanz in die Höhe.

Ich setzte mich nicht mit den Damen auf die marmorierte Steintreppe, die unter dem Vordach im Schatten lag. Ich blieb stehen, so konnte ich mit dem nicht tränenden Auge von oben Cäcis Brüste, die ich bestens kannte, besser mit denen des Fräuleins vergleichen, wie sie da so nach vorn gebeugt den Blick auf sich lenkten. Von mir nicht aufgefordert, brachte Frieda drei Bier zur Treppe: »Zum Wohl – geht aufs Haus! Was ist denn mit deinem Auge passiert?«

»Ist das Freibier die Buße … anstatt der Vaterunser?«, fragte ich.

»Ach, lass mich in Ruhe!« Schnell verschwand sie durch die Holztür mit gelblichen Butzenglasscheiben in das mächtige, fachwerkgestützte Haus.

Keine der beiden sitzenden Schönheiten wollte anscheinend das Gespräch beginnen, da sagte Cäci endlich: »Trink nicht wieder zu schnell.«

Die Kommissarin warf ihr Sonnenhaar in den Nacken: »Mit Ihnen muss ich ein ernstes Wörtchen reden, ich kann Sie aber auch morgen früh aufs Revier einladen.«

Sicherheitshalber drohte sie mir.

»Mit mir kann man immer reden.«

»Setzen Sie sich her.«

Sie klopfte neben sich auf die warme Steintreppe.

»Gleiche Augenhöhe. Was ist auf Ihrer Digitalkamera?«

Sie hatte wohl geglaubt, mich mit dieser direkten Frage überraschen zu können, ich hatte jedoch längst mit diesem leidigen Thema gerechnet und war somit bestens vorbereitet.

»Wenn Sie so fragen, wissen Sie es ja schon.«

»Ich will es aber von Ihnen hören!«

Also erzählte ich ihr die ganze Geschichte, ließ aber Susi fairerweise aus dem Spiel.

»Warum haben Sie das denn nicht gleich erwähnt, dann hätten Sie der Wirtin auch Ärger ersparen können.«

»Ich habe es einfach vergessen.«

»Haben Sie sonst noch etwas vergessen?«

»Ja, ich habe gestern auch fotografiert, bevor die mit den Gummistiefeln alles versaut haben.«

»Was haben Sie fotografiert?«

»Alles rundum, den Toten, jede Ecke vom Boden bis zur Decke.«

Sie grinste: »Können wir zu Ihnen? Dann kann ich alle Bilder herunterladen. Ich kann aber auch Ihren Rechner beschlagnahmen lassen, wäre Ihnen das lieber.«

Da es mir nicht lieber war, fuhren wir zu mir.

Der frühzeitig verrentete Müller stand in Trainingshose und Feinrippunterhemd im Garten und bewässerte mit dem Gartenschlauch ein kleines Blumenbeet mit Vergissmeinnicht, das er am Fuße des Steines angelegt hatte.

»Der tickt wohl auch nicht richtig!«

Das war der erste vernünftige Satz, den ich von der ansehnlichen Kommissarin gehört hatte.

»Entschuldigung«, murmelte sie sofort.

Plötzlich bekam ich ein schlechtes Gewissen: Eigentlich müsste ich das mit der Drohung auf dem Zettel erzählen. Müller darf den vom Tatort nicht einfach verschwinden lassen. Mache ich mich strafbar, wenn ich nichts erzähle? Und wenn ich es erzähle, dann habe ich mit meinem Nachbarn keinen Frieden mehr.

»Was grübeln Sie?«

Ich schaute zu Müller rüber, dort lag nur noch der gelbschwarze Gartenschlauch wie eine giftige Schlange auf dem Boden.

Mein Entschluss war getroffen.

Bevor ich alles erzählte, wusch ich mein lädiertes, vom Fluginsekt geschändetes Auge aus, danach reichte ich der Kommissarin einen selbst gemachten Johannisbeersirup mit Mineralwasser.

Aufmerksam lauschte sie meiner Zettelgeschichte, bis ich schloss: »… aber wahrscheinlich ist das ja unwichtig für Sie, Sie haben sicher selbst bemerkt, dass der Müller zu blöd ist, zwei Menschen zu töten. Und seinen eigenen Hund wird er wohl nicht umgebracht haben.«

»Sie wissen genau, dass in einem Mordfall alles wichtig ist«, belehrte sie mich.

Ich nickte wie ein artiger Schüler.

»Ja, aber der Müller, der weiß doch, dass die Info nur von mir kommen kann. Ich habe ihm schließlich den verlorenen Zettel wiedergegeben.«

»Machen Sie sich da mal keine Sorgen, das bekomme ich so hingebogen, dass Sie aus dem Schneider sind. Ich habe da schon eine Idee.«

Das Herunterladen der Bilder auf den Minicomputer dauerte nur wenige Augenblicke, dann zog die erfolgreiche blonde Beamtin zufrieden von dannen, nickte mir noch einmal höflich zu, winkte zum einstweiligen Abschied und rief dann aus der geöffneten Tür ihres hässlichen Fahrzeugs: »So klappt's doch viel besser.«

Ich fragte mich, was bisher nicht geklappt hatte.

Donnerstag ist mein freier Tag, und ich genieße es, an diesem Tag auszuschlafen. Doch die Sonne hielt sich nicht an meinen Donnerstag-Rhythmus und drängte schon mit heißer Zähigkeit gegen 9 Uhr in mein Schlafzimmer, da ich am Vorabend vergessen hatte, die Holzläden zu schließen.

Ich kam gerade noch rechtzeitig zum Fenster, um zu sehen, wie Herr Müller in der gestrigen Trainingshose, aber mit kariertem kurzärmeligem Hemd, das Hündchen auf dem Arm, zu zwei Polizeibeamten ins Auto stieg. Er entdeckte mich am Fenster, kletterte wieder aus dem Wagen und rief herüber: »Guten Morgen! Herr Bönle, können Sie auf Racko aufpassen? Der verscheißt und zerbeißt mir sonst das ganze Haus … ist noch ganz verspielt. Ich muss mit aufs Revier nach Saulgau, wichtige Aussagen machen, da kann ich den nicht brauchen.«

Dabei hob er die Portion Hund hoch und lachte.

»Klar, kein Problem.« Ich wusste, dass ich an seinem unfreiwilligen Ausflug mitschuldig war.

Kaum war ich mit dem jungen Hund in der guten Stube, als das Telefon klingelte. Es war Cäci, sie wollte kommen und ein Frühstück mitbringen.

Sie kam zur Abwechslung in einem geblümten luftigen Rock, der eindeutig zu lang war, und einem schwarzen Brustwickel, der an ein zu breit geratenes Bikinioberteil erinnerte. In der Hand trug sie eine von Kondensfeuchtigkeit beschlagene Flasche Sekt, die kühlen Inhalt versprach, und in den kleinen wohlgeformten Ohren die obligaten musikgeladenen Stöpsel.

Ich bin ja ein moderner Mensch, aber ein Frühstück oder gar ein Brunch, lediglich aus diesem Auf- und Anstoßgesöff bestehend, ist mir ein Gräuel. Frühstücken bedeutet bei mir nicht, brunchend und gelangweilt herumzustehen und an dieser Alkoholbrause zu nuckeln, dazu maximal ein rohes Karottenstreifchen in ein Kräuter-Joghurt-Dip einzutauchen … Frühstücken bedeutet für mich, sich hinzusetzen und etwas, was der Mensch morgens braucht und er auch selbst vorbereitet hat, in aller Ruhe zu sich zu nehmen. Zum Beispiel ein Fünfeinhalb-Minuten-Ei. Ein Brötchen mit Schinken oder selbst gemachter Erdbeermarmelade. Ein gepflegtes Rührei, gern mit Speck verfeinert. Ich bin auch geräuchertem Lachs auf einem zart getoasteten Weißbrot mit etwas Meerrettichsahne nicht abgeneigt. Auf jeden Fall gehört Kaffee dazu. Natürlich kein koffeinfreier.

Cäci kümmerte sich rührend um den Sekt, Asti Spumante, und den quirligen Racko, die sie beide megasüß fand. Und ich kümmerte mich um ein anständiges Frühstück.

So gab es gegen zehn ein kleines Kräuter-Rührei, mit einem winzigen Schuss Crémant d'Alsace verfeinert, den ich dem widerlich süßen Spumante vorzog. So wurde es lockerer und schmackhafter. Dazu in Rosmarin-Öl gebratene Nürnberger Würstchen. Toastbrot, goldbraun geröstet, bildete die Beilage. Zum Abschluss schnitt ich einen Blauschimmelkäse vom Feinsten in kleine Häppchen, dazu reichte ich weiße griechische Trauben. Für Cäci kreierte ich noch einen Fruchtjoghurt mit Banane, Honig, Rosinen und einem Hauch von frischem feinst geriebenem Ingwer. Das Frühstück richtete ich auf der Terrasse an, die gleichzeitig das Dach der darunterliegenden Garage bildete. Vom verwilderten Rasen hatte ich noch einen Strauß Margeriten gepflückt und diese mit ihren weißen Blättern um gelbe Füllung in einem ehemaligen Senfglas auf dem verwitterten Holztisch drapiert. Cäci war begeistert, Racko jedoch schätzte meine Anstrengungen für ein menschenwürdiges Frühstück in keinster Weise.

Eigentlich hatte ich mir von dem Frühstücksmorgen mit Cäci noch etwas mehr erhofft, aber sie war fortwährend beschäftigt, Müllers Racko zu bändigen. Und als er mir nach dem Frühstück direkt unter die Kuckucksuhr ins Wohnzimmer geschissen hatte, war meine Geduld zu Ende. Ich band ein Seil mit einer Schlinge um den Hals des wahnwitzigen Jungköters und beschloss, den Tag im Freien zu verbringen. Racko band ich an einen jungen Apfelbaum ›Cox Orange‹, den ich im Frühjahr selbst gepflanzt hatte. Cäci legte sich mit einer mitgebrachten ›Brigitte‹ in den Schatten und ich tat, was ich an jedem Donnerstag tat: Ich pflegte meine Harley Davidson.

Nicht dass ich ein sonderlich penibler Mensch oder gar ein Hygienefreak wäre, aber ich kann es ums Verrecken nicht ausstehen, wenn jemand seine Schöne aus Milwaukee vergammeln lässt.

Deshalb hatte ich Dinge hergerichtet, die ich nicht einmal für meine Körperpflege benötige: Fön, um Wasserflecken oder gar stehendes Wasser zu vermeiden; Wattestäbchen, um in die kleinsten Zwischenräume zu kommen; elektrische Zahnbürste zur Felgen- und Speichenpflege; Nagelfeile für härtere Einschlüsse am Motorblock; Nagellackentferner für Teerflecken.

Um das Bike herum sah es aus wie in einem drittklassigen Beauty-Salon. Cäci, die die Notwendigkeit der Utensilien nicht begriff, verdrehte immer wieder die Augen und stöhnte demonstrativ in meine Richtung. Der Hund war endlich auffallend ruhig und schon nach wenigen Stunden war ich mit der Pflege fertig. Cäci schlief im Schatten des Holzbalkons und Racko lag in der Sonne und rührte sich nicht. Da mir die stundenlange Ruhe des Hundebabys seltsam erschien, ging ich zu ihm.

»Hey, Cäci, komm schnell her, mit dem Hund stimmt was nicht!«

Sie hörte mich nicht, der Schlaf war stärker.

»Hey, der Hund stirbt!«, brüllte ich.

Ich machte mir ernsthafte Sorgen um das winzige Tierchen. Die Zunge hing aus der offenen kleinen Schnauze, die Augen waren halb geschlossen und die Atmung ging recht schnell und flach.

Cäci torkelte verschlafen zu dem kleinen Tier, auch ihr Mund war leicht geöffnet, Speichel lief in Fäden aus einem Mundwinkel, ihre riedwasserbraunen Augen waren halb geschlossen, ihre Atmung ging noch recht schnell und flach. »Sag mal, spinnst du? Der hat ja gar keinen Schatten unter dem Minibaum. Der ist kollabiert.«

Eilends trugen wir den ohnmächtigen Hund ins Haus und machten ihm kühle Wickel. Schon bald stand Racko wieder auf zittrigen Beinchen.

»Dir ist deine doofe Maschine natürlich wichtiger!«, fauchte Cäci.

Ich beschloss, nicht zu antworten, sondern über meine Beziehung zu Tieren nachzudenken: Ich habe ja bei Gott nichts dagegen, wenn eine 70-jährige Witwe, die mit ihrer Rente gut lebt, einen grüngelben Wellensittich namens Hansi kultiviert, um so der Einsamkeit ihres 300-Quadratmeter-Daseins zu entgehen. Ebenso wenig habe ich etwas dagegen, wenn ein dreijähriges Kind jeden Tag einen nachtaktiven Goldhamster aus dem Häuschen zieht und ihn irgendwann aus Versehen vom Küchentisch fallen lässt. Allergisch reagiere ich aber auf Köter mit Kampfhundcharakter, die an der Leine von Leuten herumlaufen, die die Versicherung für ihren Golf 4 nicht bezahlen können. Allergisch reagiere ich nicht nur auf die Katzen, die fett und mit Glöckchenhalsband durch meinen Erbgarten flanieren und ganz nebenbei einen Zaunkönig zerfleddern, den sie dann noch auf meinem Fußabstreifer liegen lassen, sondern ganz speziell allergisch reagiere ich auf schlanke Katzen, die an einer Leine von ihren betuchten Botox-Frauchen zum Shopping mitgenommen werden. Schlank sind diese Viecher, weil sie eine sündhaft teure Diät leben oder weil ihnen in einer speziellen Tierklinik das Katzenfett abgesaugt wurde. Die alleinerziehende Frau Kvaditzki, die in unserem einzigen Dorf-Hochhaus mit drei Stockwerken in einem 45-Quadratmeter-Apartement wohnt, kann ihren Kindern nur einmal in der Woche billigstes Supermarkt-Fleisch anbieten. Sie kommt zu jedem Gemeindefest, bei dem es kostenlos etwas zu essen gibt – so haben wir vier aktive Katholiken in der Gemeinde dazugewonnen. Und die dumme Hildegard überlegt wahrscheinlich gerade, ob sie ihren vegetarischen Avocadosalat mit Fluganans oder mit Bio-Flachpfirsichen garnieren soll oder ob sie noch einmal versuchen sollte, ihre Katzen zu

Vegetariern umzuerziehen, woran ihre erste Katze beinahe gestorben wäre.

»Wo bist du denn schon wieder mit deinen Gedanken? Bei dir geht der Verstand einfach nicht über den Hochlenker deiner Harley hinaus.«

»Das heißt Apehanger, nicht Hochlenker.«

»Du weißt genau, was ich meine!«

»Nein.«

»Was glaubst du, wer es war?«

»Was war?«

»Der Mörder.«

»Oder die Mörderin.«

»Frauen sind nicht so brutal, das war ein Mann.«

»So weit geht also das weibliche Emanzipationsverständnis. Frauen töten nicht, sondern schaffen Leben, gebären.«

»Verkraftest du eigentlich nicht, dass du als Mann auf die Welt gekommen bist, die, wissenschaftlich bewiesen, doofer sind, weil sie nicht zwei Dingen gleichzeitig nachgehen können?«

»Ich verkrafte nur nicht, dass solche wissenschaftlichen Irrtümer verbreitet werden dürfen. Außerdem bin ich der beste Gegenbeweis, ich habe dich gestern gepoppt und nebenher die Bikernews gelesen – zwei wichtige Dinge habe ich gleichzeitig gemacht.«

»Du bist so unglaublich doof, wenn man mit dir nur ein einziges Mal richtig reden könnte, aber miteinander reden können nur Frauen.«

»Sie können lediglich Buchstaben austauschen.«

»Meine Frage war, wer ist der Mörder oder von mir aus auch die Mörderin?«

»Da kommen einige infrage, wenn man davon ausgeht,

dass die beiden bei vielen nicht beliebt waren. Ich denke, dass der Mörder aus dem Dorf stammt.«

»Meinst du Müller? Der hat sich ja nie mit den beiden verstanden. Der hat ja extra diese Riesenhecke wachsen lassen, dass sie nichts voneinander mitbekommen.«

»Schon, aber der Müller ist zu blöd zum Töten, der würde das seinen Hunden überlassen.«

»Warum haben die ihn dann heute mitgenommen?«

»Deine Mama haben sie ja auch schon verhört.«

»Das hat sich ja geregelt, seit du der Polizistenzicke das mit den Fotos erklärt hast.«

Es war nun an der Zeit, Cäci die Sache mit Müller und dem Zettel, den er aus dem Studierzimmer des Alt-Pfarrers verschwinden hatte lassen, zu erklären. Cäci hörte aufmerksam zu: »Da hat er natürlich ein Motiv.«

»Man bringt doch keine zwei Leute um, weil der Hund mit dem Luftgewehr beschossen wurde.«

»Es wurde schon wegen weniger gemordet. Außerdem wurde sein Hund umgebracht ... und das passt nicht zusammen.«

»Zuerst wurde aber die Haushälterin umgebracht, mit der hatte der Müller keinen Ärger. Wenn doch, hätte es genügt, den beiden den Schädel einzuschlagen. Man muss sie nicht noch mit einem Kreuz aufspießen. Das sieht eher nach einem Ritual aus.«

»Ja richtig, ein Ritual. Was hatte da auf dem Zettel im Mund des Pfarrers gestanden?«

»Das war kein Zettel, das war eine Seite aus dem Neuen Testament, einige Zeilen waren sogar rot eingekreist. Der Inhalt war irgendwie absurd, ich kann mich nicht mehr daran erinnern.«

»Hast du die Kamera hier?«

»Ich weiß aber nicht, ob man das lesen kann, wir schauen's uns auf dem Bildschirm an.«

Bevor wir ins Haus gingen, banden wir den winzigen Schäferhund im Schatten der Terrasse an der Dachrinne fest und stellten ihm einen 0,5-Liter-Joghurtbecher mit Wasser hin. Die Garagentür war geöffnet, so konnte er das kühle Innere aufsuchen.

Die Bilder waren größtenteils gestochen scharf. Da ich 53 Bilder vom Tatort gemacht hatte, saßen wir lange am Computer. Als Begleitmusik wählte Cäci eine James-Blunt-CD aus, die ich in einem Zustand mentaler Verwirrung gekauft hatte. Sie drehte die fistelstimmige Musik des Romantik-Barden auch noch unnötig laut. Doch bald schon hatten die surreal anmutenden Bilder des Tatortes uns gefangen genommen. Eines davon zeigte das fahle, friedliche Gesicht des alten Pfarrers, im Mund steckte die Buchseite. Ich vergrößerte den Ausschnitt heraus. Aufgrund einiger weniger erkennbarer Worte konnte ich die Textstelle mit meiner digitalen Bibel und deren Wortsuchfunktion eindeutig recherchieren. Es war ein Ausschnitt aus dem Buch des Evangelisten Matthäus:

›2,17 Damals erfüllte sich, was durch den Propheten Jeremia gesagt worden ist:
2,18 Ein Geschrei war in Rama zu hören, lautes Weinen und Klagen: Rahel weinte um ihre Kinder und wollte sich nicht trösten lassen, denn sie waren dahin.‹

Ich erkannte die ungewöhnliche Stelle wieder, die ich durch die Aufregung nicht mehr in Erinnerung gehabt hatte. Wir konnten uns jedoch keinen Reim auf diese unheimlichen

Zeilen in Bezug auf die Toten machen. Cäci bestand darauf, alle Bilder noch einmal durchzusehen.

»Ist das der Zettel, den Müller mitgenommen hat?«

Sie deutete auf ein mir unwichtiges Bild, das die Bücherwand und das alte Röhrenradio des Pfarrers zeigte. Und tatsächlich, auf dem Radio war verschwommen ein weißer Zettel mit unleserlichen Schriftzeichen zu erkennen. Man konnte lediglich schätzen, dass sie vier oder fünf Zeilen bildeten.

»Die Polizei hat die Bilder ja auch, dann brauchst du keine Sorgen wegen Müller haben.«

»Äh, warum?«

»Wenn ich das sehe, sieht das die Polizei auch, Zettel am Tatort … Zettel fehlt bei Spurensicherung.«

Demonstrativ tippte sich Cäci an die Stirn, um mir zu zeigen, wie begriffsstutzig ich sei.

»Das heißt ja noch lange nicht, dass der Zettel von Müller mitgenommen wurde.«

»Da lässt sich die Blonde schon was einfallen, der Müller ist doof und die Blonde ist es garantiert nicht!«

»Der Müller hat aus Angst, man könnte ihn verdächtigen, seinen Zettel, mit dem er dem Pfarrer drohte, mitgehen lassen. Zu einem Mord ist der doch nicht fähig, und wo soll er denn den Bibeltext herhaben, er kennt ja nicht mal den Unterschied zwischen Neuem und Altem Testament. Außerdem, wie soll der an die Kreuze rankommen, der alte Atheist?«

»Den müsste unser neuer Pfarrer mal missionieren«, Cäci lachte.

»Deo war gestern sowieso komisch … und deine Mama übrigens auch. Sie war beichten. Ich habe beide in der Kirche getroffen, ich musste noch was an der Orgel richten.«

»Waas? Die geht doch nie beichten! Langsam spinnen alle hier im Dorf!«

»Und Deo hat etwas gefaselt von ›haba Angsta theologischa Streita mita alta Kollega‹. Du kennst ihn ja. Die Polizei war auch schon bei ihm und hat ihn wohl lange interviewt.«

»Vielleicht war da mehr als nur ein theologischer Streit mit dem alten Pfarrer.«

»Ja, vielleicht ist da so eine alte Voodoo-Geschichte mit im Spiel, da spießt unser Buschpfarrer einfach die beiden Ungeliebten geschwind mit Kreuzen auf, und den Hund wollte er bestimmt essen. Und alles nur, weil unser Deodonatus modern eingestellt ist und der Alte und seine Haushälterin eher Repräsentanten einer mittelalterlichen Theologie waren. Diese Theorie würde manchen Ewiggestrigen im Dorf am besten gefallen, der schwarze Wilde aus dem Busch, der rechtschaffene Einheimische tötet und als Krönung noch einen deutschen Schäferhund schändlich meuchelt.«

»Ja, okay, ich kann mir Deo auch nicht als Mörder vorstellen. Ein Pfarrer! Und mittlerweile ist er in der Gemeinde sehr beliebt.«

»Aber eigenartig war er gestern. Auch Philipp war gestern seltsam drauf. Er war mir gegenüber sehr reserviert und wollte mir dann noch andichten, ich sei scharf auf seine Hilde.«

Cäci lachte auffällig laut heraus: »Bei der mache ich mir nicht die geringsten Sorgen, bei *der* nicht.«

»Auch die Sache am Dienstag, beim Gedenkgottesdienst, als Philipp einfach von der Orgel verschwunden war, das hat's noch nie gegeben, der würde ja am liebsten bis in den nächsten Tag hinein postludieren.«

»Was?«

»Vergiss es.«

»Ist er deswegen ein Mörder?«

»Nein, natürlich nicht, aber erschwerend kommt hinzu, dass er in meiner Frauen-Psychogruppe mit dabei ist.«

»Philipp? – Dann ist er bestimmt kein Mörder! Wann hast du wieder die Gruppe?«

»Morgen.«

Cäci schaute mich grinsend an: »Und wie steht's mit dir?«

»Gut.«

»Du kannst es doch auch gewesen sein, du wohnst in unmittelbarer Nähe. Leiden konntest du beide nicht und Müllers Köter ist dir schon immer auf den Geist gegangen. Du hattest als einziger ein Motiv, alle drei zu beseitigen.«

»Ich gestehe, Frau Detektivin, ich war's, schnell die Handschellen«, lachte ich.

»Lach nicht, du gehörst garantiert zu den Hauptverdächtigen, so wie die Blonde bei uns im Biergarten über dich herumgefragt hat. Ich glaube, ich muss mal von Frau zu Frau mit der reden, was die so denkt.«

»Da gibt es eine einfachere Methode. Ich habe ihren Notizblock kopiert.«

»Was hast du? Du spinnst ja! Wenn das herauskommt!«

»Außer dir weiß es niemand.«

»Zeig, schnell!«

Lange hingen wir am Bildschirm.

Die kryptischen Einträge der Kommissarin waren interpretationsbedürftig. Sätze, den Regeln deutscher Grammatik entsprechend, waren keine zu finden. Bruchstückartig waren Aussagen unterschiedlichen Personen zugeordnet. Die Kürzel ›verd‹ und ›uv‹ hinter Aussagen und Namen fanden unsere besondere Aufmerksamkeit. Cäci schloss: »Das bedeutet sicher verdächtig und unverdächtig.«

»Oder verdaulich und unverdaulich«, konterte ich, »bei mir steht ständig ›verd‹.«

Als wir in den Garten gingen, um den Zustand Rackos zu kontrollieren, fehlte dieser. Das Seil war abgeschnitten, nur noch ein kleiner Stummel hing an der Dachrinne.

»Was ist hier eigentlich los?« Cäci schaute mich entgeistert an.

Ich schüttelte den Kopf. »Ich weiß es nicht, wenn das Müller erfährt, der bringt mich um.«

»Der ist schon ewig bei der Polizei. Meinst du, die haben den gleich behalten?«

»Keine Ahnung, nur weil er den ganzen Tag nichts zu tun hat, muss er ja nicht gleich der Mörder sein. Lass uns in den Biergarten gehen.«

Im Biergarten erwartete uns die nächste Überraschung. Müller saß hemdsärmelig unter der Kastanie und winkte uns schon von Weitem zu. Ich wollte schnell abdrehen, aber es war zu spät, um unverdächtig zu wirken.

»Vielen Dank noch, dass Sie auf Racko aufgepasst haben, der hätte sonst alles verschissen – und Ihnen hat's bestimmt Spaß gemacht.«

Neben Müller saß auf dem Boden bei einem Schälchen Wasser Racko.

»Das Seil war verknotet und ein bisschen eng am Hals, ich hab's einfach abgeschnitten. Ich habe noch gerufen, aber Ihre Beatmusik war zu laut.«

Er nickte uns freundlich und verständnisvoll zu, seine

Artikulation war schon leicht getrübt, auf seinem Bierdeckel waren vier Striche mit einem Querstrich zu erkennen.

Für diese Zeit saßen viele, meist weibliche Kurgäste im Rentenalter an den Tischen verteilt. Sie waren nach einer Riedwanderung mit Skistöcken zum Kaffee gekommen und aßen gedeckten Apfelkuchen, den Frieda selbst machte. Sie tuschelten immer wieder hinter vorgehaltener Hand. Mit Sicherheit waren einige Miss-Marple-Fans unter ihnen.

Wir setzten uns abseits, um nicht angesprochen zu werden. Doch das Unglück kam auf zwei Rädern. Hildegard kurvte sportlich in den Kieshof. Minuten später, nachdem sie ihr Rad am Kaugummiautomaten mit einem monströsen schlauchähnlichen Bikesafety-Schloss gesichert hatte, saß sie in knappem sportlichem Outfit bei uns am Tisch: »Hey, darf ich mich setzen? Mann, ist das eine Hitze! Die Lamas waren heute auffallend unruhig, vielleicht kommt endlich mal ein Gewitter.«

»So, Hilde, kannst du schon deinen Ferien-Feierabend genießen, hast du die Tiere schon versorgt und dein Bad am Baggersee genossen? Du scheinst ja in den Ferien mehr Stress zu haben als in der Schule.«

»Was soll die blöde Frage, ich hatte ganz schön was zu tun. Und als Lehrerin habe ich mir meine Ferien redlich verdient, keiner von euch weiß, wie das ist, mit den vielen verhaltensauffälligen Schülern, außerdem habe ich einen ganzen Lehrauftrag. Mein Rektor macht mir immer einen extra miesen Stundenplan, und der weiß, dass ich mit meinem ganzen sozialen Engagement viel um die Ohren habe, und wenn ich mal eine Freistunde habe, dafür kann ich ja auch nichts. Und du brauchst sowieso den Mund nicht aufzumachen, Herr Erbmillionär. Du hast das ganze Jahr Ferien.«

»Ist ja schon gut. Ich habe doch gar nichts gesagt.«

»Und, weiß man schon was Neues? Hat der Dorftratsch schon einen Mörder?«

»Nein, noch nicht.«

Ich verdrehte meine Augen unauffällig in Cäcis Richtung.

»Ich finde, unser neuer Pfarrer wirkt zurzeit sehr verunsichert, irgendetwas verbirgt der doch.«

»Der hat aber nie einen Hehl daraus gemacht, dass er sich mit dem Alt-Pfarrer nicht gut verstand.«

Hilde fuhr sich gegen den Strich über ihr kurzes dunkles Haar und sinnierte: »Aber irgendwas ist da faul.«

Frieda brachte zwei Kaffee an den Tisch: »Und was darf's für Sie sein?«

»Haben Sie Mango-Saft?«

»Nein, tut mir leid.«

»Dann vielleicht Karottensaft?«

»Nein, nur Karotten.«

»Mineralwasser?«

»Ja.«

»Ohne Gaz?«

»Ohne was?«

»Ohne Kohlensäure.«

»Nein, halt Leitungswasser.«

»Ja, gern.«

»Da muss deine Mama mal was tun. Die Leute wollen heute gesunde Sachen, Wellness ist angesagt, nicht Most mit Schwarzwälderkirschtorte. Säfte statt Saufen.«

»Schöne Alliteration«, bemerkte ich anerkennend in Hildes Richtung. So viele Kommunikationspunkte wie gerade eben hatte sie sich noch nie verdient.

»Schöne was?«

Frieda brachte das Leitungswasser für die gesundheitsbewusste Hilde.

»Weiß man schon was Neues, Frau Maier? Hier bei Ihnen wird doch der neueste Tratsch gehandelt.«

Frieda zuckte mit den Schultern und meinte eher gelangweilt: »Wenn die Polizei so viel mitbekäme wie ich …«

Mit abgespreiztem kleinem Finger servierte sie Hilde das Wasser.

»Hier bitte, Ihr Erfrischungsgetränk.«

Die kritische Hilde betrachtete nachdenklich ihr Wasserglas und philosophierte: »Reines Leitungswasser, das ist immer noch das Beste, obwohl man durch die Überdüngung der Felder auch nicht mehr weiß, was man da an Giften mittrinkt. Das liegt alles nur an den Schnitzelessern. Zu viel Schweinezucht, andere Kulturen nutzen ihre Tiere, ohne sie zu essen, die Indios zum Beispiel mit ihren Lamas. Du bist doch auch Vegetarierin, Cäci?«

»Nein … äh, noch nicht.«

Hilde holte eine Tupperdose mit einem Mix aus gewürfelten Apfelstückchen, Kohlrabi und Karotten aus ihrem Rucksack und verzehrte diesen langsam und genießerisch zu ihrem Leitungswasser.

»Das wäre auch eine Idee, da hättet ihr mit Sicherheit mehr Gäste, eine Rohkost-Bar für den Abend, da kommen die Leute.«

»Ja, 40-jährige kinderlose lamazüchtende Lehrerinnen in der Midlife-Crisis, die bei Leitungswasser und rohen Karöttchen gesellig und heiter sind.«

»Da bist du mit deinen Macho-Stiefeln und deiner Yahama, oder wie das laute Ding heißt, einfach noch nicht reif dafür. Außerdem begreifen das Männer sowieso nicht. Die fressen ja das Fleisch halb roh, wie die Neandertaler.

Fehlt nur, dass ihr das, was ihr mit euren GTIs und euren aufgemotzten Motorrädern auf der Straße totfahrt, noch im Straßengraben roh auffresst. Von der Midlife-Crisis bin ich locker noch zehn Jahre entfernt. Und lieber eine gesunde Midlife-Crisis als eine permanente Lebenskrise.«

Das saß. Beifall heischend nickte sie Cäci zu. Diese grinste.

»Wenn ich dich mit deinem Rad umfahren würde, wenn du in Bad Saulgau bei Rot mal wieder über die Ampel stichst, wüsste ich schon ein paar zarte Lendenteile, die ich gern roh vernaschen würde.«

Hildegards Mund klappte weit auf, das beste Argument, das sie fand, lautete: »Ah…Aharschloch! Bis morgen dann in der Gruppe, ich muss noch an den Baggersee.«

Ich deutete auf ihren riesigen Jack-Wolfskin-Rucksack: »Passt da dein Tanga überhaupt rein?«

»Blödmann, deine Tussen lieben's ja eher ohne!«

Das saß noch tiefer. Vorwurfsvoll schaute mich Cäci an: »Das weiß schon das ganze Dorf, die Sache mit dem armen Mädchen, und alle lachen über dich!«

»Das sehe ich ein bisschen anders, die Männer sind neidisch und die Damen sind eifersüchtig! Ich bin immerhin eine gute Partie, die Äcker, Bauerwartungsland, das Haus, das Bare, hässlich bin ich auch nicht …«

»Aber arschdoof!«

Frieda, die gerade vorbeikam, Hildes leeres Wasserglas abzuräumen, zog die Stirn vorwurfsvoll in Falten, als sie die Worte ihrer Tochter an mich vernahm: »Da merkt man, dass der Vater fehlt, der hätte dir jetzt eins hinter die Löffel gegeben. Ist die Lehrerin schon gegangen?«

In meine Richtung fuhr die resolute Wirtin fort: »Pass auf, Danile, die ist hinter dir und deinem Geld her. Ich kenne die Sorte Weiber, mit dem Arsch wackeln und nachher hast du nichts mehr zu melden. Pass auf! Es gibt auch noch anständige!«

Bewusst schaute sie nicht zu ihrer reizenden Tochter, die rote Flecken auf der Stirn bekam: »Lass gut sein, Mama. Ich pass schon auf den Dani auf.«

Als Hilde ihr Mountainbike im Hof wieder abgekettet hatte und schon aufgestiegen war, hielt sie noch einmal kurz an, stützte sich am Kaugummiautomaten ab und rief mit der überdimensionalen Sicherheitskette samt Zylinderschloss um den Hals über die Ligusterhecke: »Ach, deswegen bin ich ja vorbeigekommen, die haben vorhin Philipp nach Bad Saulgau aufs Revier geholt. Der wurde verhört. Bis jetzt ist er immer noch nicht bei der Arbeit.«

Ohne das Leitungswasser zu bezahlen, fuhr sie zum Baggersee.

Müller schwankte zur Toilette an unserem Tisch vorbei, deutete mit ausgestrecktem Arm in die Richtung, in der die Radelnde verschwunden war, schnalzte anerkennend mit der Zunge und artikulierte: »Die hat aber ganz schön Pfeffer im Arsch, nicht wahr, Herr Bönle?«

11

Pünktlich zehn Minuten vor Beginn der zweistündigen Sitzung ›Wer bin ich? Versuch einer Definition des Ichs zwischen Küche, Beruf und Kindern‹ war ich am Gemeindezentrum. Diesmal war kein Anruf der Gemeindereferentin Frau Kätherle nötig, um mich aus dem Schlaf zu holen.

Da ich aufgrund der turbulenten Ereignisse der letzten Tage nicht mehr wusste, was ich für den heutigen Workshop meiner fünfköpfigen Gruppe thematisch angekündigt hatte, brachte ich in meinem Rucksack eine Kerze und einen Stapel Zeitungen und Zeitschriften mit. Ich hatte streng darauf geachtet, dass auch Zeitschriften dabei waren, die das Gefallen meines überwiegend weiblichen Publikums finden würden. Kerzen waren immer gut für spirituelle und andere Impulse. Zu den Zeitschriften … da würde mir schon noch irgendetwas einfallen.

Pünktlich um neun Uhr trafen die fünf ein. Gesprächsthema der zusammengesteckten Köpfe waren die Morde und die reißerischen Artikel regionaler und überregionaler Zeitungen. Nicht nur regionale Blätter wie der Südkurier und die Schwäbische Zeitung, auch die BILD hatte die Morde dankbar als Aufmacher aufgenommen und titelte:

›Verrückter Spießer mordet im Pfarrmilieu‹

Hildegard, die stramme Lehrerin, und Philipp, der Sozialpädagoge, der für diesen Termin von seiner Arbeit bei der betreuenden Werkstatt wieder freigenommen hatte, setzten sich nebeneinander, sie waren Händchen haltend erschienen. Die anderen drei Damen wählten ihren Platz auf dem Boden nach Belieben. Mitten im Raum hatte ich die Kerze auf einen Ziegelstein gestellt, den ich im Bauschutt um das neue Gemeindezentrum herum gefunden hatte. Circa 80 Zentimeter rostigen Stacheldraht hatte ich von dem angrenzenden Weidezaun abgeknipst und dreist um die weiße Kerze gewickelt. Etwas frisches Gras und Blumen der Kuhweide zu Füßen des Ziegelsteins verschönerten das sinnige Arrangement.

Hildegard schaute mich gerührt an: »Das traut man dir gar nicht zu, wenn man dich etwas näher kennt … und dass das alles in deinen Rucksack passt.«

Die anderen drei Damen, freundliche Bäuerinnen in der Mitte-ihres-Lebens-Krise, nickten zustimmend in ihren bequemen Hosen und waren etwas neidisch auf Hildegard.

»Das drückt unglaublich treffend die Stimmung im Dorf aus«, bemerkte Frau Kessler, die Bäuerin mit vier Kindern, 30 Milchkühen und einem saufenden, prügelnden Mann zu Hause.

Schon ergab ein Satz den anderen und die Gruppe diskutierte angeregt über die Stimmung im Dorf.

Philipp reagierte an diesem Freitagmorgen distanziert, er saß im Lotossitz, den Kopf erhoben, damit jeder sah, dass er die Augen in meditativer Versenkung geschlossen hatte. Zum ersten Mal sah ich ihn mit gewaschenen Haaren, ein süßlicher Duft ging von ihm aus.

In der zweiten Stunde verteilte ich die Zeitungen und Zeitschriften wahllos im Raum, holte Scheren und Klebestift aus meinem Rucksack, dann hatte ich auch schon die Idee: »Schneidet bitte Bilder und Artikel aus, die zu den Überschriften ›Typisch Mann‹ – ›Typisch Frau‹ passen.« Der Teilnehmer und die Teilnehmerinnen gingen begeistert an die Arbeit. Sie wühlten in den Biker-News ebenso engagiert wie in ›Frau im Leben‹. Letztendlich hatten wir eine gelungene Collage zum Thema an einem Flipchart hängen. Alle fanden in einem abschließenden Feedback die heutige Einheit äußerst gelungen und produktiv. Selbst Philipp war wieder ein wenig aufgetaut. Als ich zufrieden meine Siebensachen zusammengepackt hatte, erwartete mich Philipp am Ausgang: »Hast du kurz Zeit?«

Ich nickte.

»Dich haben sie ja auch schon verhört, ich war gestern dran. Ich habe das Gefühl, die wollen mich in irgendwas reinziehen.«

»Und was habe ich damit zu tun?«

»Es geht um die Sache mit dem Orgelspiel. Die haben gefragt, warum ich abgehauen bin. Mir war das einfach zu lange, Ngumbu hat überzogen und ich hatte noch einen Termin. Das geht aber niemanden etwas an.«

Ich nickte verständnisvoll und ließ ihn weiterreden.

»Ich habe der Polizei halt gesagt, ich sei davon ausgegangen, dass nach dem Segen der Gottesdienst aus ist. Wenn sie dich noch einmal befragen, kannst du das ja auch in die Richtung lenken.« Fragend schaute er mich an.

Ich nickte noch einmal: »Verstehe. Frauengeschichte?«

Philipp bekam rote Flecken auf den Wangen und zuckte mit den schmalen Schultern.

»Hilde soll auf keinen Fall etwas erfahren. Ich kann das aber der Polizei so nicht erzählen. Wenn Hilde Wind davon bekommt, ist Schluss, bevor es angefangen hat.

Und die andere Geschichte, die wurde eben nach dem Gedenkgottesdienst beendet. Bitte kein Wort zu irgendjemandem.«

Ich gab dem verlegenen Philipp die Hand: »Ehrenwort. Und sieh die Sache nicht so dramatisch, die können dir doch nichts anhaben, weil du zehn Minuten früher aus dem Gottesdienst gegangen bist.«

»Ich hab mich halt gleich in ein paar Widersprüche verstricken lassen. Die blonde Kommissarin, die hier immer herumschleicht, hat mich ausgefragt. Und ich bin in alle Fallen getappt, die sie mir gestellt hat.«

Philipp schluckte heftig. Ich legte ihm die Hand auf die Schulter, begleitete ihn nach draußen und tröstete ihn: »Wenn sie mich das nächste Mal darüber befragen, werde ich versuchen, das hinzubiegen.«

Wie, wusste ich noch nicht.

Die Gelegenheit dazu bekam ich noch am selben Tag. Zu Hause erhielt ich einen Anruf der Polizeidienststelle in Bad Saulgau, ich möge doch nachmittags vorbeikommen, um einige Aussagen zu machen.

Und so bewegte ich gegen 15 Uhr mein starkes Eisen Richtung Riedstraße. Der Teer war durch die Hitze an vielen Stellen zähflüssig und gab in heißen Schwaden sein Straßen-Aroma an die Umwelt ab. Manche Straßenmäander konnte ich nur im Schritttempo nehmen, damit das Hinterrad nicht wegschmierte. Ein kleiner Dreh am Gasgriff ließ das riemengetriebene Hinterrad auf dem flüssigen Teer augenblicklich durchdrehen.

Die flirrende Riedlandschaft mit ihren Birkenbruchwäldern und betrunken wogenden Inseln von Rohrkolben glitt langsam an mir vorbei. Die einstige Hochmoor-

Vegetation war durch jahrhundertelanges Torfstechen abgeräumt worden. Das Wasser flüchtete irgendwie aus dem Moor, unser Ried verlandete mehr und mehr. Zur Rettung des Rieds hatte sich schon eine Interessengemeinschaft ›Wasser für das Ried‹ gebildet, die die Ostrach mit ihrer Vorflutfunktion und andere Bäche dazu nötigen wollten, das austrocknende Ried wieder besser zu befeuchten.

Im Vorbeifahren wechselten sich in der vor Hitze flirrenden Landschaft Torfstiche und sogenannte Belegfelder zum Trocknen der herausgestochenen Wasenstücke ab. Heute ging dieser Beschäftigung des Torfstechens kaum mehr jemand nach, außer aus musealen oder folkloristisch-historischen Motiven. Niemand heizte mehr mit Torf, und keiner wusste so richtig, wie man mit diesem sensiblen Ökosystem umgehen sollte. Verlanden lassen, wieder bewässern, renaturieren.

Manchmal kamen kreischende Schulklassen mit hochmotivierten Lehrern im Rahmen eines handlungsorientierten Projekts zum Torfstechen. Ich fragte mich dann immer, ob diese hyperaktiven Schreihälse, die sofort mit den Spaten aufeinander losgingen, später alle Torfstecher würden?

Im Laufe weniger Jahre hatte sich auf den Trockenfeldern ein Urwald aus Birken, Kiefern, Espen und Fichten angesiedelt, und auf fein hergerichteten Wegchen eilten Pfunde verbrennende Touristinnen verzückt durch die urige Natur.

Wenige Meter neben der Straße schreckte eine Reiherente, durch den Sound des großvolumigen Motors gestört, aus den Gräsern, um laut schimpfend im moorig-dunklen Wasser des nächsten Tümpels zu landen. Schwimm-

und Tauchblattgewächse, Röhrichte und Gräser jeglicher Art sind die beliebten Brutstätten des riedeigenen Federviehs, von Stock-, Krick- und auch der Reiherente, ebenso von Zwergtaucher, Bless- und Teichhuhn, von Rohrammer und der Wasserralle. Doch die schienen heute in der Hitze einen unsichtbaren Mittagsschlaf zu halten. Auch die Rohrweihe fühlt sich in den üppigen Schilfwäldern dieses moorigen Biotops zu Hause. Selbst der tropisch bunte Eisvogel, den man vom Namen her eher am Nordpol wähnt, hat hier im Ried nicht nur Gaststatus; immer häufiger erledigt er in unmittelbarer Nähe zu Riedhagen sein Brutgeschäft und lockt somit kamerabeladene Ornithologen an.

Auch Biberlieber kommen im Ried auf ihre Kosten, fern der Wanderspuren kann man abgenagte Baumstämme betrachten, die der Großnager bearbeitet hatte – sehr zum Missfallen der Landwirte, die eines Morgens ihre Wiesen rechts der Ostrach nur noch vom Schlauchboot aus mähen konnten.

Und obwohl ich Arachniden in jeglicher Form nicht schätze – ich gehöre zu den bedauernswerten Menschen, die eine genetische Prädisposition für eine Spinnenphobie haben – ist es aufregend und gruselig zu wissen, dass die große gelb-schwarze Zebraspinne ihr riesiges Netz nicht nur im Mittelmeerraum baut, sondern auch hier in meiner direkten Nachbarschaft.

An mir vorbei ziehen aber auch kultivierte Weideflächen, zwischen dem fetten Grün dominiert das Gelb des Löwenzahns, der seine Hauptblütezeit jedoch schon längst hinter sich hat. An den Ufersäumen war es das Gelb der Wasserschwertlilien, das den Kontrast zu dunklen Wassern bildete. Einige Stockenten dümpelten träge im Wasser eines beschilften Tümpels, als ich ihn passierte. Schwarz-weiße Kühe standen auf weichen Weiden im Schatten der Bäume oder stillten ihren Durst an mit Wasser gefüllten alten Güllefässern aus Zink. Ich hupte jeder Herde freundlich zu, dankbar glotzten sie mir nach.

Die zerfallene, schilfumwachsene Wendelinus-Kapelle tauchte vor mir wie eine Fata Morgana als spiegelndes Bild auf. Traurig stand das Kreuz schief auf der kleinen Turmspitze. Gemächlich kam sie näher.

Dann das Trugbild – die Alte war wieder da, auferstanden von den Toten – Margot stand mit weit gebreiteten Armen, ganz in Schwarz gekleidet, vor dem Weiß der Kapelle. Sie schien mir etwas sagen zu wollen, ihre Arme bewegten sich wie in Zeitlupe durch die vor Hitze spiegelnde Luft. Sie kam mit unsicheren Schritten durch die dürren Gräser auf die Straße zu und winkte immer noch mit beiden Armen, als ob sie mich anhalten wollte. Trotz der Hitze bemerkte ich eine Gänsehaut von meinen Armen aus bis zum Rücken hin. Ich zwinkerte mit den Augen, um die Erscheinung verschwinden zu lassen – keine Chance. Die Gestalt kam immer näher an die Straße herangeschwankt. Erst als ich wenige Meter entfernt war, erkannte ich Deodonatus Ngumbu, unseren breitschultrigen Pfarrer, in seiner unverzichtbaren Soutane. Er fuchtelte immer noch wie wild mit seinen Armen in der Luft herum. Ich manövrierte meinen schwarzen Metallblock vorsichtig an den Straßenrand und öffnete das Visier des Helmes.

»Oh Gottlob kommst du hia vorbei, Dani, meina Quickly ist kaputt und fährta nimma mehr. Und die Hitza ina schwaaza Klamotta ist furchtbar. Ich haba geschoba die

Quickly bis zur Kapelle. Kannsa mich mitanehma in die Stadt?«

»Dir sollte doch die Hitze nichts ausmachen, in Afrikas Busch ist es doch viel heißer.«

Ich zog meinen Helm vom schweißnassen Kopf.

»Oh du Dumma«, lachte Deodonatus sein weißes Lachen. »Nairobi ista nicht Busch. Nairobi liegta 1600 Meta üba de Meerespiegal, Durchschnittstemparatur nur 19 Grad. Und Nairobi heißt in da Maasai-Sprache ›Engare Nyarobie‹, und das heißta in de deutscha Spracha ›kühler Fluss‹.«

»Bist du Massai?«, fragte ich überrascht.

Mittlerweile war ich von meiner Maschine abgestiegen, hatte meine Lederjacke geöffnet und fächelte mir, die beiden Jackenhälften wie große Flügel hin und her bewegend, Frischluft zu.

»Ja, meina Vata war großa Häuptling und lebta noch als Nomada mit großa Rinderherda in Süda von Kenia.«

Erstaunt schaute ich Deo, den unbekannten Massai-Krieger, in seiner Soutane an.

»Zeig mir deinen Feuerstuhl, vielleicht können wir ihn wieder zum Laufen bringen.«

Deodonatus' über 50 Jahre alte perlgraue und jadegrüne Quickly S war an die Kapellenmauer gelehnt. Er hatte wohl damit gerechnet, nach Hause laufen zu müssen und hatte sein Fahrzeug in den heiligen Schutzbereich der Kapelle gestellt. Ich stakste mit Deo über die Gräser hin zu dem Ort, mit dem ich nicht die angenehmsten Erinnerungen assoziierte, und schaute mir das havarierte Moped des transpirierenden Geistlichen kurz an, konnte jedoch keinen äußeren Schaden erkennen.

»Ista vielleicht da Zündung?«

Benzin war auch genug im Tank.

»Wo musst du hin?«

»Oh Jesus unda Maria, zu da Polizei. Zu eina Vahöö mit da blonda Fräulein. Und wenn i zu spät komma, denka die bestimmt, dass i Dreck an da Stecka hab.«

»Du hast Dreck an den Händen. Und jetzt beruhige dich, ich muss auch zum Verhör. Ich nehm' dich mit. Wasch dir aber zuerst die Hände, dass du meine Maschine nicht schmutzig machst.«

Nachdem sich Deo die Hände im moorigen Wasser gewaschen hatte, schaute er skeptisch zu meinem Bike.

»Wo ista da de Sitz für da Sozius?«

»Gibt's nicht.«

»Oh Jesus, Josef und alla Heiliga, ich kann doch nicht auf da Kotflüga sitza.«

Deodonatus versuchte sich rittlings auf den harten Kotflügel der Harley zu setzen. Seine enge Soutane ließ es jedoch nicht zu, die Beine zu spreizen und aufzusteigen.

»Wie klappt das denn bei der Quickly?«

»Da Quickly ista schmal wie Fahrrad und ma sitz wie auf da Fahrrad.«

»Zieh doch den Rock hoch.«

»Das gehta nicht, sonst sieht ma de nackata Beine.«

»Das macht doch nichts.«

»Dir nicht, aba ich bin da Pfarra, sonst werd i zum Gespott.«

»Da gibt's nur eine Lösung, Deo: Damensattel.«

»Meinst du, das geht ohne runtafalla?«

Deo schien nicht begeistert von der Vorstellung, die nächsten 15 Kilometer im Damensitz mitzufahren. Probeweise wollte er sich auf den schwarzen Kotflügel setzen und streichelte kurz darüber, zog aber sofort mit erstauntem Schmerz seine Hand zurück: »Kann ma nix draufsitza, der hata ja hundat Grad.«

In meinem Sturzhelm holte ich Wasser aus dem Tümpel und kühlte damit Sitz und Kotflügel so weit ab, dass wir endlich starten konnten.

Bei jeder Kurve, und hatte sie auch eher den Charakter einer Geraden, drückte mir Deo, der beide Beine auf die linke Seite herabhängen ließ, die Luft aus den Lungenflügeln. Krampfhaft hielt er mich mit seinen starken Massai-Armen umklammert, um nicht vom Motorrad zu rutschen. Bei jedem Abbremsen schob er mich, da er mit seiner Soutane auf dem blank polierten Kotflügel rutschte, auf den Tank, bei jedem Beschleunigen kreischte er nach vorn: »Hilfää, Daniel! Nix so snell, sonst falla runtaa!«

Irgendwann, es waren gefühlte Monate, kamen wir heil im Hof des Polizeireviers in Bad Saulgau an. Keck stellte ich meine Street Bob zwischen die grün-weißen Altfahrzeuge und die stolzen, blau-silbernen Neufahrzeuge auf den Parkplatz mit dem Hinweisschild ›Nur für Bedienstete der Polizei‹.

»Können Sie eigentlich nicht lesen?«, fragte es blond aus einem geöffneten Fenster.

»Ja, wahrscheinlich sogar besser als Sie, ich habe auch mal Germanistik studiert, wissen Sie, was das ist?«

»Sind Sie *so* mit Herrn Ngumbu hergefahren? Da muss ich mal die Kollegen befragen, ob Ihr Kraftrad überhaupt für Soziusbetrieb ausgelegt ist. Und, Herr Pfarrer, wo ist denn Ihr Sturzhelm?«

Ich deutete unschuldig auf meinen Freund.

»Ich hatte ihn auf dem Rücken, es gibt, soviel ich weiß, kein Gesetz der StVO, das es mir verbietet, einen schwarzen Geistlichen auf dem Rücken mitzutransportieren. Die sind das so gewohnt. Als Kind wurde er nur so transportiert … ohne Sturzhelm.«

»Halta lieba deina blöda Mund! Sonst kriega mir noch eina Strafanzeiga.«

Deodonatus schaute besorgt zum Fenster im ersten Stock, in dem die blonde Furie stand und mir mit dem Zeigefinger drohte: »Halten Sie keine langen Reden, außerdem hätten Sie sich absprechen und zeitversetzt kommen können. Ich kann Sie beide nicht gleichzeitig vernehmen.«

»Sie wären auch die erste Frau, die zwei Dinge gleichzeitig kann.«

»Höa jetzt auf, Dani, mit deina Scheißprovakation, ich will wieda nach Hause.«

Höflich ließ ich Deodonatus den Vortritt zum Verhör. Seine Vernehmung ging gefühlte acht Stunden und dauerte tatsächlich knappe 30 Minuten. Mein Verhör dauerte gefühlte 15 Minuten und dauerte tatsächlich eine Stunde und 35 Minuten.

Immer wieder explodierte das hellhaarige Fräulein Kommissarin und fauchte mich an: »Sie halten das wohl für einen Spaß? Stecken Sie eigentlich in der Pubertät fest? Ihnen wird das Lachen schon noch vergehen! – Nehmen Sie Ihre Stiefel da weg! Wenn Sie so weitermachen, lasse ich Sie in Beugehaft stecken! – Sehen Sie, so geht's doch auch! –Wenn noch eine dumme Anspielung über meinen Handheld kommt, dann … Sie machen sich doch nur verdächtig, wenn Sie nicht kooperieren! – Können Sie auch mal ernst sein? – Ja, das mit Ihrem Philipp Maiser habe ich begriffen. – Nehmen Sie endlich Ihre Stiefel da weg! – Wir sind hier keine Eisdiele, hätten Sie doch vorher Ihre alberne Bananenmilch getrunken! – Wenn Sie noch einmal ›Handschellen‹ sagen, schmeiße ich Sie hier raus! Setzen Sie sich sofort wieder hin! – Wie haben es Ihre Eltern mit Ihnen ausgehalten? – Wenn Sie noch einmal Ihre Luden-Stiefel … «

Dankbar für den kurzweiligen und unterhaltsamen Nachmittag trat ich die Rückfahrt zur Kapelle mit dem zappeligen Deodonatus auf dem Kotflügel an. Von der Kapelle ab saß Deodonatus zwar immer noch im Damensitz auf dem Kotflügel meiner Harley, aber als zusätzliche Geschicklichkeitsübung zog er am Lenker seine defekte Quickly neben sich ins Dorf. Letztendlich erreichten wir das mit Efeu bewachsene Pfarrhaus bei der Kirche. Deodonatus war völlig verkrampft und schüttelte sich kräftig aus.

»Meinst du, da Butzi kann de Quickly repariera? Ich brauch da Maschine dringaand.«

Deodonatus hatte keinen Autoführerschein, vermutlich war er auch nicht berechtigt, die Quickly zu fahren. Da die antike Maschine zusätzliche Pedale hatte, hielt er sie vermutlich für ein Fahrrad und somit für führerscheinfrei.

»Ich werde es ihm sagen.«

»Hasda noch Zeit für Besprechung, wega die Doppal-Beerdigung am Montag?«

Zusammen gingen wir durch den welken Vorgarten zum Pfarrhaus. Deodonatus holte den Hausschlüssel aus dem Geldbeutel und stutzte vor der hölzernen Tür: »Ich bin mir sicha, dass ich abgaschlossa hab.«

Erstaunt drückte er die angelehnte Tür auf.

»Hallo, ist da wea?«

»Ein Einbrecher würde nicht antworten.«

»Ich haba ganz bestimmt abgeschlossa! Hiea stinkt's nach Rauch.«

Tatsächlich herrschte im Haus ein starker Geruch von Verbranntem.

»Schau mal, ob etwas fehlt.«

Deodonatus durchsuchte schnuppernd sein zweistöckiges Reich, doch erst im Keller, der sogenannten Bibliothek, wurde die Nase fündig.

Auf einem großen Holztisch lagen drei aufgeschlagene Bücher. Inmitten der Bücher lag ein verkohlter Lappen. Einige Bücher waren leicht angesengt. Das Feuer war von allein wieder ausgegangen.

»Was hat das zu bedeuten?«

»Igandjeman hata vesucht de Bücha zu verbrenna. Gott sei Preis und Ehre, dass das wieda von alleina ausgeganga ist.«

Deodonatus faltete die Hände und schaute kurz dankbar zur Decke.

»Was sind das für Bücher?«

Der Pfarrer nahm eines der Bücher, das in Leder eingebunden war, in die Hand, blätterte kurz darin und betrachtete die übrigen: »Sinda alles Bücha von Gemeindaleben. Von Gebuat, von Heirat und vonna Beedigung. Da steht bis in alta Zeit alles drin mita Datum.«

»Meinst du, das müssen wir der Polizei melden?«

»Sicha!«

Deodonatus zog das Handy aus der Soutane, hatte jedoch im Keller keinen Empfang. Während er nach oben ging, fotografierte ich alle mir wichtig erscheinenden Details im Keller, vor allem von den aufgeschlagenen Buchseiten versuchte ich gute Bilder zu machen. Immer wieder kontrollierte ich die Lesbarkeit der aufgeschlagenen Seiten am kleinen Bildschirm der Kamera.

»Deo, ich gehe lieber, bevor die herbe Blonde wieder anrückt. Wenn die mich schon wieder an einem Tatort sieht, wird sie mich verhaften«, sagte ich ihm, nachdem er sein Telefonat erfolgreich abgeschlossen hatte.

»Das kannsta nicht macha, Dani! Dann komm ich in Widaspruch, das kommta raus, bleib in Gottas Willa da! Ich bring dia eina Walda Hefabier von Kühlschrank«, flehte er mich an.

Das letzte Argument war das beste.

So warteten wir im Glutofen des pfarrlichen Vorgartens, bis die angeforderte Beamtin mit Dienstfahrzeug und Chauffeur im Pfarrhof ausstieg. Sie nickte wissend: »Das war mir klar. Sie sind an jedem Tatort zu finden.«

»Sie doch auch – aber immer etwas später.«

»Wollen Sie mir gleich Ihre Kamera geben?«

»Ich habe heute leider keine dabei«, ich spreizte meine Arme ab und zog das Genick etwas ein.

»Soll ich Sie durchsuchen lassen?«

»Nein, bitte machen Sie es selbst.«

Sie nickte sichtlich genervt ihrem Kollegen zu, und der kam tatsächlich zu mir und verlangte, den Inhalt meiner Hosentaschen und meiner Lederjacke preiszugeben. Oberflächlich entleerte ich den Inhalt meiner Taschen. Ich zauberte einen Kugelschreiber und einen Geldbeutel aus der Innentasche meiner Lederjacke. Der Beamte war mit meiner laienhaften Durchsuchung nicht zufrieden: »Darf ich mal?«

Er nahm meine schöne Jacke und tastete sie gekonnt von außen ab, bis er triumphierend grinste, seine sensiblen

Hände hatten die Kamera aufgespürt: »Na, was spüren wir denn da? Da haben wir's doch schon.«

Eigentlich habe ich ja nichts gegen den Pluralis Majestatis, wenn er von Königen oder anderen bedeutenden Würdenträgern verwendet wird. Wenn aber ein Polizistchen, das wahrscheinlich Schwierigkeiten hat, seinen eigenen Namen richtig zu schreiben, fortwährend von ›wir‹ redet und ›sich‹ meint, dann sind eindeutig die Grenzen der Zumutbarkeit für den Kommunikationspartner überschritten.

Er holte, immer noch mit Triumphgesicht zu seiner schönen Kollegin schauend, aus einer der Innentaschen mein hellblaues Handy. Erstaunt schaute er es an: »Donnerwetter, das scheint die erste Handy-Generation zu sein. Das hat ja noch eine kleine Antenne. Eine echte Antiquität.«

Er fummelte weiter mit sanften Klatschbewegungen an meiner Jacke herum: »So, was haben wir denn hier, das wird doch wohl keine Kamera sein?« Und wieder schaute er mit souveränem Lächeln zu seiner Chefin.

Er zog einen fast bierfilzgroßen heiligen Christophorus aus Silber aus der Seitentasche der Lederjacke heraus.

»Was ist denn das?«

»Der Heilige Christophorus.«

»Ach, abergläubig sind Sie auch noch«, bemerkte die Sonnenblonde.

»Nein, gläubig, aber es heißt ›abergläubisch‹.«

»Ach, lecken Sie mich …«

»Gern, aber das heißt ›necken‹.«

Ich hatte Verständnis, dass der Kommissarin die Nervenbahnen etwas zu heiß liefen. Das Wetter, die häufigen Begegnungen, einfältige Kollegen …

Während all dieser Aktivitäten lag meine Kamera auffällig neben meinem Bierglas auf dem grünen Gartentischchen in Deodonatus' Vorgarten.

Beamtin und Beamter verschwanden im Dunkel des Pfarrhauses. Als sie wiederkamen, fiel das Wort ›Spurensicherung‹

Zwischen Zeigefinger und Daumen hielt sie ein kleines Plastikbeutelchen, in diesem wiederum befand sich ein orangefarbenes Feuerzeug mit auffälligem Logo. Es war eine stilisierte schwarze Hand. Als ich neugierig zum Plastiksäckchen schaute, steckte die Beamtin es schnell in ihre Tasche. Ich wandte mich nicht zu hastig ab und versuchte mein kurzzeitig erstauntes Gesicht den beiden dienstbeflissenen Beamten nicht preiszugeben, sonst hätten sie meine Mimik eventuell richtig verstanden. Ich hatte das Feuerzeug erkannt. In meinem Kopf rasten die Gedanken wie Jungfische, die dem unausweichlichen Käscher entgehen wollten. Wenn ich nur noch wüsste, wo ich es vor Kurzem gesehen hatte. Die Jungfische in meinem Kopf wurden immer aufgeregter, trotzdem stellte sich die Erinnerung nicht ein.

Der Beamte kam missmutig auf mich zu, zielte mit dem Zeigefinger auf meinen Kopf: »Wir sollten uns die nächsten Tage zur Verfügung halten.«

»Werden Sie auch verdächtigt? Ich habe Zeit, wie steht's mit Ihnen?«

Er schaute mich leicht verwirrt an.

»Jetzt wollen wir aber nicht auch noch frech werden.«

»Sie doch nicht.«

Die Kommissarin schüttelte den Kopf in Richtung ihres Kollegen, tippte mit dem rechten Zeigefinger zweimal unauffällig gegen ihre Stirn.

Die eindeutige Symbolik der Geste schockierte mich nicht. Vielmehr war ich überrascht, als ich die Maishaarige fragen hörte: »Herr Ngumbu, hätten Sie auch ein Bier für mich und meinen Kollegen?«

»Das heißt ›für meinen Kollegen und mich‹«, sagte ich zur Gerstenblonden.

Ihr Kollege nickte anerkennend in meine Richtung.

»Eins können wir uns schon genehmigen«, lachte der Polizist.

Bevor sich die beiden an das grüne Tischchen setzten, ließ ich unbemerkt meine Kamera in meine Hosentasche gleiten.

»Wenn Sie Lust haben, Herr Bönle, kann der Kollege auch jetzt schon Ihre Aussagen aufnehmen, auch die von Herrn Ngumbu, dann brauchen Sie nicht noch einmal im Revier anzutanzen.«

Deodonatus hatte drei Bier mitgebracht. Alle waren wir dankbar.

Der freundliche Beamte nahm mit unserem Einverständnis die Befragung auf ein altmodisches Diktafon auf und notierte nebenher in einen Notizblock aus Papier.

Die Kommissarin schaute nach der langatmigen Befragung auf ihre Damenarmbanduhr, die mit hässlichen Swarovski-Steinen besetzt war, und meinte: »So, Dienstschluss, haben Sie noch ein Bier, Herr Pfarrer?«

Sie wurde mir immer sympathischer. Auch ich sah mich genötigt, noch einen halben Liter zu mir zu nehmen, damit sie nicht allein trinken musste. Deodonatus selbst verweigerte, er müsse noch einen klaren Kopf haben, um die Predigt für den Sonntag vorzubereiten, die er auf die Ausnahmesituation des Dorfes ausrichten wolle. Im Übrigen steige ihm der Alkohol auch zu schnell zu Kopfe.

Der chauffierende Beamte nuckelte immer noch an seinem mittlerweile handwarmen ersten Biergetränk herum und schien weniger glücklich über die augenblickliche Situation. Immer wieder blickte er verstohlen auf seine Armbanduhr.

Als die beiden weg waren, blieb Deodonatus noch sitzen: »Du, Dani, ich mussa sprecha mit dir.«

Und dann fing er an, stockend zu erzählen, dass ihn der Streit mit dem Alt-Pfarrer immer noch sehr belasten würde. Sie hätten noch kurz vor dem Tod seiner Haushälterin eine böse Auseinandersetzung gehabt, in deren Verlauf der Alt-Pfarrer ihn auf übelste Weise beschimpft habe. Schwarze Pfarrer wie er seien eine Bankrotterklärung der Theologie Roms, es sei nötiger, in seiner Heimat zu missionieren, die Schwarzen seien lediglich auf dem Papier Christen, wenn man nicht hinschaut, würden sie nach wie vor ihren heidnischen Voodoo-Ritualen nachgehen. Gott sei jedoch gerecht und hätte ihnen für ihre vielfältigen Verfehlungen Aids geschickt.

Außerdem habe er ihn auch persönlich beleidigt, es sei nicht normal, dass der Sohn eines stolzen Massai-Kriegers in Nairobi Theologie studiere, sein Vater hätte bestimmt erwartet, dass er ein großer Krieger und Viehhirte würde und nicht ein katholischer Pfarrer. Auch für eine europäische christliche Gemeinde könne es eine unangenehme Vorstellung sein, dass ihr Pfarrer in einer Hütte groß wurde, die mit Kuhdung erbaut wurde und dass ihr Pfarrer in seiner Jugend Rinderblut aus lebenden Kühen getrunken hat. Wo komme denn die einstmals so große katholische Kirche mit solchen Pfarrern wie ihm bloß hin? Er stamme aus einer Gesellschaft, in der das Prestige eines Mannes von der Menge seiner Rinder bestimmt wird und der Anzahl seiner Frauen. Es sei schon eigenartig, dass er dieses Leben verlassen hat, ob er sich schon überlegt habe, ob in ihm homophile Neigungen schlummerten?

»Und da bin ich ganz verruckt gewoda vor Zorn, ich haba ihm gesagt, dass ganza Doaf weiß, dass er mit seina Haushältarin Vahältnis hat. Da hatta er mich ins Gesicht geschlaga. Wenn das allas herauskommt, dann ist das sehr schlimm für Ruf von alla Pfarra. Und dann vielleicht alla behaupta, dass da schwaza Pfarra auch noch schwul ist. Es ist schon schwera genug in Deutschaland, wenn du schwaza Haut hast. Bitte, erzähl keina Person von diesa Gespräch.«

Deodonatus senkte den Kopf. Ich konnte seine Bedenken verstehen.

»Kopf hoch, Deo, wir werden die Sache schon wieder hinbiegen, du bist einfach zu gut für diese Welt. Und wenn du schwul wärst, das würde mir …«

»Verdammt noch mal, ich hatta früher Freundin, ich bin nicht schwul!«

»Deo, hast du eigentlich ein orangefarbenes Feuerzeug, eines mit einer schwarzen Hand darauf?«

»Nein, warum?«

»So eins hat die Kommissarin im Keller gefunden, ich habe es gesehen, bevor sie es wegstecken konnte.«

»Das gehöat bestimmt de Täta?«

»Wahrscheinlich.«

Ich klopfte ihm mit der Faust gegen die Schulter: »Komm, wir schauen nach der Quickly.«

Er grinste mich an: »Du bista imma Optimist. In Doaf

zwei Tote und eine tote Hund und heute noch Einbrecha in Pfarrhaus, Polizei schnüffat bei mir herum, aba du sags, allas wird wieda gut.«

Bald hatten wir den Fehler an Ngumbus Zweitakter gefunden. Das Zündkabel hatte sich vom Zündkerzenstecker gelöst.

12

Der Mann stand an der Werkbank und schnupperte an seinen Händen. Immer noch rochen sie nach Terpentin, obwohl er sie schon zweimal gründlich mit der Reinigungspaste mit dem Marzipanduft eingeseift hatte. Er schuf Ordnung auf der Werkbank, schob eine Kiste mit Nägeln zur Seite. Dann holte er vorsichtig und andächtig das Buch aus der Schublade. Dort, wo das gelbe Bändel aus den Seiten ragte, schlug er auf. Noch einmal las er die Stelle aus dem Buch Daniel:

›7,9 Ich sah immer noch hin; da wurden Throne aufgestellt, und ein Hochbetagter nahm Platz. Sein Gewand war weiß wie Schnee, sein Haar wie reine Wolle. Feuerflammen waren sein Thron, und dessen Räder waren loderndes Feuer.
7,10 Ein Strom von Feuer ging von ihm aus. Tausendmal Tausende dienten ihm, zehntausend mal Zehntausende standen vor ihm. Das Gericht nahm Platz, und es wurden Bücher aufgeschlagen.
7,11 Ich sah immer noch hin, bis das Tier – wegen der anmaßenden Worte, die das Horn redete – getötet wurde. Sein Körper wurde dem Feuer übergeben und vernichtet.‹

Wieder und wieder las er die Textstelle, mit den Fingern fuhr er jedes Wort nach.

Heute war es mir misslungen, den einen Teil des Planes durchzuführen, aber das ist nicht weiter schlimm. Sie werden die Spuren der Bücher nicht deuten können. Ärgerlich ist nur, dass sie nun ständig hier auftauchen. Den Plan kann ich auch mit zeitlicher Verzögerung zu Ende bringen. Das geheiligte Kind kann warten, ihm ist die meiste Zeit … Oder soll ich mich doch zuerst um das Kind kümmern?

Der Mann wiegte nachdenklich den Kopf hin und her, nicht alles lief so, wie er es sich vorgestellt hatte. Er schlug das Buch der Bücher dort auf, wo das zweite, das weiße Bändel heraushing. Leise las er sich die bekannte Stelle aus der völlig abgegriffenen Seite selbst vor. Er murmelte den Text des zweiten Buchs Samuel vor sich hin:

»12,18 Am siebten Tag aber starb das Kind. Davids Diener fürchteten sich, ihm mitzuteilen, dass das Kind tot war; denn sie sagten: Wir haben ihm zugeredet, als das Kind noch am Leben war; er aber hat nicht auf uns gehört. Wie können wir ihm jetzt sagen: Das Kind ist tot? Er würde ein Unheil anrichten.
12,19 David jedoch sah, dass seine Diener miteinander flüsterten, und merkte daran, dass das Kind tot war. Er fragte seine Diener: Ist das Kind tot? Sie antworteten: Ja, es ist tot.
12,20 Da erhob sich David von der Erde, wusch sich, salbte sich, wechselte seine Kleider, ging zum Haus des Herrn und warf sich davor nieder. Als er dann nach Hause zurückkehrte, verlangte er zu essen. Man setzte ihm etwas vor, und er aß.
12,21 Da fragten ihn seine Diener: Was soll das bedeuten, was du getan hast? Als das Kind noch am Leben war, hast du seinetwegen gefastet und geweint. Nachdem aber das Kind tot ist, stehst du auf und isst.
12,22 Er antwortete: Als das Kind noch am Leben war, habe ich gefastet und geweint; denn ich dachte: Wer weiß, vielleicht ist der Herr mir gnädig, und das Kind bleibt am Leben.

12,23 Jetzt aber, da es tot ist, warum soll ich da noch fasten? Kann ich es zurückholen? Ich werde einmal zu ihm gehen, aber es kommt nicht zu mir zurück.«

Die Tränen wischte sich der Mann mit dem Handrücken aus dem Gesicht. Immer noch roch er Terpentin. Er schloss das Buch und versteckte es wieder in der Schublade. Schnell ging er zum emaillierten Waschbecken, nahm Bürste und Reinigungspaste. Er wusch seine Hände, bis sie rot waren und brannten.

13

Das Frühstück mit Cäci auf der Terrasse verlief bestens. Ich hatte zwei Fünfeinhalb-Minuten-Eier gekocht, am Vortag einen Hefezopf gebacken, Erdbeermarmelade aus neuer Ernte auf den Tisch gestellt und die gute Bodenseebutter aus der Folie gepellt. Cäci hatte Sekt mitgebracht.

Die Laune war weit über dem normalen Level, bis das Telefon klingelte. Cäci ging ran: »Hallo.«

–

»Warum?«

–

»Nein, wir frühstücken gerade!«

–

»Warum?«

–

»Okay, worum geht's?«

–

»Was für Bilder?«

–

»Das müssen Sie ihn schon persönlich fragen!«

Cäci knallte den Hörer auf die Docking-Station und fauchte mich an: »Rate mal, wer das war?«

Ich ahnte es, zuckte aber nur mit den Schultern.

»Das war die Kuh mit dem Geweih auf dem Arsch, deine Susi, die rothaarige Motorradschlampe! Die wagt es, hier wegen der Bilder anzurufen! ›Sind sie toll geworden? Dann komme ich halt irgendwann mal kurz vorbei. Dani freut sich bestimmt … ‹«, äffte sie Susis Quietschestimme nach. »Ach, das mit den Bildern ist doch Schnee von gestern.«

Ich wollte das Thema einfach nicht mehr aufgreifen, es war mir lästig. Ich hatte genug andere Dinge um die Ohren. Außerdem konnte eine Vertiefung des Themas meiner momentan zufriedenstellenden Beziehung zu Cäci abträglich sein.

Eifrig lenkte ich ab, indem ich das Thema orangefarbenes Feuerzeug aufgriff und Cäci erzählte, dass es in Deos Kellerbibliothek gefunden worden war. Aber Cäci konnte sich nicht erinnern, so ein Feuerzeug jemals gesehen zu haben und wollte schon wieder mit dem leidigen Thema Susi anfangen.

Die Rettung kam dieses Mal von nachbarschaftlicher Seite. Herr Müller war mit dem Hundewinzling in seinen Garten gekommen: »Der muss mal scheißen.«

Müller hatte die Hände in seiner schicken blauen Trainingshose mit den weißen Streifen vergraben und schaute dem Treiben seines Hundes zu.

»Haben Sie nachher mal kurz Zeit, Herr Bönle? Der Stein senkt sich ein bisschen zur Seite. Da haben die Arbeiter gepfuscht.«

Er zog die Rechte aus der Hosentasche und deutete auf den Gedenkstein für den verblichenen Waldemar.

Eigentlich sage ich zu so etwas immer Nein, die angespannte Frühstückssituation erforderte jedoch eine kreative Lösung: »Klar, können wir gleich?«

Müller war erfreut und Cäci kümmerte sich um Racko, während wir den Stein mit Stangen anhoben und unter Lebensgefahr Sand in die Mulde unter dem Stein schütteten.

»Sie, Herr Bönle, das mit dem Zettel, das war gelogen.«

»Was für ein Zettel?«

»Na der, den Sie mir nachgetragen haben, als wir den toten Pfarrer gefunden haben.«

»Ach so, *der* Zettel.«

»Das war nämlich folgendermaßen. Der Alte hat ja immer einen Riesenaufstand gemacht, wenn der Hund auch nur in die Nähe seines Grundstücks gekommen ist, und die Alte war noch viel schlimmer.«

Er erzählte mir die Geschichte des Nachbarschaftsstreites mit dem alten Pfarrer und seiner Haushälterin, deren Auslöser der Entdeckerdrang seines ehemaligen Schäferhundes Waldemars war.

»… Und da habe ich ihm halt quasi einen anonymen Brief, halt einen Zettel, in den Briefkasten gesteckt, das war ungefähr eine Woche vor seinem Tod. Ich habe ihm geschrieben, dass er nicht mehr auf den Hund schießen soll. Das hätten Sie doch bestimmt auch gemacht? Der Hund kann doch nichts dafür, der braucht auch seine Freiheit.«

Ich erzählte Müller besser nicht, dass ich mir bei Waffen-Schmied eine teure Schleuder gekauft hatte, um seinem Ex-Köter eins auf den Pelz brennen zu können, wenn er wieder mal in meine Erdbeeren geschissen haben würde.

Die Nachricht vom Einbruch ins Pfarrhaus hatte im Dorf schon längst die Runde gemacht, und Müller versuchte mir noch ein paar Neuigkeiten zu entlocken.

Der Gedenkstein stand wieder gerade, und Müller hatte leider keine Arbeit mehr für mich. Für den versengten Rasen stand schon der grüne Viertakt-Rasenmäher bereit, den bediente Müller aber immer selbst.

Cäci spielte, mich missachtend, lange mit Racko, und als Müller ihr die rote Leine anbot, strahlte sie.

Zum Mittagessen an diesem Sonntag waren wir bei Frieda eingeladen. Pünktlich um 12.30 Uhr erschienen wir in idyllischer Formation mit Hündchen an der Leine in der Gastwirtschaft. Frieda war ganz gerührt: »Das ist auch mal schön, ohne die Helme und die Ledersachen, mit dem Hündchen. Nur die Kunstlederstiefel, die passen nicht.«

Wir bekamen den schönsten Platz im Garten. Frieda nahm das ›Reserviert‹-Schild weg und fuhr mit ihrer blauen Schürze kurz über den Tisch, um ihn zu säubern. Hier am Rande des Biergartens hatte man den schönsten Blick in die Weite des Rieds. Die Mittagssonne stand nahezu senkrecht über dieser göttlichen Landschaft und in der Ferne spiegelten sich Luftbilder. Unterhalb unseres Sitzplatzes, nur durch eine Ligusterhecke getrennt, lagerten im Schatten eines baufälligen Holzverschlages schwarz-weiße Kühe. Daneben, in einem kleineren Gehege, stand Hildegards Lamapaar dumm herum.

Die Fliegen waren unerträglich, sie pendelten fleißig zwischen Kuhfladen und Sonntagsessen.

Als Frieda den Sauerbraten, Spätzle und das obligate Rüben-Erbsengemüse heranbalancierte, wurde auch Cäci wieder etwas bekömmlicher.

Während des Essens konnten wir beobachten, wie sich eine Radfahrerin durch die Mittagshitze des Rieds quälte, um Riedhagen zu erreichen. Beim Näherkommen stellte sich heraus, dass es Hilde mit Mountainbike und Rucksack war. Bei den Lamas hielt sie an, zog irgendwelche Gräser aus dem Rucksack und streckte sie den nicht sonderlich interessierten Tieren hin: »Das lieben Romeo und Julia ganz besonders«, rief sie zu uns hoch.

»Ich komme nachher auch zum Essen vorbei, ich muss zuerst noch nach dem Wassertank schauen.«

Und die tierliebe Hilde kam tatsächlich zum Essen.

Sie erzählte uns, dass sie baden gewesen und richtig ausgehungert sei. Frieda eilte an unseren Tisch und fragte: »Haben Sie schon was ausgesucht?«

»Einen großen Salat. Da ist ja kein Speck oder Fleischbrühe oder Ei dran? Und ein Glas Mineralwasser ohne Gaz dazu.«

»Wir haben kein Gaz«, meinte Frieda.

»Ja, umso besser«, freute sich die frankophile Hilde aufrichtig.

Als das Essen kam, reklamierte sie: »Da ist ja doch Kohlensäure im Wasser drin! Sie haben doch gesagt, Sie hätten kein Gaz!«

»Gaz keins, Kohlensäure schon«, bemerkte Frieda leicht irritiert. Kopfschüttelnd ging sie zur Betreuung weiterer Sonntagsgäste über.

»Weiß man schon, wer beim Pfarrer eingebrochen hat?« Hilde stocherte neugierig in ihrem Salat herum, fand aber keine Pestizide oder andere giftige Rückstände.

»Mit dem Pfarrer stimmt doch was nicht, der wurde ja auch schon verhört«, kaute sie.

»Wie meinst du das?«

»Das weiß doch jeder im Dorf, dass der dem alten Pfarrer am liebsten Gift gegeben hätte. Der Schwarze sympathisiert mit der Befreiungstheologie und der Alte war Lefebvre-Anhänger. Krasser kann das ja gar nicht auseinanderstehen.«

»Aber deswegen bringt doch Deo nicht die Haushälterin, den Pfarrer und Müllers Hund um, nur weil er eine andere Theologie vertritt! Der Hund war mit Sicherheit kein Vertreter der Heiligen Messe in lateinischer Form.«

Cäci tippte sich zweimal gegen die Stirn.

Hilde steckte ein Blättchen Kopfsalat, von dem sie Friedas Sahne-Dressing sorgfältig abschüttelte, in den Mund und meinte: »Lasst es euch einfach mal durch den Kopf gehen, irgendetwas stimmt mit dem Ngumbu nicht, er wirkt sehr verunsichert. Die sollten lieber Philipp in Ruhe lassen, der hat mit der Sache garantiert nichts zu tun. Deiner Mama kannst du den Tipp geben, kein Sahnedressing an den Kopfsalat, das Erdige des Salats kommt mit einem normalen Öl-Essig-Dressing viel besser zur Geltung. Und selbst deine Mutter sollte langsam begreifen, dass Sahne von Tieren stammt, nämlich von Kühen und somit an einem vegetarischen Salat nichts zu suchen hat!«

»Dann müsstest du ja auch Sahne geben«, bemerkte Cäcilia spitz.

Hilde ignorierte Cäcis verbale Sahne-Attacke, bezahlte, verabschiedete sich mit einem steifen Nicken von Cäci und mit einem albernen Kusshändchen von mir. Sportiv schwang sie sich auf ihr Fahrrad und rief mir noch über die Hecke zu: »Der letzte Kurs war spitze, auch Philipp war begeistert!«

Und schon war sie verschwunden.

Frieda baute sich am Tisch auf: »Diese dumme Kuh, die soll sich zu ihren Lamas auf die Weide stellen. Was will die denn immer von dir, Danile?«

Ich zuckte mit den Schultern. Cäci legte mir eine Hand wohlwollend auf den Schenkel, schaute mich herausfordernd an und meinte: »Aber eine tolle Figur hat sie schon …«

»Du weißt ja, ich stehe mehr auf innere Werte und nicht auf Schönheit.«

»Du bist einfach ein Depp. Ich glaube, es kommt ein Gewitter, man hört es schon donnern.«

»Ich glaube eher, dass die MIKEBOSSler anrücken.«

Und so war es auch. Mit ihren vier Harleys belegten sie sechs Parkplätze vor dem Goldenen Ochsen und freuten sich darüber. Ich kramte in meinen grauen Zellen herum, weil irgendetwas Gedankliches im Hinterkopf festsaß, als ich sie auf unseren Tisch zukommen sah.

»Hallo, Dani, hast du den Grill schon angeschmissen? Wir nehmen vorher noch ein Bier.«

Und schon war's mir wieder eingefallen. Grillen mit den Jungs und dem Anhang. Ich hatte die Gang auf drei Uhr zum Marathon-Grillen eingeladen. Fleisch mitbringen – Getränke gehen aufs Haus, war das übliche Motto.

»Ich muss mal aufs Klo.«

Schnell ging ich zu Frieda in die Küche und erklärte ihr die Situation.

»Frieda, ich bin in Not. Kann Watzlav mir sofort ein 30-Liter-Fässchen WalderBräu naturtrüb hell und eine Kiste Walder dunkel, die mit dem Bügelverschluss, in den Garten stellen, am besten hinten ins Bächlein? Ich zahl's auch gleich.«

»Kein Problem«, zwinkerte sie mir zu.

Schon wenige Minuten später rumpelte Watzlav, die neue tschechische Saison-Bedienung, mit dem hauseigenen Leiterwägelchen, einem 30-Liter-Fass und einer Bierkiste die Straße hinauf. Ein gelber Sonnenschirm lag ebenfalls dabei. Frieda führte irgendetwas im Schilde, sie erfüllte mir seit Tagen jeden meiner Wünsche.

Die wilden Jungs hatten ihr helles Bier in den schlanken Gläsern, an denen appetitliche Kondensperlen in der Sonne glitzerten, vor sich stehen und unterhielten sich lautstark über ihre Motorräder, als ob es zurzeit kein anderes Gesprächsthema gäbe. Die Katze mit der schwarz-weißen Schwanzspitze kam in Zeitlupe angeschlichen, fauchte Racko an, legte sich unter den Tisch zu den schwarzen Lederstiefeln und schloss die Augen. Alles an ihr schien einzuschlafen, nur ihre Schwanzspitze nicht. Racko, den Cäci an der kurzen Leine hielt, legte den Kopf schief, stellte die Ohren auf und betrachtete das Säugetier mit vorsichtigem Interesse.

Das Wochenende meiner Freunde gehört größtenteils ihren Metallbräuten. Unter der Woche steht Butzi im Anzug an seinem Bankschalter, Joe geht seinem Hausmannsleben mit drei Kindern und einer Lehrerin nach, Flaschen-Gordon unterrichtet am Gymnasium Latein und Sport und Gesicht kümmert sich um sein Fitnessstudio mit drei Angestellten und drei ›S‹ in der Leuchtreklame.

An ihren Arbeitsplätzen wirkten sie eher harmlos. Aber hier und in ihrer Ledermontur ernteten sie viele schüchterne Blicke, vor allem vom reiferen weiblichen Publikum.

Cäci und ich ließen, nachdem wir die Soße aus dem Teller noch mit Brot aufgetunkt hatten, die vier Wilden noch beim kühlen Biere verweilen. Wir holten ihr Grillfleisch aus den Satteltaschen, es waren gefühlte 30 Kilogramm, und schleppten uns in der Hitze zu meinem Erbheim, um die vergessene Grillparty vorzubereiten. Der kleine Hund sprang immer wieder kläffend an der Plastiktüte mit dem Grillfleisch hoch, er schien sich ebenfalls auf das Fest zu freuen.

Schon bald standen Biertische und Bänke unterm Baum. Jede noch so kleine Anstrengung ließ ein kleines Bächlein Schweiß von meiner Stirn rinnen. Hell leuchtete der aufgespannte Sonnenschirm mit dem Wappen der Brauerei und schnell saßen Tausende von dunklen Käfern auf ihm, hielten ihn für eine riesige Blüte. Das Fässchen lag schon im Bach, der an der hinteren Grundstücksgrenze müde gurgelte. Die Grillkohle rauchte noch unanständig im Kugelgrill. Ich besah zufrieden das Stillleben. Müller ebenfalls.

»Gibt's eine Party?«, rief er über die Hecke.

»Ja, wollen Sie nachher auch auf ein Bier rüberkommen?«

»Gern, ich muss aber erst noch den Rasen fertig mähen und dann wässern. War Racko anständig?«

Cäci hatte den kleinen Scheißer auf dem Arm.

»Den behalte ich«, kokettierte sie.

»Na, dann bis nachher, zuerst geht's an den Rasen, dann mach ich mich noch schick für die Party.«

»Es herrscht aber kein Krawattenzwang, Herr Müller.«

Müller ging in seiner Trainingshose und dem ärmellosen Schiesser-Feinrippunterhemd weiter seiner Arbeit nach. Das monotone Viertakt-Gebrumme des unterforderten Rasenmähers wurde vom Gedonnere der vier Harleys kurzfristig übertönt, als die MIKEBOSSler anrückten. Sie stellten die schweren Geräte brav nebeneinander in die Hofeinfahrt. Die vier hatten in handlichen Rollen ihre Schlafsäcke auf dem hinteren soziusfreien Bereich ihrer Maschinen platziert. Butzis, Joes und Flaschen-Gordons Partnerinnen und die Kinder wollten gegen später mit dem Auto anrücken. Gesicht war mal wieder Zwangs-Single.

Müller beendete nach einem kurzen Blick über die Hecke rasch seine Rasenpflege, stellte seinen Rasensprenger auf Automatik und verschwand für kurze Zeit in Sachen Körperpflege in seinem Heim. Herausgeputzt, nach Himbeer-Shampoo duftend, erschien er zur Party. Er trug eine braune Breitcordhose, ein grünes kurzärmeliges Hemd mit Hawaii-Blumenmuster, dazu eine karierte selbst gebundene Krawatte. Sandalen mit weißen Söckchen und ein rotweißes VFB-Hütchen gegen die Sonne rundeten den positiven Gesamteindruck ab.

Das Fässchen war schon aus dem kühlen Nass geborgen und auf einen Hocker gehievt. Gesicht übernahm den Fassanstich, da er vor Kurzem im Rahmen seiner Fitnessstudio-Renovierung erfolgreich eines angestochen hatte. Der Single musste sich zum gelungenen Unterfangen etliche Männer-Kommentare anhören.

»Auch mal schön, wieder einzulochen.«

»Dein Hammer hat weniger zu tun.«

»Der Hahn tropft … wie sieht's mit deinem aus?«

»Nicht so tief rein.«

»Wie wär's, wenn du dir für die Zukunft ein Fässchen statt einer Freundin zulegst, da bist du erfolgreicher.«

Gesicht verzog keine Miene und ich schämte mich fremd für meine Freunde. Die Weichen für ein schönes Grillfest waren gestellt.

Das Kreischen eines überdrehten Zweitaktmotors übertönte das Gelächter im Garten und das metallische Gezirpe der Grillen.

»Deodonatus«, lachte Butzi in die Runde.

Und tatsächlich, mit halsbrecherischem Tempo kam der hünenhafte Pfarrer auf seiner schmalen Quickly vom Oberdorf her um die Kurve herumgeschlingert und bremste mit blockierendem Hinterrad ab, als er das Treiben im Garten sah. Er lehnte die Maschine an den Gartenzaun.

»Hallo, alle zusammaa, ista Fest?«, lachte er sein dunkles Lachen.

»Grüß dich, Deo, noch nie was von Helmpflicht gehört?«

Vor allem die MIKEBOSSler lachten verlegen über diesen Scherz. Denn sie trugen immer ihre Helme und bewunderten Deos anarchischen Einstellung zur Helmpflicht.

»Ach was, hiea kontrolliert doch niemand. Machta was aus, wenn ich eina Bier mittrink?«

»Nein, komm herein, du bist wie immer eingeladen.«

Cäci brachte unserem Geistlichen ein Bier vom Fass, das er dankbar nickend annahm.

»Wollte gerade auf Bieachen zu Goldena Ochsen. Die Predigt für Morga ist okay und Doppalbeedigung haba ich mit alte Mesner vorbareitat. Endlich Feiaabad.«

So gefielen mir die Feste am besten, wenn immer mehr Gäste dazukamen, als man eingeladen hatte – da geht's gegen später meistens richtig ab.

Leider waren meine Gedanken wieder schneller als mein Verstand. Um die Ecke kam vom Unterdorf her Hilde gejoggt, im Schlepptau schnaubte transpirierend der vergammelte Sozialpädagoge und Kirchenorganist Philipp.

»Wow, hallöchen, große Fete?«

Sie hüpfte auf der Stelle, um ihren Rhythmus nicht zu unterbrechen. Das Gleiche taten ihre fantastischen Glocken, die unter dem schwarzen Bustier nicht weiter gebändigt waren. Philipp war langsam weitergejoggt, Schweiß verklebte seine langen Haare.

Gesicht war schneller als ich: »Hi, willst du nicht auf ein, zwei Bierchen hereinkommen?«

»Au ja, super gern! Joggen können wir immer noch, ist eh viel zu heiß. Da muss man brutal aufpassen, da bist du ruckzuck dehydriert. So heiß hatten wir es schon lange nicht mehr. Das sind garantiert schon die ersten Auswirkungen des Klimawandels.«

Vorwurfsvoll schaute sie beim Wort ›Klimawandel‹ zu Deodonatus, er und sein alleroberster Chef waren ja von Berufs wegen verantwortlich für die Schöpfung. Ich selbst hatte gegen einen Klimawandel, der Frauen dazu zwang, sich etwas luftiger und freier anzuziehen, momentan nicht sonderlich viel einzuwenden.

Philipp kehrte um und trottete mit seiner kurzen grünen Batikhose treu hinter der sportiven Hilde her.

»Wir wollten doch joggen und dann noch baden«, maulte er mit gesenktem Kopf.

Cäci verdrehte kurz die Augen, als die beiden Stimmungskanonen den Garten betraten und sie Hildes spärliches Jogging-Outfit musterte. Sie zog ihren schwarzen Minirock noch etwas höher. Deodonatus grüßte die überpowerte Hilde und seinen schwitzenden Organisten Philipp freundlich. Gesicht setzte sich schnell neben Hilde an die Biertischgarnitur.

Gesprächsthema im Garten waren nicht nur die Morde. Dieses Thema wurde regional an jedem Essenstisch, an jedem Gartenzaun und in jeder Gaststätte mehrmals täglich diskutiert. Viele wollten auf die Verbrechen gar nicht mehr angesprochen werden. Man hielt sich selbst für einen distanzierten, aber freundlichen Menschenschlag. Dem Neuen und Fremden gegenüber skeptisch, aber keinesfalls zu Gewaltausbrüchen neigend. Leicht grantelig im Beziehungsbereich, aber herzhaft beim Feiern. Die Menschen ums Ried herum waren ratlos im Angesicht des Geschehenen und erste Verdrängungsmechanismen begannen zu greifen. Verdächtigungen wurden selten konkret ausgesprochen. Jeder kontrollierte zwar jeden, man wusste, was der andere dachte, was er wählte, was er aß, ob das Auto geleast oder bar bezahlt war, ob es eine Scheinschwangerschaft oder leider gar keine war und warum der Bürgermeister zurzeit so viel soff. Trotzdem redete man über solche Dinge nicht offen, dafür gab es die vorgehaltene Hand.

Aber die Polizei schien nach wie vor im Dunkeln zu tappen, was die Morde in Riedhagen betraf.

Um Licht ins Dunkel zu bringen, rückte zur Essenszeit, als der Duft von gegrilltem Schwein in der Luft lag, ein grüner VW-Beetle an. Im Grünen die Blonde, die bald mit am Tisch saß, der nur noch wenig Platz für weitere Gäste bot.

»Da habe ich ja mal alle zusammen.«

»Alle was? … Alle Verdächtigen?«, fragte Philipp und lächelte nervös.

»Das haben *Sie* gesagt.«

Die maisblonde Kommissarin hatte von Cäci dankbar eine rote Wurst mit Curry-Ketchup und Wecken angenommen, dazu trank sie ein Mineralwasser mit Eiswürfeln.

Sie stellte mal wieder ihre Standardfrage, ob sie uns ›ganz locker‹ befragen könne, damit sie uns eine Fahrt nach Bad Saulgau erspare.

»Tun Sie, was Sie nicht lassen können. Haben Sie eigentlich noch kein Wochenende?«

Ich prostete ihr freundlich zu.

Sie griff sich zielsicher meine selbst gemachte Chili-Paste vom Tisch – aus eigenem Chili-Anbau.

»Wir sind immer im Dienst … Ist das scharf?«

»Schärfer als Sie … sich vorstellen können.«

Cäci schlug mir gegen das Schienbein.

»Haben Sie das etwa selbst gemacht?«

Ich nickte: »Aber mit Vorsicht genießen, Sie sehen ja, was drauf steht.«

»›Männer-Paste‹«, schüttelte sie den hübschen Kopf, »das muss ja von Ihnen stammen«, nahm eine herzhafte Messerspitze von der feuerroten Paste und strich sie auf das Ende ihrer roten Wurst.

An und für sich bin ich ja ein eher moderner Mensch und stehe der weiblichen Emanzipation recht offen gegenüber. Trotzdem mag ich es nicht sonderlich, wenn Frauen den Männern ihr letztes Refugium streitig machen. Es löst in mir immer wieder ganz großes Unbehagen aus, wenn Frauen ein Steak medium oder gar blutig bestellen. Ich kann es letztendlich nicht erklären, warum ich gerade in diesem Bereich so sensibel reagiere, ich denke, es ist keine rationale Angelegenheit.

Hingegen finde ich es außerordentlich wichtig, dass sich Frauen auch der kulinarischen Schärfe öffnen. Immer wieder hatte ich versucht, Cäci sanft an meine Chili-Paste hinzuführen. Vergeblich. Sie bekäme Ausschlag, Hitzewallungen, ihre Geschmacksknospen auf der Zunge würden absterben und ähnlichen Blödsinn musste ich mir wiederholt anhören.

Gespannt und innerlich grinsend wartete ich die wahrscheinlichste Reaktion ab. Mit allem hätte ich gerechnet, nur mit dem nicht: Die Frau Kommissarin Petra Krieger führte noch einmal ihr Messer zum Marmeladengläschen mit der kecken Aufschrift ›Männer-Paste‹, unter dessen handgeschriebene warnende Letter ich noch ein kleines schwarzes Totenkopfsymbol gezeichnet hatte, quasi zur Bekräftigung. Sie holte sich aus dem Marmeladenglas eine etwas größere Portion als die vorherige auf die Messerspitze.

»Seeehr gut, haben Sie das wirklich selbst gemacht?«

Ich nickte noch einmal und hatte plötzlich ein ganz anderes Bild von der Kommissarin. Sie erschien mir auf einmal reifer, fruchtiger, weniger kommissarisch und etwas schärfer.

»Wie haben Sie den fruchtigen Geschmack hinbekommen?«

Ich erzählte ihr dankbar, wie ich die Chilis ganz klein gewürfelt, sie mit Gelier-Zucker und wenig Salz angesetzt hatte. Wie ich für den fruchtigen Geschmack Paprika klein geschnitten und zuletzt unter Beigabe von etwas Zitronensaft und einem Hauch von Knoblauch das Ganze wie eine Marmelade gekocht hatte.

Sie nickte anerkennend und hatte das Rezept schon in ihren digitalen Helfer eingegeben.

»Das muss ich unbedingt nachmachen.«

»Ich kann Ihnen gern ein Gläschen mitgeben – ich habe noch 14, das reicht über den Winter.«

»Ja, gern.«

War das vielleicht der Beginn einer wunderbaren Freundschaft?

»So, wenn wir schon beim Austauschen von Nettigkeiten sind, in Ihren Angaben, den Brand bei Herrn Ngumbu betreffend, gibt es ein paar kleine Unstimmigkeiten, Sie sollten mir helfen, diese zu korrigieren.«

Inzwischen waren Joes Frau, die Lehrerin mit den drei Kindern, mit Butzis und Flaschen-Gordons Freundinnen im überladenen VW-Bus eingetroffen. Cäci hatte mit ihrer Mutter telefoniert und Watzlav, der tschechische Aushilfskellner, rumpelte schon bald mit einer weiteren Biertisch-Garnitur und einem Ersatzfässchen an.

Immer wieder bat die Kommissarin Personen zur Befragung in den Schatten der Garage. So wurden Philipp, Deodonatus, Müller, Cäci und ich durch die Befragungsrhetorik der Blonden geprüft.

Nach diesem Verhör-Marathon war die Kommissarin sichtlich erschöpft und verlangte nach einem WalderBräu vom Fass. Gern erfüllte ich ihren Getränkewunsch.

Cäci unterhielt sich angeregt mit ihr. Gesicht baggerte an Hilde herum und machte ihr ständig Komplimente wegen ihrer tollen Figur und ihren Lamas und erzählte, dass er schon lange überlegt habe, sich Lamas anzuschaffen, aber im Fitnessstudio könne er sie schlecht halten, das wäre nicht artgerecht. Philipp war eifersüchtig auf Gesicht und hatte Müllers Hund auf dem Schoß. Müller wiederum suchte die Nähe von Joes Frau, ob sie mit ihren Kindern nicht mal das tolle Denkmal für den Wauwau sehen wolle. Die Kinder wollten das Wauwau-Denkmal nicht sehen, sie waren mit einer Bratwurst beschäftigt.

Philipp tat interessiert: »Oh, das hätte ich gern mal gesehen, Hilde hat mir davon erzählt, das muss ja ganz einzigartig geworden sein. Am Tag, als Sie es aufstellten und Hilde ähm … den toten Pfarrer gefunden hat … Wie hieß Ihr Schäfer?«

»Kommen Sie mit – Waldemar, ja ja, der Waldemar, das war ein ganz ein treuer …«

Müllers Augen füllten sich mit Feuchtigkeit und das kam nicht nur vom Schnaps, den er mit jedem Bier kippte. Leicht wankend stand er auf, hakte sich bei Philipp unter und schlingerte neben ihm durch die Hecke zum Hunde-Denkmal. Joes Kinder sprangen mit ihren Würsten in der Hand und verschmierten Gesichtern hinterher und riefen: »Wauwau auch sehen!«

Deodonatus schüttelte langsam und streng seinen Kopf: »Das ista Gottalasterung, man machta eine tota Hund keina Denkmal.«

Es entbrannte eine hitzige Diskussion zwischen der leicht beschürzten Hildegard und dem schwarzen Pfarrer in seinem schwarzen Talar.

»Das sehe ich nicht so, auch ein Hund hat ein Recht auf Würde!«

»Aba nicht auf da Menschawürde.«

»Eigentlich schon, denn ein Hund kann nichts dafür, dass er nicht als Mensch auf die Welt gekommen ist, daraus darf ihm ja kein Nachteil erwachsen.«

»Das ista absurde Argumentation. Gott hatta bei Genesis Schöpfung die Mensch nach seina Ebabild geschaffa und nicht die Hund.«

»Wenn euch Pfarrern eine Diskussion zu heiß wird, dann beruft ihr euch immer auf Gott, das ist das Einfachste. Gott ist aber kein Argument. Gott ist Glaubenssache.«

»Richtig, und ich glauba, die Gott machta doch Untaschied zwischa Mensch und Hund, sonst hätta nur Hund oder nur Mensch geschaffa.«

»Ach, das ist doch zu einfach. Ich denke, Tiere sind dem Menschen gleichgestellt, deshalb sollte der Mensch sie nicht essen! Ich finde es aber ganz toll, dass Sie ›die Gott‹ sagen.«

»Was ista mit Regawurm?«

»Wie … mit dem Regenwurm?«

»Ista Regawurm mit Ihnen gleichgestellt?«

»Blödsinn, ein Regenwurm mir gleichgestellt. Es ist ja wohl ein Riesenunterschied zwischen einem Regenwurm und einem Hund. Und vor allem zwischen einem Regenwurm und mir.«

»Würda Sie Regawurm essen?«

»Igitt, natürlich nicht, was soll die Frage? Ich esse überhaupt kein Fleisch.«

»Warum?«

»Das ist Steinzeit, schauen Sie sich doch die Tiere hier am Tisch an!«

Sie deutete auf die MIKEBOSSler, die an ihren Steaks herumnagten.

»Was denken Sie, wie die Kreaturen leiden mussten, die gerade verspeist werden?«

»Schmeckta aber gut und die Mensch mussa auch leba, nicht nur de Tier.«

»Aber nicht auf Kosten der Tiere.«

»Wenn jeda Mensch auf der Welt isst nur Grünezeug, dann gibta keina Futter mehr für die Tiere, dann mussa die Kuh und alle Vegetarier verhungern, auch Sie.«

Hilde überlegte lange und schüttelte mit bitterer Miene ihren Kopf.

Vom Nachbargrundstück hörte man das energische Anstoßen von Flaschen. Philipp, der Alt-Hippie, und Herr Müller, der Jungrentner, tranken Brüderschaft und unterhielten sich prächtig. Zwei von Joes Kindern hatten die Hundegedenkstätte erklommen und hüpften zur Freude Rackos auf den Rasen. Der kleinste von Joes Nachwuchs stand in

Windeln weinend vor dem Denkmal und hob die kleinen Hände fordernd zum Himmel empor.

Obwohl die Sonne schon in den Dämmerungsmodus übergegangen war, hing die Hitze noch wie eine Glocke über dem Dorf. Die Stimmung war wieder deutlich gestiegen, als die Diskussion zwischen Pfarrer und Hilde beendet war, und erreichte ihren vorläufigen Höhepunkt mit dem überraschenden Eintreffen von Susi. Susi sprang wie ein Grashüpfer von ihrem papageienbunten Motorroller, riss sich den Halbschalenhelm vom Kopf, schüttelte ihr Feuerwehr-Haar aus und quietschte von Weitem: »Au, voll geil, eine Party, ich wollte eigentlich nur die Bilder angucken, Dani.«

Schon saß Susi neben mir auf der Bierbank. Ihre Abendgarderobe bestand aus einer Art kurzärmeligem Rollkragenpullover, der am Rücken gänzlich frei war und demonstrierte, dass ihre beachtliche Oberweite auch ohne Büstenstütze der Schwerkraft erfolgreich trotzte. Um ihr Gesäß hatte sie eine Art Seidenkopftuch in Blitzgelb gewickelt. Ihre Füße waren bar. Keine Sekunde war ihr üppiger, ansehnlicher Hintern in Ruhe, sie rutschte hin und her, quietschte und kicherte, erzählte von der Ausfahrt mit mir ohne Sitzbank und den Gudvaibraischens. Cäci hatte sich Gott sei Lob und Dank in eine intensive Diskussion mit Deodonatus versenkt. Psychologie und Theologie in hitzigem Diskurs. Unbemerkt signalisierte ich Gesicht mit Blickkontakt, sich von Hilde abzuwenden und sich um Susi zu kümmern. Hocherfreut ging er auf den Deal ein. Bald schon schwallte er Susi zu, die ihrerseits seinen Fitnessstudio-Oberkörper bewunderte. Seine Salzstangenbeinchen waren unter der schwarzen Lederhose verborgen.

Und Hilde stürzte sich auf mich.

»Ich mache mir Sorgen um Philipp, er trinkt.«

»Das muss jeder Mensch, sonst kann man nicht leben, der Körper trocknet sonst …«

»Ich meine, seit der Mordsache trinkt er mehr Alkohol«, unterbrach sie mich und verdrehte ihre Augen unwillig im Uhrzeigersinn.

»Hm … das muss nichts mit dem Mord zu tun haben.«

»Das denke ich auch, Philipp ist einfach zu sensibel für diese Welt. Manchmal wünsche ich mir, er wäre ein bisschen männlicher.«

Ich spürte ihre Hand kurz auf meinem Schenkel. Schnell nahm sie einen Schluck von ihrer Bierschorle sauer.

»Ich mag ja Machos überhaupt nicht, so das ganze frauenfeindliche Gehabe. Schau dir doch deine Kumpels an. Das ist ja nicht zu glauben, die springen wohl auf jede an.«

Sie deutete mit dem Kopf in Richtung Gesicht, der näher als notwendig an Susi herangerutscht war und dessen Kopf vor Freude glühte. Susi redete ununterbrochen auf ihn ein, fasste ihn immer wieder bewundernd an den linken Oberarm und schüttelte auffällig ihr schönes Haar.

»Gesicht sieht mir im Moment nicht gerade wie ein Macho aus. Ich denke, die Susi …«, versuchte ich meinen Freund zu verteidigen.

»Ach, das sagt ja der Richtige, du und die Susi, da war doch bestimmt mehr als …«

»Mein Gott, in so einem Kaff wird doch nur getratscht …«

»Ich denke, ein Kerl von deinem Format steht doch eher auf Frauen, die nicht nur gut aussehen, sondern auch was im Kopf haben?«

Sie straffte ihr Kreuz, hob ihren Kopf und tippte sich mit dem Zeigefinger gegen die Stirn.

»Das stimmt, drum stehe ich immer noch auf Cäci.«

Sie rückte ein Stückchen von mir weg und fragte: »Was glaubst du eigentlich, wer's war … der Mörder?«

»Ich würde Cäci und mich ausschließen.«

»Sei doch mal ernst, denkst du, dass es jemand ist, den wir kennen?«

»Ich vermute schon, wir haben auch die Opfer gekannt. Außerirdische haben bestimmt kein Interesse, ausgerechnet die beiden und noch einen Hund zu töten.«

Hilde lenkte ihren Blick unauffällig zu meinem Nachbarn Müller und flüsterte mir ins Ohr: »Bei dem könnt' ich's mir vorstellen, der tickt doch nicht richtig. Schau dir doch mal die Klamotten an. Ich denke, der ist schwul. Und das blonde Polizistenpüppchen hat ihn vorher noch mal extra zur Seite genommen und ihn lange befragt. Als Frührentner hat er auch die Zeit, sich das alles auszudenken.«

»Und deshalb bringt er den Alt-Pfarrer, davor seine Haushälterin und dazwischen noch seinen eigenen Hund um? Außerdem ist nicht jeder, der eine karierte Krawatte trägt, schwul, da erwarte ich von einer Lehrerin schon etwas mehr an Toleranz.«

»Nein … ja … bei so Pfarrern weiß man ja nie, da liest man auch einiges. Vielleicht hatten die was miteinander, als Nachbar hätte er es nicht weit gehabt, und die alte Hexe Margot hat dann was gemerkt. Er hat zuerst sie, dann ihn umgebracht.«

»Und den Hund?«

»Das arme Tier musste er opfern, um den Verdacht von sich zu lenken.«

»Hmmm.«

»Ich finde, das ist die erste plausible Theorie in diesem Fall.«

»Hmmm ... nicht ganz schlecht, aber ich glaube eher, dass der Müller asexuell ist.«

»Quatsch, du hättest mal sehen sollen, wie der mir vorhin auf die Brüste geschaut hat.«

»Du widersprichst gerade deiner eigenen Theorie vom Schwulen ... und außerdem, wer bei dem Aufzug nicht hinschaut ... mich wundert's, dass Philipp dich bis hierher nicht angefallen hat.«

»Na ja, der ist einfach etwas zurückhaltend und sanft, ich mag das eigentlich bei Männern, wenn sie nicht sofort angreifen und lossabbern.«

Sie rückte wieder etwas näher an mich heran und gurrte: »Aber siehst du, meine Theorie vom Mörder war nicht so schlecht und ich habe immer noch den Müller im Verdacht, es gibt genug Menschen, die auf Frauen und auf Männer stehen. Ich hab' auch was im Köpfchen, nicht nur deine Psycho-Studentin.«

Sachte fand ihre Hand wieder meinen Oberschenkel.

Mir wurde die Sache eindeutig zu heiß, und ich kann es einfach nicht leiden, zum reinen Sexobjekt degradiert zu werden. Ich setzte mich zu meinen Stammtischlern, die mittlerweile ein prächtiges Lagerfeuer entfacht hatten und wie Steinzeitmenschen mit Stecken in der Glut herumstocherten oder Steine hineinwarfen. Gesicht war sogar einige Male über das Feuer gesprungen. Susi fand das ›voll geil‹ und bewunderte ihn ununterbrochen. Hier fühlte ich mich sofort wieder wohler. Philipp hatte sich mit seinem neuen Duz-Freund Müller zu uns gesellt, in seiner Hand hielt er eine alte rot lackierte Framus-Gitarre von Müller.

»Franz hat früher in einer Rock 'n' Roll Band gespielt. Bei den Red Damned Sputniks«, sagte Philipp.

Herr Müller winkte bescheiden ab: »Das ist schon lange her. Über 40 Jahre.«

Philipp stimmte die Gitarre am Lagerfeuer und gab ein paar Lieder zum Besten, die gut zu seinen strähnigen langen Haaren, seinem indischen Stickhemd und seiner grünen kurzen Batikhose passten: »Yeah … Puff, the magic dragon, lived by the sea and frolicked in the autumn mist in a land called Honah Lee … And Jesus was a sailor when he walked upon the water and he spent a long time watching from his lonely wooden tower …«

Franz Müller war mit Donovan und Leonhard Cohen offensichtlich überfordert. Er schwankte ungeduldig auf Philipp zu und forderte seine rot lackierte Framus.

Er stellte sich vor den Schein des Lagerfeuers, hob stolz den Kopf und schob die schweren Hüften in seiner Breitcordhose nach vorn. Mit emporgestrecktem rechten Arm war er bereit zum ersten Akkord. Legte den Kopf ganz weit nach hinten. Ließ die Rechte nach unten sausen und die Hüften kreisen: »Well, it's one for the money, two for the show, three to get ready, now go, cat, go. But don't you step on my blue suede shoes … blue, blue, blue suede shoes …«

Ich war mehr als überrascht und dachte: So einer kann doch keinen anderen Menschen umbringen?

Der Morgen danach war weniger angenehm. Überall in meinem Garten lagen Menschen in oder außerhalb von Schlafsäcken. Aus den Ascheresten des nächtlichen Lagerfeuers qualmte es kläglich. Hüpfende Amseln und emsige Eichhörnchen suchten den Rasen erfolgreich nach Essensresten ab. Zu spät begriff ich die Dramatik der Situation. Deodonatus saß leblos auf der Bank, sein Kopf lag auf seinen Armen auf dem Biertisch. Ich stürzte zu ihm hin, schüttelte ihn an der Schulter. Er reagierte nicht, ich zog ihn unter den Schultern von der Bank. Taumelnd kam er zum Stehen.

»Was ista los?«

»Die Glocken, es läutet zur Messe.«

Deodonatus war sofort in einem unkoordinierten Wachzustand.

»Oh mein Gott, warum hasta mich verlassa?«

Er stürmte auf seine Quickly zu, stürzte über seine lange Soutane und fiel mit dem Gesicht gegen den hölzernen Gartenzaun. Augenblicklich schwoll sein Auge an. Die Holzlatte des Zaunes war gebrochen.

»Du mussta auch komma, irgendjemand muss Fürbitta lesa, das wollt ich gestern noch fraga, vielleicht kann ja de Cäci … und du guck nach de Mesnerdienst«, rief er mir noch zu.

Dann startete er, eine beachtliche Zweitakt-Rauchfahne hinter sich lassend, Richtung Kirche, deren Glocken bedrohlich läuteten.

Cäci blickte mich aus roten Augen an. Ich erklärte ihr die Situation. Es war keine Zeit mehr, sich umzuziehen.

»Mach du die Fürbitten, das sind wir Deo schuldig, Kalner hat bestimmt wieder nichts für den Gottesdienst vorbereitet. Das erledige ich.«

»So kann ich doch nicht gehen, schau mich mal an! Ich muss mich umziehen.«

»Quatsch, das reicht nicht mehr.«

Cäci sah eigentlich in jedem Aggregatszustand wunderbar aus. An diesem Morgen jedoch wirkte sie leicht zerknittert. Ihr gelbes Nichts von Top hatte dunkle Ketchup-Flecken, das knappe Röckchen war zerknautscht.

»Du siehst wie immer spitze aus.«

Ich gab ihr einen Kuss, sie schien wenig überzeugt.

Der Gottesdienst war übervoll, die Schäfchen saßen brav in ihren Bänken. Die männlichen Böcke und einige wenige Geißen rechts. Die Geißen und keine Böcke links. Die Gottesdienstbesucher hielten die siebenminütige Verspätung in Bezug auf die dramatische Dorfsituation für angemessen. Man war sogar ein bisschen stolz, dass so viele Auswärtige und Fremde am Gottesdienst teilnahmen. Auch neugierige Wüstgläubige, wie man die Evangelischen aus Wilhelmsdorf nannte, befanden sich unter den Gottesdienstbesuchern. Und dass die dörfliche Gesamtausnahmesituation wegen der integrierten Spontanausnahmesituation durch das ausgeuferte Fest zusätzlich gesteigert wurde, machte den Gottesdienst nochmals attraktiver. Aus meiner privilegierten Mesner-Sitzposition vom Chorraum heraus hatte ich den Überblick über die Versammelten. Ganz hinten entdeckte ich einen blonden Schopf. Das Gesicht wirkte durch die nächtliche Sause leicht derangiert. Sie hatte wahrscheinlich in ihrem engen, grünen Damen-Fahrzeug übernachtet. Immer wieder zog sie die Schultern hoch und ließ den Kopf über den Nacken rollen. Die Medien waren auch vertreten, wie würde das erst morgen bei den Beerdigungen werden?

Ich wollte gerade aufstehen und das Glöckchen ausgangs der Sakristei zum Klingen bringen, um die weltlichen Hauptakteure des Gottesdienstes anzukündigen. Doch

Kalner, der Unberechenbare, stand schon im Durchgang und bimmelte angemessen.

Als die zwei Ministrantinnen, angeführt von Deodonatus, den Sakralraum betraten, ging ein Raunen durch die Kirche. Des Pfarrers linkes Auge war zu einem Schlitz angeschwollen und von kräftig purpurner Farbe, was seinem schwarzen Gesicht einen kriegerischen Ausdruck verlieh.

Cäci saß als unfreiwillige Aktivistin in der ersten Reihe der Frauenseite und signalisierte mir mit beiden Zeigefingern ein Rechteck in der Luft. Ihrem Lippenspiel entnahm ich die verzweifelten Buchstaben ›Fürbittenzettel‹.

Ich konnte nur unauffällig mit den Schultern zucken.

Dann schaute Deodonatus, der sich hinter dem Altar positioniert hatte, einäugig hoch zur Orgel. Und noch einmal blickte er hinauf. Aus meiner Position hatte ich schon längst bemerkt, dass Philipp nicht an seinem Platz an der Orgel saß. Deodonatus schaute zu mir, dann zu Kalner, der immer noch im Durchgang zur Sakristei versteckt stand. Ich zuckte wiederum mit den Schultern. Kalner deutete seinem Pfarrer mit Zeichensprache an, dass er die Sache in die Hand nehmen werde. Er schritt würdig aus dem Dunkel des Gewölbes heraus und begab sich zum Mittelgang, machte einen Knicks in Richtung Altar hin, bekreuzigte sich andächtig und schritt pietätvoll zum Hauptportal hinaus.

»So, wia üben noch die neue Kanon ›Du verwandelst meine Trauaa in Freude‹.«

Die Gemeinde war heute besonders geduldig und Deodonatus übte, bis der Kanon vierstimmig perfekt ertönte. Gerade als die Schlusszeile im schönsten Akkord verklungen war, ging das Portal auf und Kalner erschien mit dem lädierten Philipp an der Hand. Philipp wirkte trotz wochenlanger intensiver Sonneneinstrahlung bleich. Das indische Stickhemd steckte nachlässig in der kurzen grünen Batikhose, die ansonsten schulterlangen Haare standen in alle Richtungen ab. Die hagere Gestalt schwankte leicht und hatte die Augen weit aufgerissen, um sich an die geänderten Lichtverhältnisse im Gottesraum zu gewöhnen. Offensichtlich wusste er nicht genau, wo er sich gerade befand. In der Rechten hielt er Müllers Framus-Gitarre. Unsicheren Schrittes bewegte er sich zur Orgel hoch.

Ein Raunen und Getuschel ging durch die Kirche.

Jäh eröffnete Philipp, vom Konzept abweichend, mit der geistlichen Kantate von Johann Sebastian Bach ›Wo soll ich fliehen hin‹.

Ansonsten lief der Gottesdienst doch noch in einigermaßen geordneten Bahnen ab. Bis auf die Fürbitten.

»Unsara liebe Gemeindamitglied Cäcilia Maier spricht nun da Fürbitta.«

Cäci schaute mich verzweifelt an, als sie mit ihrem knappen Rock und ihrem aufreizenden gelben Top zum Ambo schritt. Vor die Ketchup-Flecken hielt sie ein rot eingebundenes Gotteslob. Den Minirock hatte sie schon weitestmöglich nach unten gezerrt, trotzdem war nervöses Gehüstele auf der Männerseite hörbar. Auf der Frauenseite wurde vermehrt im Gotteslob geblättert.

»Heute haben wir im Hinblick auf die Situation der Gemeinde eine neue Form der Fürbitte gefunden. Herr Bönle und ich werden im Wechsel Fürbitten auf Stichwort-Zuruf aus der Gemeinde frei formulieren. Das Stichwort muss in der Fürbitte eingebettet sein. Herr Pfarrer Ngumbu wird mir das erste Stichwort als Beispiel geben.«

Ngumbu machte ein erstauntes großes Auge. Ich bewegte mich nach einem strengen und auffordernden Blick Cäcis wie in Zeitlupe zum Ambo hin. Cäcilia blickte dreist in die Gemeinde.

Deodonatus schaute immer noch unsicher zu Cäci, sie nickte ihm auffordernd und freundlich lächelnd zu: »Bitte, Herr Pfarrer.«

Deodonatus faltete die großen Hände, senkte den einäugigen Blick, straffte seine breiten Schultern und erhob dann wieder demütig sein lockiges Haupt.

»Leba schätza«, formulierte Deodonatus, der sich von Cäcilia überrumpelt fühlte, in den überfüllten Kirchenraum hinein.

Nur den Bruchteil einer Sekunde stutzte Cäci, die Deodonatus nicht richtig verstanden hatte: »Oh Herr, gib uns unser tägliches Brot, denk an die, die nichts zu essen haben. Sie können nicht aus der Fülle unserer Speiseangebote schöpfen. Hunger und Elend prägen deren Alltag. Wir dagegen tun uns regional gütlich an Leberspätzle und anderen Spezialitäten. Herr, gib uns die Kraft, andere mitzuspeisen, sie an unserem üppigen Mahl teilhaben zu lassen. Wir bitten dich, erhöre uns.« Zögerlich stimmte die Gemeinde in den liturgisch bekannten Sprechrefrain ein.

Cäci war stolz, den absurden Begriff ›Leberspätzle‹ eingebracht zu haben und fragte sich wohl im Stillen, ob Deodonatus durch den Sturz gegen den Lattenzaun ernstere Schäden davongetragen hatte.

Fünf ewige Sekunden war es mucksmäuschenstill in der Kirche, nur die Hitze lärmte. Cäcilia nickte auffordernd in den lichtdurchfluteten Kirchenraum hinein. Dann kam der Stichwort-Zuruf aus der ersten Reihe: »Sünde.«

Der fünfjährige Paul-Josef Hallinger, verhaltensauffälliger Nachzügler in der bürgermeisterlichen Familie, freute sich sichtlich über seinen Beitrag. Cäci nickte andächtig in meine Richtung. Ich befürchtete berechtigterweise das Schlimmste für mich, weil mein freies Reden oft unkontrollierbare Wege wählte, die ich schlecht wieder verlassen konnte.

»Ähm … Sünde. Schon Jesus hat gesagt, wer frei von Sünde ist, möge den ersten Stein erheben und ihn auf die Ehebrecherin werfen. Also ähm … Ehebruch ist ja heute bei vielen Frauen so richtig in Mode gekommen. Sie sehen im Fernsehen nichts anderes als Geschlechtsgenossinnen, die vor lauter Langeweile die Ehe brechen. Selbst Frauen um die 50 scheinen einer Affäre nicht abgeneigt. Diese medialen … ähm, Beispiele werden nun von vielen auch schon reiferen Frauen von 30 Jahren oder mehr nachgeahmt. Frauen, die Familie und ein Zuhause haben, einen Mann, der hart arbeitet … und ähm …, die Kinder sind in der Schule, der Mann ist bei der Arbeit. Die Wäsche macht die Maschine. Tiefkühlessen ist in Minuten servierfertig, und dann weiß eine junge Mutter heute eben den ganzen Tag nicht, was tun und gibt sich aus Langeweile dem Ehebruch hin …«

Ich bemerkte einen Stoß gegen mein Schienbein, Cäci lächelte ihr hellstes Lächeln in die irritierte Gemeinde. Ich fuhr fort: »… Herr, gib diesen fehlgeleiteten Frauen die Kraft, ihren Kindern ein selbst gekochtes Mittagessen, es müssen ja nicht fünf Gänge sein, auf den Tisch zu stellen. Herr, gib diesen Frauen auch die Kraft, den Verlockungen des männlichen Fleisches zu widerstehen. Herr, gib uns Männern aber auch die Kraft, den Frauen zu sagen, dass nicht alles Gold ist, was glänzt. Ein Leben auf dem Land ohne Ferrari und Silikonimplantate kann auch ein erfülltes Leben sein.«

»Wir bitten dich, erhöre uns«, klang es sonor von der Männerseite her.

Ich wusste sofort selbst, dass meine Fürbitte kein rhetorisches und gedankliches Highlight war, aber besser als nichts zu sagen, war es allemal. Außerdem hatte mir Cäci den Schlamassel eingebrockt. Meine Aufgabe hier ist mesnern und nicht predigen.

»Täter«, klang es blond aus den hinteren Reihen.

Aus der Orgelempore war das Rumpeln und atonale Musizieren einer umfallenden Gitarre zu hören. Deodonatus richtete sein Auge strafend nach oben.

»Herr, wir wissen, dass jemand auf fürchterliche Weise schuldig wurde. Der Täter ist vom Feuer des Hasses erfüllt, er hat Unschuldige getötet. Möge er vor dir Gnade wie ein Kind finden. Hier auf Erden soll er seiner gerechten Strafe nicht entgehen. Wir bitten dich, erhöre uns.«

Cäci hatte es eindeutig besser gemacht als ich, eigentlich schade, dass katholische Frauen nicht Pfarrerin werden dürfen, Cäci hätte eine sehr gute abgegeben. Es kamen keine weiteren Zurufe mehr aus der sonntäglich gekleideten Gemeinde. Deodonatus schien erleichtert und spulte routiniert den restlichen Gottesdienst herunter. Lediglich Missklänge des Organisten ließen einige Köpfe um 180 Grad drehen.

Zum Abschluss lud Deodonatus mit einer weit ausladenden Geste zum morgigen Doppelbegräbnis ein.

14

Der Mann grübelte. Hatte er doch einen Fehler gemacht? Nervös blätterte er im Alten Testament, ohne die Seiten zu beachten. Hatte sie ihn gemeint, als sie die Fürbitte sprach oder war es Zufall? Aber der Mann wusste, dass es keine Zufälle gibt. Sie hatte ihn und nur ihn gemeint.

Dann schlug er das Buch Genesis auf und las:

›23,6 Hör uns an, Herr! Du bist ein Gottesfürst in unserer Mitte. In der vornehmsten unserer Grabstätten darfst du deine Tote begraben. Keiner von uns wird dir seine Grabstätte versagen und deiner Toten das Begräbnis verweigern.‹

Die Textstelle hatte ihn bestätigt, gestärkt stand er auf. Er legte das Buch in die Schublade zurück und lief mit kräftigen Schritten durch die Werkstatt. Es zog ihn hin zu seiner Sammlung in der Ecke. Unter der Decke lagen sie, die schweren Kreuze.

Ich habe es genau gehört, sie hat vom Feuer gesprochen. Von Feuer und Hass. Sie weiß etwas. Sie hat auch vom Kind geredet. Aber nur das Kind ist ohne Schuld. Ich soll meiner Strafe nicht entgehen, sie meint mich. Und gerecht, was ist denn schon gerecht? Ist der Schindanger gerecht?

Was hat die überhaupt zu sagen? – Nichts. Sonst ist sie doch auch nicht da, aber sie ist schlau, das sieht man an den Augen, die gehen tief. Ich denke, sie wird mir gefährlich, bevor ich meine Aufgabe erfüllt habe. Ich muss etwas unternehmen. Sie ist zwar ohne Schuld, aber ich muss etwas unternehmen … etwas unternehmen … etwas.

Der Mann holte eins der schweren Kreuze unter dem öligen Tuch hervor und wog es in seinen Händen. Fast zärtlich fuhr er mit den Fingerspitzen über die porige Oberfläche des schwarzen Metalls. Der gusseiserne Heiland hielt seine Augen geschlossen.

Eine schwere Last musste der Herr da tragen, eine schwere Last muss auch ich tragen. Töten ist eine Last. Hoffentlich fehlt mir nicht die Kraft, es zu Ende zu bringen … Auge um Auge, Zahn um Zahn. Ich wünschte, es müsste nicht so sein.

Er stieß das Kreuz mit Wucht in den gewachsten Boden. Es stand kurz wippend schräg, dann fiel es auf den Fuß des Mannes.

Herrgott Sakrament, alles geht schief! Wenn ich nicht bald etwas unternehme, läuft mir alles aus dem Ruder.

15

Früh war ich an diesem Montag wach.

Meiner Körperhygiene widmete ich an diesem besonderen Tag etwas mehr Aufmerksamkeit. Im mintfarben gekachelten Badezimmer betrachtete ich kritisch den Menschen mir gegenüber. Die dunklen Haare hingen zerzaust und ungepflegt bis zur Schulter. Der dreitägige Bart bedurfte einer scharfen Klinge. Ich streckte dem ungepflegten Menschen gegenüber die Zunge heraus. Respektlos tat er es mir gleich. Die Zungen waren ohne Belag. Obwohl ich es von meiner Zunge nicht definitiv wusste, die meines Spiegelbildes war auf jeden Fall in Ordnung. Die kritischen graugrünen Augen wanderten über die behaarte Brust bis zum kleinen Bauchansatz. Der schmale Badezimmerspiegel begrenzte den Blick weiter nach unten. Eine Ganzkörperdusche hinter dem geblümten Plastikvorhang reinigte mein Äußeres und gab meinem Inneren auch irgendetwas. Wie immer hatte ich die akkubetriebene Zahnbürste mit unter die Dusche genommen – ich singe nicht unter der Dusche.

Erst nachdem ich mich gründlich abgetrocknet und rasiert hatte – das brachte bestimmt ein paar Gramm zu meinen Gunsten – stellte ich mich auf die geerbte Krups-Präzisions-Personenwaage mit dem dunkelgrünen Kunstlederüberzug aus den späten 60er-Jahren. Ohne digitalen Firlefanz und ohne 20-bändige Bedienungsenzyklopädie zeigte sie nach fast 50 Jahren Wiegetätigkeit durch ein zyklopenähnliches Vergrößerungsauge immer noch das exakte Gewicht des Stehers an.

Obwohl man der Ehrlichkeit halber sagen muss, dass meine Mutter die Waage meines Wissens nie benutzt hatte, aus Gründen, die sie immer verschwieg, und mein Vater, den ich als Alltagsphilosophen sehr schätzte und ihn schmerzlich vermisse, immer meinte: ›Durch das ständige Abwägen, wiegen oder nicht wiegen mit der Waage, wage ich die Diagnose, die Welt wird durch Gewichtskontrolle auch nicht besser.‹

Sentimental schaute ich den leicht rostigen Zeiger an, der über der Skala in Pfundeinteilungen zitterte.

»Heiland Sakrament noch mal! Drecksbier!«

Ich fuhr mir über den behaarten Bauch und zog ihn ein, bis ich keine Luft mehr bekam. Das war auch keine Lösung. Mir fiel das eine Liedchen ein, das für ein kalorienreduziertes Produkt aus dem Genussmittelsektor warb und sang: »Ich will so bleiben, wie ich bin …«

Gut aufgelegt hüpfte ich von der Waage. Zitternd sprang der mahnende Zeiger dorthin, wo er auch hingehörte – auf die Null-Position.

Für den besonderen Anlass der Doppelbeerdigung wählte ich aus dem Schrank einen der beiden Anzüge, die ich von meinem Vater behalten hatte. Beide passten mir nicht wirklich, aber auf dem Land konnte man so etwas immer noch tragen. Der dunkle Anzug schien mir dem Anlass entsprechend am geeignetsten. Auf diesen Anzug war meine Mutter besonders stolz gewesen, er war aus dem pflegeleichten Material Strapatex. Und bis heute macht er dem Namen, der Unverwüstlichkeit suggeriert, noch alle Ehre. Aus dem väterlichen Nachlass stammte auch die praktische schwarze Anklipskrawatte. Dort, wo mein Kehlkopf war, hatte sie einen stilisierten Krawattenknoten, der wie ein abgestürzter dunkler Schmetterling aussah, darunter befand sich ein raffinierter Bügelklappmechanismus, mit dessen Hilfe es immer gelang, den breiten, nach unten spitz zulaufenden Herrenbändel am Kragen eines Hemdes zu befestigen.

Unter der Krawatte trug ich das weiße Hemd, das ich schon zu meinem Tanzkursabschluss getragen hatte. Es spannte leicht. Die Rüschen, die sich links und rechts der Knopfleiste befanden, sah man nicht, da ich das Jackett trotz der zu erwartenden Hitze zuknöpfte. Im Flurspiegel betrachtete ich mich kritisch und konnte ohne Weiteres nachvollziehen, warum die Damen des Dorfes mich sympathisch fanden und umwarben. Es konnte nicht nur am Geld liegen.

Während ich mich für das traurige Großereignis für die weibliche Bevölkerung des Dorfes herausputzte, überfluteten Autos mit fremden Kennzeichen den nicht abgesperrten Teil des Dorfes. Die Übertragungswagen der Privatsender standen in ihren kreischenden Farben auf dem kleinen Kirchenparkplatz.

Mit Deodonatus und Kalner schmückte ich an diesem Morgen die Kirche, die Beerdigung war auf 14 Uhr angesetzt.

Die dunklen Eichensärge standen nebeneinander vor den Altarstufen im Mittelgang. Sie waren schlicht mit weißen Lilien geschmückt.

Es gab lange Streitgespräche im Pfarrgemeinderat, ob es nicht unpassend, ja sogar anrüchig sei, die beiden Särge nebeneinanderzustellen und ob nicht dem Alt-Pfarrer aufgrund seiner Stellung in der Gemeinde eine hervorgehobene Position auch im Tode zustünde. Wenn man wenigstens den Sarg des Pfarrers etwas höher stellen könnte, auf Obstkistchen, die man mit schwarzem Stoff verkleiden könnte. Oder mehr Blumenschmuck am männlichen Sarg, mit einer goldenen Schärpe. Deodonatus Ngumbu ließ sich jedoch nicht auf diese Diskussion ein.

»Dea Tod machta alle gleich, egal, ob Mann oda Frau, Pfarra oda Haushälterin, Terrorist oda Heiliga, nix mit Extrawuast, die gibt's im Himmel auch nicht!«

Das Dorf trug schwarz-weiß. Viele hatten einen Tag Urlaub genommen, um Haushälterin und Pfarrer auf ihrem letzten Weg zu begleiten. Die Schüler, die nicht auswärts in den Ferien waren, liefen nun viel zu früh mit ihren besten Anzügen und Kleidern zur Kirche, um einen guten Platz zu bekommen. Ansonsten zählten Beerdigungen nicht zu ihren favorisierten Freizeitbeschäftigungen, aber diese hier, mit den Gruselmorden im Doppelpack war Pflicht.

Ab 12 Uhr lastete eine eigenartige Ruhe über dem Dorf. Die Hauptstraße war abgesperrt, auf der Riedwiese ließ der Bürgermeister einen provisorischen Parkplatz einrichten. Das Schild mit dem Pfeil, inklusive Rechtschreibfehler, hatte er selbst gemalt:

›Bitte hier parken, nicht im Dorf drinnen!

Danke für Ihr Verständniss.

Ihr Bürgermeister‹

Die lange Trockenheit erlaubte, ohne das Risiko einzusinken auf dem riedigen Wiesenboden zu parken.

Die Menschen im Ort unterhielten sich in der Öffentlichkeit mit gedämpften Stimmen, um Margot Kramer und Alt-Pfarrer Sütterle nicht doch noch aufzuwecken.

Die Fliegen schienen noch lästiger als sonst.

Um 13 Uhr begann sich die Kirche langsam zu füllen. Aus den ersten beiden Reihen wurden die voreiligen Schüler vertrieben, trotzdem blieben sie lange unbesetzt. Es war ein ungeschriebenes Gesetz, sie für die Angehörigen freizuhalten. Um 14 Uhr war die Kirche brechend voll. Kalner und ich mussten die beiden gemeindeeigenen Außenmegafone installieren, um den Trauergottesdienst ins Freie zu übertragen.

»Die Scheiß-Dinger werden eh wieder nicht funktionieren«, maulte der schwitzende Kalner vor sich hin.

Mit Draht und Klebeband befestigten wir die beiden altersschwachen Megafone, die an lange unlackierte Bohnenstangen geschraubt waren, an den Dachrinnen des Kirchendaches.

Die Menschen standen bald auf den gekiesten Wegen, selbst zwischen den Gräbern suchten sie einen Platz, von dem aus sie wähnten, das Geschehen am besten beobachten zu können. Die Schatteninseln der Friedhofsbäume waren längst belegt. Vor allem Frauen hatten sich aus dem gelben Papier der fotokopierten Gottesdienstlieder, die von eifrigen Ministrantinnen verteilt wurden, einen Fächer gebastelt und wedelten sich damit hektisch die heiße Luft um die Nase. Die Männer wischten sich mit karierten Stofftaschentüchern über Stirn und Glatze. Einige der Trauergäste waren noch einmal umgekehrt und hatten sich Campingstühle aus ihren Häusern oder Autos geholt.

Die Sonne stand erbarmungslos am weißlich blauen Himmel, der Schatten des Glockenturmes mit seinem Zwiebelende war die begehrteste Stelle im Außenbereich. Die Gräber waren zur Beerdigung mit frischen Blumen hergerichtet worden, was noch mehr Insekten bewog, von den Kuhfladen abzulassen und zum Friedhof zu fliegen. Das Gesumme der fliegenden Tierchen und das melancholische Gezirpe der Grillen verdichteten die morbide Stimmung.

In der Kirche war es ohne direkte Sonneneinstrahlung erträglicher, obgleich das überdimensionale Quecksilberthermometer im Inneren neben dem Eingang 29 Grad anzeigte.

Kalner hatte vorsorglich, um hitzebedingte Ohnmachtsanfälle bekämpfen zu können, eine 0,5-Liter-Flasche Kölnisch Wasser und drei Flaschen Mineralwasser in einer Kühlbox mitgebracht, die er in der Sakristei stationierte.

»Falls wieder eine umkippt«, zwinkerte er mir zu.

Die Trauerfeier mit einer vorgezogenen Eucharistiefeier, weil die beiden Verstorbenen aus dem kirchlichen Milieu stammten, war durch die Hitze anstrengend, und ich konnte mir wieder nicht erklären, warum Gottesdienste, bei denen viele Menschen anwesend sind, deutlich länger dauern als Gottesdienste, bei denen ganz wenig Gläubige anwesend sind. Zur Kommunion gingen heute nur die ersten beiden Reihen, in einem normalen Gottesdienst sind das oft sogar ein paar mehr, die den Leib Christi empfangen wollen. Vielleicht wird bei vielen Anwesenden langsamer gesungen?

Deodonatus war nicht langsamer als sonst und er sah mit seiner schwarzen Augenklappe recht verwegen aus. Seine Predigt war gut, er lobte die beiden Ermordeten als wichtige Gemeindeglieder, die sich mit aller Kraft für den Glauben eingesetzt hätten. Er erwähnte allerdings auch in einem Nebensatz die unterschiedlichen theologischen Ansätze zwischen dem ehemaligen Pfarrer und dem neuen.

Das Schlusslied ›So nimm denn meine Hände‹ war der Tränen-Hit. Wer bisher noch nicht geweint hatte, tat es jetzt. Auch ich benötigte ganz kurz ein Taschentuch, nicht wegen Margot und Sütterle – sondern wegen des Liedes.

Mit dem Hinausfahren der Särge in die Gluthitze hin zu den beiden ausgehobenen Gräbern war mein Dienst beendet. Das Kondolieren an den Gräbern konnte ich mir in meiner Position jedoch nicht ersparen.

Cäci hatte durch die Menschenmenge wie ein Magnet zu mir gefunden und drückte mir die Hand. Zäh ging es zu den Gräbern voran.

Aus großer Distanz verfolgten wir die Beisetzung der beiden. Durch die pfeifend rückkoppelnden Megafone konnten wir Deodonatus kaum verstehen. Brauchten wir auch nicht, wir kannten das Ritual. Die eigentliche Beisetzung mit ihren katholischen Bräuchen ging dann recht schnell vonstatten und Deodonatus mit seinen Ministrantinnen verließ nun die Trauergemeinde. Zügig liefen sie zur Sakristei, um sich umzuziehen.

Die abschließende Kondolenzprozedur vor den engsten Angehörigen der Ermordeten konnte noch lange dauern, die Menschenschlange schien wie fest zementiert, es ging keinen Zentimeter voran. Cäci drückte mir kurz die Hand und flüsterte: »Das halte ich nicht mehr aus, ich gehe zu dir, ich richte uns was Kühles her. Und Hunger habe ich auch, ich habe seit heute Morgen nichts Rechtes mehr gehabt.«

»Ich habe noch Rindsrouladen im Gefrierfach – die kannst du ja machen, darauf hätte ich richtig Appetit, hol bei deiner Mama noch ein paar Spätzle«, raunte ich ihr ins Ohr.

»Mal sehen, das ist mir fast zu heftig in der Hitze.«

»Nimm auf jeden Fall mein Handy. Das läuft heute nicht nach Plan, vielleicht musst du bedienen helfen oder gehst noch an den Baggersee.«

»Nein, das brauche ich nicht, das Monstrum«, sie streckte mir mein blaues Kommunikationswunder wieder entgegen, »wir finden uns auf jeden Fall.«

»Doch, nimm's bitte mit, das drückt in meiner Hose, mit der doofen Antenne.«

»Da kann ich ja gleich eine ganze Telefonzelle mit mir herumschleppen.«

Sie nickte widerwillig und ließ mein blaues, antiquarisches Handy, das in der Tasche der doch etwas zu engen Strapatex-Erbhose drückte, in der Tiefe ihrer Rocktasche verschwinden. Dann steckte sie sich die weißen Ohrhörer in ihre süßen Öhrchen und verschwand mit ihrem schwarzen Oberteil und dem weiten, schwarzen, knielangen Rock, der ihre Figur ausgezeichnet zur Geltung brachte, in der Menge der Trauernden und Schwitzenden. Lange schaute ich hinter ihrem, meist aus der Menge herausragenden, wippenden Kopf her, sogar noch, als sie längst nicht mehr zu erkennen war.

»Cäci! … Cääääci!«

Von wegen: ›Ich richte uns was Kühles her.‹ Und es roch auch nicht nach dem charakteristischen Parfum von Senf, Gurken, Speck und Rindfleisch einer Rindsroulade. Ich hatte mich so darauf gefreut – Hitze hin oder her. Rindsrouladen zählten zu meinen Lieblingsspeisen.

Und bei Rindsrouladen ging ich auch keine Experimente ein: Fleischlappen pfeffern und salzen. Mittelscharfen Senf darüber dünn verstreichen. Dünne geräucherte

Speckscheibe darauflegen. Hauchdünne Zwiebelchen auf den Speck. Und jetzt das Wichtigste, die Essiggurke an den Anfang der Roulade legen, einwickeln, fertig. Scharf anbraten. Mit einem nicht zu bitteren Bier ablöschen. Lang kochen. Guten Appetit.

Cäci war nirgends zu sehen oder zu hören. Die Haustür war verschlossen gewesen. Eigentlich hatte ich keine Lust auf den Leichenschmaus im Goldenen Ochsen.

Ich entledigte mich meiner Festkleidung und machte mich trotzdem zu Fuß auf den Weg. Wahrscheinlich musste Cäci in der Gaststätte mithelfen oder sie lag schon am Baggersee. Als ich am Haus des Alt-Pfarrers vorbeikam, wunderte ich mich über die vielen Autos, die immer noch davor parkten.

Inzwischen war die Wohnung von der Polizei wieder freigegeben worden, aber dass schon direkt nach der Beerdigung das große Ausräumen begann, überraschte mich doch.

Schwitzend trug eine trauergekleidete Frau um die 35 das alte Grundig-Röhrenradio mit dem Holzgehäuse und der Lautsprecher-Stoffbespannung vom Anwesen des Alt-Pfarrers herunter. Hinter ihr lief ein älterer Herr, der Anzüge über dem Arm hielt. Ihnen entgegen lief eine schimpfende Mittsechzigerin: »Und Margots Schmuck, wo ist der? Den hat bestimmt schon die Elfi mitgehen lassen.«

Ich hatte Margot vor ihrem Tod noch nie mit Schmuck gesehen, und in den Sarg hatten sie ihn ihr bestimmt nicht gepackt.

Das Treiben war mir unangenehm und ich wich im Weitergehen einem pickeligen Teenager aus, der scheppernd des Alt-Pfarrers Standuhr mit Big-Ben-Schlag zu einem Auto mit geöffneter Heckklappe schleppte.

Wahrscheinlich musste Cäci in der Gaststätte mithelfen. Da gingen heute garantiert 300 Stück Hefezopf zum Kaffee über den Tresen und gegen Abend noch 200 Essen. Kartoffelsalat mit Schweinebraten und Gurkensalat. Frieda hatte den Angehörigen ein gutes Angebot gemacht.

Nach dem Leichenschmaus würde dieser nichtkirchliche Teil der Trauerfeier, wie so häufig, wenn ältere Menschen zu Grabe getragen worden waren, in die übliche Sauferei ausarten.

Das Gedränge im Gastraum war unerträglich, alle Plätze im Garten waren belegt. Die Fenster waren weit geöffnet, ein Durchziehen der Luft war jedoch nicht zu bemerken. Trotz harter baden-württembergischer Rauchverbotsgesetze stand der Qualm im Gastraum bis zur Decke und bewegte sich nur zäh aus den Fenstern hinaus. Der alkoholisierte Bürgermeister hatte mit einem Ausnahme-Stumpen angefangen. Trotz heftiger Nichtraucher-Proteste war nach wenigen Minuten der Raum eine Räucherkammer. Frieda ließ ihre anfänglichen Proteste und meinte nur trocken zum Bürgermeister: »Wir sehen uns noch!«

Selbst vor der Gaststätte standen Angehörige und Freunde der Toten, aber auch Presseleute und Neugierige aus den Nachbargemeinden zwischen den parkenden Autos herum. Der anfänglich geschlossene Biergarten – das hätte den Ruch einer fröhlichen Party – wurde zuerst nicht, dann zögerlich und zum Schluss intensiv genutzt. Watzlav war flinker und geschickter denn je. Er kellnerte wie der Teufel. Keiner würde ohne Getränk den um den Parkplatz erweiterten Außenbereich des Ochsen verlassen. Seine helle Kleidung kontrastierte hervorragend zu der der Trauernden, und somit war er für jeden gut zu erkennen.

In der allmählich lauter werdenden Menge konnte ich

Cäci nirgends finden. Erste kreischende Lacher übertönten das Gemurmel der Stimmen – die Damen hatten schon das zweite Gläschen Sekt.

Noch einmal suchte ich nach Cäci, weder im Außenbereich noch in ihrem Jugendzimmer konnte ich sie finden.

»Ich suche sie auch schon, jetzt brauche ich doch jede Hand!«, schimpfte Frieda.

Ich machte mich nützlich, schnitt den Hefezopf in der Küche auf und schenkte Kaffee aus. Gleichzeitig ging ein Bier nach dem anderen über den Tresen. Später war ich damit beschäftigt, in der dampfbadheißen Küche den Schweinebraten in daumendicke Scheiben zu schneiden und auf die Teller zu drapieren. Nach dem Essen musste ein neues Fass an die Zapfanlage angeschlossen werden und Cäci war immer noch nirgends zu sehen. Allmählich machte ich mir Sorgen, das war nicht ihre Art. Alle, die ich befragte, meinten, sie hätten sie zuletzt auf der Beerdigung gesehen.

»Schau mal nach ihr, vielleicht ist ihr ja schlecht geworden …«, Frieda zeigte mit dem Kopf zum Ausgang, sie balancierte auf dem Tablett sechs WalderBräu und ein Mineralwasser. Wahrscheinlich war Hildegard unter den Gästen.

»Ich habe schon überall nach ihr gesucht. Aber ich schau noch einmal nach.«

Ich konnte Cäci auch dieses Mal nicht finden. Es gab auch keine Anzeichen, dass sie zum Baden an den Baggersee gegangen war. Ihr Bikini lag über der Armlehne des einzigen Stuhles in ihrem Zimmer unter dem Dach. Immer wieder rief ich bei mir zu Hause an – vergebens. An mein Handy, das ich ihr bei der Beerdigung zugesteckt hatte, dachte ich nicht mehr.

Ich war noch lange bei Frieda geblieben, hatte ihr sogar noch beim Aufstuhlen geholfen. Sie war mittlerweile sehr beunruhigt, denn Cäci war bis jetzt noch nie verschwunden gewesen. Mit einer Ausnahme, als sie mit mir vor einem Vierteljahr Schluss gemacht hatte. Da war sie einfach in ihre Studentenbude nach Tübingen abgehauen.

»Habt ihr euch wieder gestritten?«, fragte Frieda mehrmals.

Ich erklärte ihr, dass wir gerade auf dem besten Weg waren, unsere Beziehung nachhaltig zu kitten und dass wir uns noch nie so gut verstanden hätten wie in den letzen Tagen.

»Meinst du, das hat etwas mit den Morden zu tun?«, meinte sie ängstlich.

Ich versuchte sie zu beruhigen, es gelang mir aber schlecht, da ich ebenfalls glaubte, dass etwas Schlimmes passiert war.

Fast im halbstündigen Rhythmus riefen wir erfolglos die Nummer in ihrer Studentenwohnung an.

»Mein Handy, sie hat doch mein Handy in die Rocktasche gesteckt!«

Aufgeregt tippte ich meine Nummer. Der Versuch, sie anzurufen, scheiterte jedoch. ›Teilnehmer nicht erreichbar‹, signalisierte Friedas Telefon.

»Der Akku wird schon wieder leer sein.«

Frieda beruhigte sich selbst: »Ich denke, die ist wegen irgendetwas sauer, die ist nach Tübingen gefahren und braucht ihre Ruhe. Vielleicht ist sie essen gegangen oder bei einer Freundin. Vielleicht geht sie auch mit Absicht nicht ans Telefon, die kann so trotzig sein. Das war bestimmt auch alles zu viel für sie. Wenn ich sie morgen früh nicht erreiche, ruf ich die Frau Krieger von der Polizei an, die hat mir sogar ihre Handy-Nummer gegeben. Und ihr Bikini liegt ja oben, die geht doch nicht allein zum Baden.«

Beunruhigt und verunsichert ging ich spät nach Hause, setzte mich auf meine Harley und raste, obwohl ich sicher war, sie dort nicht zu finden, zum Baggersee. Keine Spur von ihr. Die Polizei jetzt noch anzurufen, würde nichts bringen.

Lange konnte ich nicht einschlafen, ich schob es auf die Hitze. Tränen liefen langsam aus meinen Augenwinkeln.

16

Für den Mann war es ganz leicht gewesen. Es war sogar ein richtiger Glücksfall. Cäcilia verließ die Beerdigung vorzeitig, sie wollte sich nicht der langen Kondolenzschlange anschließen. Alle glotzten sonst immer bis zum Schluss neugierig zum Grab, denn der heimliche Höhepunkt einer Beerdigung war für viele das Kondolieren. Ob sich da noch eine Sensation ereignen würde? Manchmal fielen Witwen in Ohnmacht, und das bot dann tagelangen Gesprächsstoff für die Dorfbewohner.

Den Plan, den er sich für die kommende Nacht ausgedacht hatte, ließ er augenblicklich fallen. Es ging viel einfacher – Gott sei Dank hatte er den Raum schon hergerichtet.

Er musste die junge Frau nur von der anderen Seite der Kirche her kommend abpassen. Bestimmt würde sie wie immer die Abkürzung durch das Heckenwäldchen zum Unterdorf nehmen. Sein Fehlen würde niemandem auffallen. Ruhig bewegte er sich aus der Menge heraus und nickte noch freundlich dem Bürgermeister zu, der ihm würdevoll mit einem angemessenen Senken des Hauptes antwortete. Als er hinter der Sakristei aus dem Blick der Trauergemeinde war, eilte er los, schnappte sich eine Schubkarre vom abgelegenen Komposthaufen des Friedhofs und zwängte sich geschickt durch Hecken und Büsche. An einem Hagebuttenstrauch kratzte er sich die Hand auf.

»Heiland Herrgott Sakrament, Scheiß Hagebutzen!«

Schwitzend erreichte er die junge Frau genau dort, wo er es erwartet hatte. Er stellte die Schubkarre in der Wiese ab und bewegte sich hinter den Hecken schnell auf die Frau zu.

Hoffentlich bemerkt sie mich nicht. Aber die krieg ich, die krieg ich; keine Sorge, dir geschieht nichts, wenn du dich nicht wehrst.

Den Wolllappen hatte er zuvor schon kräftig getränkt, als er sich von hinten an Cäcilia heranschlich und ihr den dicken Lappen ins Gesicht drückte. Sie wehrte sich heftig und da er wusste, dass Chloroform auf einem Lappen nicht wie in Filmen eine sofortige Bewusstlosigkeit, sondern eher einen rauschartigen Zustand auslöst, schlug er einmal kräftig mit der bloßen Faust in Cäcilias Genick, als diese sich heftig wehrte und versuchte, sich aus der Umklammerung zu lösen. Ihre Beine zuckten noch einmal kurz spastisch, ein tiefer, röchelnder Seufzer verließ ihren Mund.

Sekunden später lag sie in der Schubkarre. Der keuchende Mann bemerkte die weißen Ohrhörer nicht, die vom iPod losgerissen waren und am dunklen Haselnussstrauch baumelten.

Der Weg bergan war mühsam, manchmal dachte der Mann, er könne es nicht schaffen. Immer wieder musste er die Karre drehen und ziehen, um über Unebenheiten der Wiese hinwegzukommen. Die junge Frau sah so schlank und gebrechlich aus, trotzdem wurde sie dem Mann schwerer und schwerer. Endlich sah er seine Werkstatt. Der Schweiß lief ihm in Bächen von der Stirn, bildete Tropfen an der Nase, die in schneller werdendem Rhythmus auf die Beine der Entführten tropften, da er sich weit nach vorn beugen musste, um die Last die letzten zähen Meter den Hang hinaufzuschieben. Es war auch an der Zeit. Die schwarz gekleidete Frau im Karren stöhnte immer lauter.

Der Mann karrte seine kostbare Fracht, die allmählich zu

sich kam, eilig die letzten Meter auf dem schmalen glühenden Asphaltweg zu seinem Schopf. Der flüssig gewordene, aromatische Teer sang schmatzend unter dem Rad.

Der vordere Teil des Gebäudes, in dem sich die Werkstatt befand, bestand aus altem Kalksteingemäuer und besaß einen nachträglich betonierten Boden. Der Mann schob eine große Holzkiste im hinteren Teil des Raumes beiseite und öffnete eine schmale Bodenluke. Vorsichtig hob er die bewusstlose Cäcilia aus der Schubkarre und ließ sie behutsam die steile Holztreppe zum Kellerboden hinunter.

Unten hatte er den kleinen Raum schon hergerichtet. Auf dem Naturboden lag eine Matratze mit einem sauberen Spannbetttuch, darauf ein kariertes Kopfkissen. Ein Camping-WC stand in einer Ecke. Die oben liegende schmale Fensterluke hatte er mit Brettern vernagelt und mit Styropor und Fugenschaum abgedichtet. Von der Decke hing eine 40-Watt-Glühbirne ohne Fassung. Aus der unverputzten Wand unterhalb des vernagelten Fensters ragte ein tropfender Wasserhahn aus einer Kupferleitung, darunter stand ein halb gefüllter Zinkeimer.

Er musste sich beeilen, die junge Frau schien allmählich zu sich zu kommen. Sie atmete heftig, stöhnte und schlug kraftlos mit den Armen um sich, als er sie zur Matratze schleppte. Fast zärtlich bettete er sie auf das Lager. Dann sah er ihr weißes Handy, das an den Gürtel des Rocks geklipst war.

»Herrgott Sakrament noch mal, das hätte ich beinahe übersehen. Keine Angst, dir geschieht nichts, wahrscheinlich nichts«, flüsterte er, als er die Tür hinter sich zuzog und zweimal abschloss.

Er staunte, wie klein Handys heutzutage waren. Er schloss die Luke hinter sich, schob die Holzkiste darüber und setzte sich an die Werkbank. Er öffnete die Schublade und legte Cäcilias Handy zur Bibel.

Es war genau richtig, dass ich so schnell gehandelt habe, sie hat mich nämlich durchschaut. Mit den Fürbitten hat sie mich gewarnt. Aber warum? Wenn sie sich ruhig verhält, wird ihr nichts geschehen. Es verhält sich wie im Buch der Chronik, genau so verhält es sich. Ich kenne die Schrift, nicht einmal die Herren Pfarrer kennen sie noch. Und wenn sie die Schrift kennen, dann biegen sie sie so hin, wie sie sie gerade brauchen. Aber ich kenne die wahre Bedeutung der Chronik: Der Herr schickt Propheten zu uns, um uns zur Umkehr zu ihm zu bewegen, aber man hört nicht auf ihre Warnung.

Ich aber erkenne die Warnungen, sie ist eine Prophetin, die Schöne im Keller, eine Prophetin, ohne es selbst zu ahnen. Es ist alles so offensichtlich, es steht alles im Buch der Bücher. Wenn man versteht, es richtig zu lesen, erkennt man darin die Vergangenheit, aber auch die Zukunft. Und nach Sonnenuntergang muss ich noch einmal hinausgehen. Auch das steht in der Schrift.

Heute geht es leichter, die Erde ist noch locker und frisch.

Der Mann ging in den hinteren, aus Brettern und Holzpfählen geschaffenen Bereich des Raumes und holte Schaufel und Spaten. Scheppernd warf er sie in die Schubkarre, in der er zuvor seine Prophetin befördert hatte.

Cäcilia hörte ein metallisches Scheppern über sich. Danach war alles wieder still, außer das beständige rhythmische Tropfen. Sie wähnte sich in einer kühlen, dunklen Tropfsteinhöhle. Gelbliche, zarte Lichtflecke tanzten vor ihren Augen, die Hände wollten ihr noch nicht richtig gehorchen. Ihr Genick schmerzte. Sie wusste beim Aufwachen, dass es kein Traum war, doch die Situation war ihr völlig fremd. Noch nie hatte sie Ähnliches erlebt. Leichte Übelkeit stieg in ihr auf, es war muffig und kühl. Die Augen erkannten einen hellen Schein, der sich allmählich zu einer nackten Glühbirne formte. Sie stützte sich auf ihren Ellbogen ab und betrachtete den Raum, der nun klare Konturen annahm. Sie wusste sofort, dass sie in Gefahr war. Sie war in einem Gefängnis. Aber was war geschehen und warum war sie hier?

Das Letzte, an das sie sich erinnerte, war, dass sie mit Dani am Ende der Beerdigung abgemacht hatte, ihm etwas Kühles herzurichten und dass er selbst bei dieser Hitze Appetit auf Rindsrouladen hatte. Dann hatte sie irgendjemand im Heckenwäldchen überfallen und ihr einen Lappen ins Gesicht gedrückt, vermutlich mit einem Betäubungsmittel gertränkt. Und nun lag sie in einem Kellerloch auf einer sauberen Matratze. Vorsichtig stand sie auf und stakste zur Tür. Ihre Beine fühlten sich an wie nach einem langen Lauf. Die massive Tür war verschlossen, eigentlich hatte sie nichts anderes erwartet.

Die Erinnerung kam langsam wieder. Sie hatte wie immer die Abkürzung durch das Heckenwäldchen genommen, sie hatte Musik gehört.

»Verdammt, mein iPod.«

Sie tastete ihren Gürtel ab, aber der kleine Musikmacher war verschwunden. Das Handy! Sie spürte Danis Handy in der tiefen Tasche des schwarzen Rockes. Er hatte es ihr mitgegeben, um sich nach der Beerdigung verabreden zu können, und sie hatte es widerwillig in der weiten Tasche versenkt. Zuerst hatte sie den Rock auf die Beerdigung gar nicht anziehen wollen, ihre Mutter hatte sie dazu genötigt.

Sie betätigte die Tasten des hellblauen Gerätes mit der Stummelantenne, um bei Dani anzurufen. Kein Empfang! Nervös versuchte sie es wieder und wieder. Sie wusste, dass sie sparsam mit dem Akku umgehen musste, Dani jammerte immer, wie schnell die Zellen leer waren.

Meine Mutter ist bestimmt verrückt vor Angst. Auch Dani hat garantiert schon alles versucht, mich zu finden. Die wissen doch, dass ich nicht einfach so abhaue. Wer hat mir das angetan? Das Schwein! Ihre Augen füllten sich mit Tränen, tapfer zog sie die Nase hoch und rieb mit dem Handrücken die Feuchtigkeit weg.

Flennen hilft nichts, hier hilft nur eins: nachdenken und dann handeln!

Trotzig hob sie ihren Kopf, sie musste nun vor allem eines tun: überlegen, um zu überleben. Dann kroch ein Gefühl, das sie noch nie verspürt hatte, in jede Faser ihres Körpers – Panik.

Die Nacht war mild und dunkel, als der Mann loszog. Er hatte Spaten und Schaufel in eine Decke eingewickelt, damit sie nicht in der Schubkarre schepperten.

17

Als Deodonatus Ngumbu an diesem Dienstag beim Frühstück in der hellen Morgensonne saß, wunderte er sich über die Krähen, die aufgeregt hinter der Friedhofsmauer herumflatterten. Seinem heilen Auge blieb der Grund ihres Auf- und Abflatterns hinter der von dunkelgrünem Efeu bewachsenen Mauer verborgen. Mit einem Wattebausch tunkte er lauwarmen Kamillentee auf, den er in einer Kaffeetasse aufgebrüht hatte, und betupfte damit vorsichtig sein lädiertes Auge. Neben der Tasse mit dem Kamillentee stand die Kaffeetasse mit korrektem Inhalt. Das katholische Konradsblatt, eine Scheibe Roggenmischbrot, eine dahinschmelzende Butter, um die sich eifrige Fliegen kümmerten, und ein Glas Zwetschgenmarmelade von Daniel waren locker auf dem Tisch verteilt. Mittlerweile hatte das Auge des Priesters eine dunkelblaue Färbung angenommen und fiel somit farblich kaum mehr auf. Als Deodonatus versehentlich seinen Wattebausch in die Kaffeetasse mit Kaffee tunkte und sein krankes Auge damit pflegte, schrie er ärgerlich auf. Die Krähen beantworteten seinen Schrei und zeterten hinter und auf der Mauer, sie schienen sich um Nahrung zu raufen.

Ärgerlich holte sich Deodonatus zwei Steine und warf den ersten in Richtung der Friedhofsmauer.

»Sauviechaa, Unglücksrabaa, weg da.«

Die Krähen beachteten mit geringem Interesse den priesterlichen Versuch, sie zu verscheuchen. Lediglich eins der schwarzen Tiere, dem etwas Schnurartiges aus dem Schnabel hing, war erschrocken hochgeflogen, um in Richtung des Pfarrhauses auf das sichere Dach zu fliehen. Der zweite Stein kam zum Einsatz, er verfehlte den fliehenden, schwarz Gefiederten nur um wenige Zentimeter. Vor Schreck ließ der große Vogel krächzend seine Beute auf den Kiesweg fallen.

Angewidert wollte Deodonatus die Mahlzeit der Krähe mit seinem schwarzen, glänzenden Schuh zur Seite kicken, als er wie versteinert in seiner Bewegung innehielt.

»Oh Jesus, Josef unda die heilige Mutta Mriaa, was ist auch des?«

Entsetzt schaute er auf das, was vor ihm im Kies lag. Ebenso entsetzt schaute das, was auf dem Kies lag. Es war ein Auge, ein menschliches Auge, an dem noch gelblichweiß ein Stück vom Sehnerv hing.

Die Terrasse hinter dem Pfarrhaus grenzte direkt an den Friedhof. Deodonatus eilte den Kiesweg zur Mauer entlang und sah dann auch schon hinter einem großen Buchsbusch die Bescherung.

Die Kränze von Alt-Pfarrer Sütterles Grab lagen verstreut über den Weg und die angrenzenden Gräber. Dort, wo gestern noch der frische Erdhaufen über dem Sarg aufgebaut war, klaffte nun ein tiefes Loch. Der Sargdeckel lag verschmutzt und zerkratzt neben dem Erdhaufen. Der Sarg im Erdloch war leer. Im Grab stand die alte Holzleiter, die ihren Platz normalerweise neben den Grünabfällen hatte. Das Nachbargrab von Margot Kramer war ebenfalls geschändet. Jedoch waren hier lediglich die Kränze abgeräumt und ein kleiner Teil der Erde beiseite geschaufelt worden.

Deodonatus wurde bleich unter seiner schwarzen Haut, er ahnte, was jenseits der Mauer lag. Vorsichtig spähte er darüber. Der Anblick war entsetzlich. Einäugig und wächsern starrte ihn sein ehemaliger Kollege an, vorsichtig betastete Deodonatus sein lädiertes Auge, dann drehte er sich um, begann zu laufen und wimmerte: »Oh mein Gott, wann ista denn das endlich amal zu Ende?«

Er eilte zum Telefon und wählte die bekannte Nummer.

»Hallo, Dani, kannsta du sofort komma, ist was Schreckliches passiert! Das Grab vonna Alt-Pfarra Sütterle ist geschändet.«

–

»Was? Was? Cäci fehlt? Oh heilige Jungefrau Maria, was ista auch los in diesa Saukaff? Kommsta bitte schnell zu mir, bevor die Polizei da ist?«

Er legte auf, rief die Polizei an und lief ums Eck zum Alt-Mesner Kalner. Der war sofort zur Stelle und beruhigte den verstörten Pfarrer.

Erst gegen Morgen war ich in einen unruhigen Schlaf gefallen. Das Telefon befreite mich von einem unangenehmen Traum, an den ich mich aber nur vage erinnern konnte. Cäci war in diesem Traum in Not, sie wurde von schwarzen Vögeln bedroht, ich versuchte ihr zu helfen, aber meine Bewegungen konnte ich nur in Zeitlupe ausführen. Die Vögel wurden zu einem Vogel, es wäre ganz einfach gewesen ihn zu vertreiben, aber meine Hände wurden immer langsamer.

Deo war am Apparat.

»... Was, das Grab von Sütterle ist geschändet? Das gibt's doch nicht. Aber das ist mir gerade ziemlich egal, Cäci ist seit der Beerdigung spurlos verschwunden.«

–

»Ja ich komme zu dir hoch, bleib ruhig.«

Gerade als ich das Haus verlassen wollte, klingelte wieder das Telefon. Ich hoffte, dass es Cäci war. Es war Frieda, sie hätte immer noch nichts von ihrer Tochter gehört und könne sie auch nicht in Tübingen erreichen. Schluchzend legte sie auf.

Ich versuchte noch einmal von meinem stationären Telefon aus mein Handy zu erreichen – erfolglos.

Ohne zu frühstücken, lief ich zu Deo. Er empfing mich schon am Eingang des Pfarrhauses. Kalner stand mit besorgter Miene neben ihm.

»Die Sauerei schauen Sie sich lieber nicht an.«

Mein Interesse war geweckt. Die Krähen flatterten auf und mit ihnen Tausende von Fliegen, als wir uns der Mauer näherten. Der Gestank war noch einigermaßen erträglich. Direkt hinter der Mauer lagen die sterblichen Überreste des alten einäugigen Pfarrers im besten Anzug.

Kalner hatte recht, der Anblick war wirklich eine Sauerei. Die Krähen hatten keinen Respekt vor dem Toten gehabt. Ich zückte meine Kamera.

Deo zeigte mir auch das einzelne Auge, das auf dem Kiesweg lag.

Ich fotografierte es ebenfalls und sagte in Richtung meines priesterlichen Freundes: »Ich würde das hier nehmen, das sieht deutlich besser aus als deines.«

Entsetzt schaute mich Deo aus seinem gesunden Auge an: »Daniel, manchma bist du wiaklich ein Riesaaschloch!«

Kalner kicherte entzückt wegen meines makabren Spaßes. Er nickte mir zu und zwinkerte mit dem linken Auge.

»Wir rühren hier nichts an, wegen der Spuren«, sagte er dann, wieder gänzlich in seinem Mesnerberuf aufgehend.

»Ich mache mit meiner Arbeit in der Kirche weiter. Wenn die Polizei was von mir will, schickt sie vorbei.«

Der Alte schlurfte Richtung Kirche.

Die Kommissarin erschien diesmal mit dem Chef Härmle persönlich. Spöttisch lächelte sie mich an.

»Ersparen Sie sich bitte jeden Kommentar, Cäci ist verschwunden«, kam ich ihr zuvor.

»Alles der Reihe nach. Wir wurden doch wegen Leichenschändung beziehungsweise Störung der Totenruhe gerufen, oder habe ich da etwas falsch verstanden?«

Härmle war schon hinter Deodonatus her zur Friedhofsmauer gegangen und forderte gerade die Spurensicherung an. Die Blonde hörte mir aufmerksam zu, bis wir an den zerstörten Gräbern angelangt waren.

»Was soll das alles?«, schüttelte Härmle seinen Kopf. »Da steckt doch kein Muster dahinter. So was kann doch nur von einem Verrückten stammen.«

Die Spurensicherung war bald eingetroffen. Während sie ihre akribische Arbeit verrichteten, wurde ich von Hauptkommissar Härmle und seiner Kollegin intensiv verhört. Beide schienen besorgt über das Verschwinden von Cäci.

»Das muss in keinem Zusammenhang stehen«, bemerkte Härmle mit sachlicher Freundlichkeit.

Ich schluckte kurz und heftig, denn diese in der Befragung häufig verwendete Formel seitens ermittelnder Polizisten zeigte mir, wie ernst es um Cäci stand. Da war irgendein Zusammenhang zwischen all den schrecklichen Vorfällen, den weder ich und am allerwenigsten die Polizei durchschaute. Irgendetwas hatte ich übersehen.

Nach meinem Verhör wurden noch Kalner und Deodonatus befragt. Beide hatten weder etwas gehört noch etwas gesehen. Kalners ›Dienstwohnung‹ lag hinter dem Pfarrhaus, das den Blick auf den Friedhof verdeckte. Der Pfarrer hatte ein starkes Schmerzmittel und ein Schlafmittel eingenommen, wegen des verletzten Auges. Er musste den Beamten die Päckchen mit den Medikamenten bringen. Er hatte aufgrund der starken Schmerzen zwei Dolomo-Nacht und als Schlafmittel eine halbe Flasche Wick-MediNait-Erkältungssaft zu sich genommen. Die Beamten staunten.

»Bei da Zettelbeipack steht imma, was ich nix versteh, aba Schmerz war weg unda Schlaf war ausgazeichnat.«

Auch die Kommissarin konnte sich ein Nebelfetzchen an Lächeln nicht verkneifen.

»Kann ich mal Ihr Auge sehen?« Hauptkommissar Härmle deutete auf die Augenklappe.

Vorsichtig zog sie der Pfarrer vom Kopf.

»Damit sollten Sie zum Arzt gehen, das gefällt mir nicht, da könnte was mit dem Knochen sein, so geschwollen wie das ist. Wie ist das denn passiert?«

»Bei da Fest von die Dani, ah die Herr Bönle. Ja, war peinlich, ich bina bei de Fest eingeschlafe, haba bissale viel von de Walda Bier getrunka und am nächsta Morga bin ich üba die Soutane gestolpert und mit de Kopf an de Gatazaun gestoßa. Es war de höchsta Zeit für da heilige Messa.«

»Was war mit dem Messer?«, stutzte Härmle.

»Nix Messa, sondan Messa, heilige Messa, Gottasdienst.«

»Na, es war ja wohl ordentlich was los auf Ihrer Fete, Herr Bönle. Da war doch auch die Frau Kollegin anwesend … ist mir zu Ohren gekommen.«

Die Frau Kollegin warf mir kurz einen strengen Blick zu.

»Das war rein dienstlicher Natur.«

»Das kann ich bestätigen – wir wurden alle verhört, in meiner Garage sogar.«

Die Schultern der Schönen entspannten sich. Sie werkelte wieder eifrig mit ihrem digitalen Notizblock herum. Ihr Handy klingelte.

»Ja, ja, ich komme nachher bei Ihnen vorbei. – Ja, ich weiß schon Bescheid. Machen Sie sich keine Sorgen, bis gleich. Das war Ihre Schwiegermutter in spe, sie macht sich Sorgen um ihre Tochter.«

Härmle klappte seinen Notizblock zu, schaute auf seine Armbanduhr, nickte seiner Kollegin zu und wollte schon gehen, als er ein Foto aus seiner Gesäßtasche zog: »Kennen Sie dieses Feuerzeug, die Farbe ist ja recht auffällig?«

Deodonatus und ich schüttelten die Köpfe.

»Wir müssen aufbrechen, haben noch viel zu tun im Dorf. Zuerst gehen wir zur Ochsen-Wirtin. Kopf hoch, Ihre Cäcilia wird schon wieder auftauchen. Wir unsererseits werden alles dafür tun, was in unserer Macht steht, wenn das mit dem Fall zusammenhängt. Sie verstehen, was ich meine?«

Ich verstand, was er meinte. Die Kripo arbeitete gut, hatte ich den Eindruck. Doch jetzt, seit meine Cäci fehlte, ging mir alles viel zu langsam. Ich würde auch alles tun, um Cäci zu finden.

Mit Deo redete ich noch lange über die Angelegenheit. Wir suchten angestrengt nach einer Spur oder einem Motiv für das Geschehene.

»Das kann doch nur Hass sein, wenn man so brutal mordet. Man spießt doch niemanden mit einem Kreuz auf. Man muss doch zuerst auch mal an so ein Kreuz rankommen.«

»Da hasta recht, aba so was liegt noch bei viela alta Baura rum. Früha gabs viela Eisakreuz. Es kann aba auch religiösa Motiv sein, nicht nua Rache.«

»Oder eine Kombination von beidem. Der Täter rächt sich an der Haushälterin und dem Pfarrer, weil er religiös verblendet ist – einen religiösen Wahn hat.«

»Ja aba, was ist die Motiv?«

»Das kann ja nicht nur daran liegen, dass der Alt-Pfarrer die Messe lieber in Latein gefeiert hätte und dass er als Mensch nicht sonderlich beliebt war. Da passt ja auch der tote Hund nicht mit rein.«

»Ja, der Hund, wurde halb eingegraba, das hat Bedeutung. Auch das Kreuz in de Mund von da Hund, das sind Symbole. Ein Symbol zeigt imma auf etwas hin. Hat Bedeutung.«

»Schon, aber Symbol wofür? Da muss ja auch ein Hass auf Hunde da sein. Hunde tun doch nichts Unrechtes. Die handeln doch größtenteils triebgesteuert.«

»Ja, vielleicht hat aba ein Hund den Täta gestört, Hunde sind gute Wächta. Der Hund ist vielleicht nur ein Nebaprodukt.«

»Das kann eine Spur sein, aber ein Hund, der mich stört, den vergifte ich eben. Ich stecke ihm doch nicht noch ein Kreuz in den Mund und buddle ihn mühsam bis zur Hälfte ein.«

»Auch die Zettel bei de tote Pfarra mit de Bibelspruch. Was war das nochamal?«

»Das war die Matthäusstelle mit der Margarine …«

»Waaas?«

»Die Stadt Rama und die Kinder … so ähnlich.«

»Oh Daniel, du bista schon manchmal eina Depp. Moment, ich hola die Neue Testament.«

Deodonatus kam mit einem grünen kleinen Buch zurück, den Daumen hatte er schon zwischen die Seiten geschoben.

»Habs schon gefunda«, bemerkte er stolz.

Ich las die Bibelstelle laut vor: »Damals erfüllte sich, was durch den Propheten Jeremia gesagt worden ist: Ein Geschrei war in Rama zu hören, lautes Weinen und Klagen: Rahel weinte um ihre Kinder und wollte sich nicht trösten lassen, denn sie waren dahin.«

»Hiea geht es nicht um Stadt Rama, sondan um Tod von de arma Kinda von Rahel, und dass Rahel untröstlich ist. Es geht um Kindertod und Traua.«

»Das stimmt, denkst du, unser Täter hat auch etwas mit dem Tod von Kindern zu tun?«

»Indirekt oda direkt ista das schon möglich. Wea Kinda verliat, der kann das ein Leba lang nicht verkrafta.«

»Das könnte auch den Hass erklären, Leute mit einem Kreuz aufzuspießen. Wie können wir herausbekommen, wann hier irgendwo Kinder getötet wurden … oder gestorben sind und ob irgendwelche Beziehungen zum alten Pfarrer und seiner Haushälterin bestanden?«

»Eina Beziehung zwische Pfarra und Tod gibt es imma, das sind die Beedigunga. Und jetzt ging es ja auch um Beedigung. Aba Beedigung andersrum, der Herr Sütterle wurde wieda ausgegraba, das ist eigentlich Enterdigung.«

»Enterdigung, wieder aus der Erde herausholen. Ja, da steckt etwas dahinter, aber wie bringt uns das weiter? Wo kann man denn nachforschen, wann Kinder gestorben sind oder sie beerdigt wurden?«

Deodonatus machte ein großes Auge und schlug mit der flachen Hand auf den Tisch.

»Ich hab de Zusammahang: In da Bücha, in da Bücha, die

die Einbrecha verbrenna wollten. Da steht so was drinna. Oh heilige Mutta Maria, aba die sind bei da Polizei.«

»Ja endlich, das ist ein Zusammenhang, da kann was dran sein. Wir müssen der Spur nachgehen, wir müssen aber auch Cäci finden.«

»Ja, aba da Polizei rückt da Bücha nicht raus.«

»Ich weiß nicht, ob es was bringt: Ich habe die angekokelten Bücher im Keller fotografiert. Komm, wir schauen sie uns an.«

Auf dem Gepäckträger von Deos Quickly kam ich heil bei mir zu Hause an.

Die Aufnahmen der Buchseiten waren hervorragend. Alles, was nicht unter dem Feuer gelitten hatte, war deutlich zu erkennen. Auf dem Computerbildschirm waren auf den Buchseiten filigrane handschriftliche Einträge mit Datumsangaben zu sehen. Leider konnten weder Deo noch ich die Einträge lesen, die Schrift war Sütterlin und somit schon mehr als 50 Jahre aus der Mode.

Auf Fotopapier druckte ich die Seiten aus. Frieda konnte Sütterlin bestimmt noch lesen. Gerade als wir aus dem Haus wollten, klingelte das Telefon.

Es war Cäci.

18

Das Buch Numeri:

›19,11 Wer irgendeinen toten Menschen berührt, ist sieben Tage lang unrein.
19,12 Am dritten Tag entsündigt er sich mit dem Reinigungswasser, und am siebten Tag wird er rein. Wenn er sich am dritten Tag nicht entsündigt, dann wird er am siebten Tag nicht rein.
19,13 Jeder, der einen toten Menschen, einen Verstorbenen, anrührt und sich nicht entsündigt, hat die Wohnstätte des Herrn verunreinigt. Ein solcher Mensch muss aus Israel ausgemerzt werden, weil er sich nicht hat mit dem Reinigungswasser besprengen lassen. Er ist unrein; seine Unreinheit haftet ihm immer noch an.‹

Der Mann steckte die Bibel hektisch zurück in die Schublade. Er sprang auf, der alte Schulstuhl aus Buchenholz mit seiner gebogenen Lehne fiel krachend zu Boden. Der Mann war völlig verschwitzt und von oben bis unten mit Erde beschmutzt.

Heilandzack, Reinigungswasser, ich brauche Reinigungswasser. Ich habe den Toten berührt, nur mit Reinigungswasser kann ich mich entsündigen. Wenn nicht, werden sie mich ausmerzen.

Das war eine Scheiß-Arbeit, obwohl an dem alten Sack nichts dran ist, hab ich ihn schier nicht aus dem Grab bekommen, … und die Margot, die Zeit war zu knapp, auch egal.

Der Mann schlich sich in der morgendlichen Dämmerung zur Kirche. Nebelschwaden trieben über dem Ried. Die ersten Vögel wurden aktiv. In der Werkstatt hatte er sich ein Stück vom Gartenschlauch abgeschnitten und einen leeren Plastikkanister mitgenommen. Er kannte in der Kirche alle Gefäße, die mit Weihwasser befüllt waren. Zuerst ging er zum Portal, dort erhoffte er sich die größte Ausbeute.

Er steckte den Schlauch ins steinerne Weihwasserbecken, saugte auf der anderen Seite das Wasser kurz an. Drückte rasch den Daumen zwischen seine Lippen und das Schlauchende, um die Öffnung zu verschließen. Dann senkte er die Hand hinab zum Plastikbehälter, der auf dem steinernen Kirchenboden stand. Er zwängte den Schlauch in die kleine Öffnung und ließ dabei den Daumen zur Seite gleiten. Das Weihwasser lief gurgelnd in das Behältnis.

Nachdem er alle Weihwasser-Gefäße geleert hatte, verließ er die Kirche.

Zu Hause füllte er in seinem Badezimmer das Weihwasser in eine große blaue Plastikwanne. Er zog seine Kleider aus, nahm ein Stück Seife, stellte sich in die Wanne und begann zu singen:

»Ich bin getauft auf deinen Namen,
Gott Vater, Sohn und Heilger Geist;
Ich bin gezählt zu deinem Samen,
zum Volk, das dir geheiligt heißt.
Ich bin in Christum eingesenkt,
ich bin mit seinem Geist beschenkt.«

Heilandhurensakrament aber auch! Die Seife war ihm entglitten. Er stieg aus der Plastikwanne, holte sie und sang weiter:

»Du hast zu deinem Kind und Erben,
mein lieber Vater, mich erklärt.
Du hast die Frucht von deinem Sterben,
mein treuer Heiland, mir gewährt.
Du willst in aller Not und Pein,
o guter Geist, mein Tröster sein.«

Immer wieder leerte er sich Wasser, das er ächzend aus der Wanne mit beiden Händen hob, über seinen Kopf, seine Stimme wurde lauter, als er die dritte Strophe anstimmte:

»Mein treuer Gott, auf deiner Seite
bleibt dieser Bund wohl feste stehn;
wenn aber ich ihn überschreite,
so lass mich nicht verloren gehn;
nimm mich, dein Kind, zu Gnaden an,
wenn ich hab einen Fall getan.«

Beinahe hatte er das Gleichgewicht verloren, als er versuchte die Füße zu reinigen. Nach einer kurzen Atempause sang er leise, fast flüsternd weiter:

»Ich gebe dir, mein Gott, aufs neue
Leib, Seel und Herz zum Opfer hin;
erwecke mich zu neuer Treue
und nimm Besitz von meinem Sinn.
Es sei in mir kein Tropfen Blut, …
Blut, Blut … Scheißblut,
der nicht, Herr, deinen Willen tut.«

Weil immer mehr Weihwasser um den blauen Trog herum verspritzt war, stieg der Mann vorsichtig heraus. Er nahm ein Frotteehandtuch, legte es auf die nassen Stellen, wartete, bis das Tuch vollgesogen war und wrang es dann in die blaue Wanne aus. Dies wiederholte er so oft, bis der Boden um sein Plastiktaufbecken herum wieder trocken war. Währenddessen sang er laut weiter:

»Lass diesen Vorsatz nimmer wanken,
Gott Vater, Sohn und Heiliger Geist;
halt mich in deines Bundes Schranken,
bis mich dein Wille sterben heißt.
So leb ich dir, so sterb ich dir,
so lob ich dich dort für und für.«

Mit dem Wasser und der Seife reinigte er sich von Kopf bis Fuß. Immer wieder fing er mit seinem Reinigungsritual unter Absingen klerikaler Lieder von vorn an. Bald war das heilige Wasser wieder aus der breiten Schüssel verschwunden, obwohl er versuchte, so wenig wie möglich von dem kostbaren Nass zu verspritzen. Der Boden rundum war schlüpfrig geworden. Vorsichtig stieg der Mann aus der Schüssel und trocknete sich ab, bis die Haut gerötet war und brannte. Abschließend steckte er seinen Kopf noch unter den Wasserhahn und wusch sich mit viel Shampoo die Haare. Dann legte er sich schlafen. Die schwere nächtliche Arbeit hatte ihn müde gemacht. Als er aufwachte, war es schon nach zwölf.

Der Frau, ich muss ihr etwas zu Essen bringen, sie hat mich gewarnt, sie ist die Prophetin. Ihr darf es an nichts mangeln. Sie darf mich aber noch nicht erkennen.

In der Küche ging er zum Kühlschrank und öffnete eine Lyoner-Dosenwurst. Er schnitt mit einem scharfen Messer dünne Scheibchen. Die Essiggurke zerteilte er gekonnt, dass sie wie ein Fächer aussah. Eine Tomate schnitt er in vier Teile. All das drapierte er auf einem Holzbrett. Aus dem Garten holte er noch ein Sträußlein Petersilie, um die Tomaten hübsch zu garnieren. Dazu legte er drei Scheiben Bauernbrot. Er war jedoch mit dem Arrangement auf dem Vesperteller noch nicht ganz zufrieden. Aus einem Wasserglas am Fensterbrett nahm er Gänseblümchen, kürzte die Stängel, stellte sie in ein leeres Schnapsglas und setzte es zu den Wurstscheiben. Zufrieden stieg er die Treppe hinunter, überquerte den Hof und ging zu seiner Werkstatt.

Cäci war hungrig. An Wasser mangelte es ihr nicht. Der Wasserhahn an ihrem Bett lieferte frisches, wohlschmeckendes Wasser. Ihre Überlegungen, wo sie sein könnte und warum sie hier gefangen war, hatten sie nicht weitergebracht. Sie spürte, dass sie nicht weit von zu Hause entfernt sein konnte. Sie hatte auch immer wieder gedämpft die Glocken läuten gehört, und es waren die Glocken Riedhagens. Sie hatte versucht, die Holzverkleidung am Oberlicht zu entfernen, aber ohne Werkzeug hatte sie keine Chance. Immer wieder schaltete sie das Handy ein. Aber hier unten war die Sendeleistung zu schwach.

»Scheiß-Ding!«

Sie wollte es gerade in die Ecke werfen, als sie eine Idee hatte. Sie legte das blaue Handy mit seiner schwarzen Stummelantenne auf die Matratze und suchte den Boden nach einem geeigneten Schneidewerkzeug ab. Nach langem Suchen im funzeligen 40-Watt-Licht fand sie endlich unter dem Oberlicht einen intakten Stahlnagel. Der war beim Vernageln der Fenster wahrscheinlich hinuntergefallen.

Mit dem Nagel schälte sie vorsichtig die Kunststoffummantelung der Mini-Antenne des Handys ab. Immer wieder musste sie ihre zitternden Hände beruhigen. Nach Minuten, die ihr wie Stunden vorkamen, hatte sie die verkupferte Antenne mit dem Nagel freigelegt. Rötlich blinkte sie verheißungsvoll im dämmerigen Licht.

Zufrieden schnaufte sie kurz durch und lehnte ihren verspannten Rücken an die kühle Wand ihres Gefängnisses. Doch kaum ruhte sie, kam die Angst wieder. Unkontrolliert begann ihr schlanker Körper zu zittern, sie warf sich auf die Matratze und weinte.

›Nicht, das macht keinen Sinn, bleib ruhig, das war schon immer deine Stärke … und jetzt Schritt zwei der Handyaktion‹, so hätte es Dani formuliert. Sie schnäuzte in ihren Rock und wischte den Tränenschleier aus ihren Augen. Die Hände waren ruhig, sie zitterten kaum, sie griff zum Mobiltelefon mit der nackten Antenne.

In ihrer billigen Studentenwohnung in der Nähe der Kunsthalle in Tübingen hatte sie für ihre Stereoanlage keine Antennenbuchse im Zimmer. Ein Freund hatte ihr daher geraten, die Wurfantenne der Anlage einfach mit dem Heizkörper zu verbinden. Tatsächlich hatte sie dadurch einen fast perfekten Empfang für ihre Stereoanlage zustande gebracht, wo vorher nur ein Rauschen zu hören war. Vielleicht klappte das ja ebenso mit dem Handy.

Sie hielt die blanke Stummelantenne an das Wasserleitungsrohr neben ihrer Matratze, und tatsächlich, das Handy zeigte plötzlich eine ausreichende Signalstärke an. Nervös tippte sie Danis Nummer ein. Sie verrenkte ihren Kopf, um den Kontakt zur Wasserleitung nicht zu verlieren. Es tutete dreimal, bis er abhob.

»Ich bin's, Cäci«, flüsterte sie mit zitternder Stimme.

–

»Ja, mir geht's gut. Ich weiß nicht, wo ich bin. Man hat mich entführt.«

–

»Nein wirklich, ich bin okay. Ich habe nur ein bisschen Kopfweh und ein steifes Genick.«

–

»In einem Keller, ich höre unsere Kirchenglocken, ich denke, ich bin irgendwo im Dorf.«

In dem Augenblick hörte sie von oben ein kräftiges Rumpeln, eine Tür wurde knarrend geöffnet und Schritte nach unten waren zu hören.

»Ich muss auflegen. Jemand kommt.« Ihre Stimme wurde noch leiser und höher. Die Hände begannen wieder unkontrolliert zu zittern.

–

»Okay, ich rufe das nächste Mal bei Mama an, wenn's geht. Oder auch bei dir, ich weiß nicht. Ich muss auflegen«, hauchte sie.

Die Luft zum Atmen schien aus dem Raum entwichen zu sein.

–

»Ich dich auch«, schluchzte sie mit tropfender Nase.

Hastig steckte sie das Handy in die tiefe Tasche ihres Rockes. Und dann wurde auch schon die Tür zu ihrem Verlies aufgeschlossen und langsam einen schmalen Spalt geöffnet. Eine behaarte Hand erschien im Türspalt. Ungeschickt tastete sie an der Wand herum. Cäci war starr vor Schreck. Eine fahle Gänsehaut erschien auf ihren Armen, die feinen Härchen stellten sich vor Furcht und Entsetzen auf. Die knochige Hand tastete weiter die Wand ab, schließlich fand sie den Lichtschalter und es war völlig dunkel im Raum. Eine Männerstimme, die bemüht war, sich zu verstellen, sagte kurz: »Essen, guten Appetit.«

»Danke«, hauchte sie.

Man hörte es auf dem Boden rascheln, die Tür wurde zugezogen und wieder abgeschlossen. Schritte nach oben waren zu hören, sie zählte sechs, dann wurde eine Tür mit einem kräftigen Knall zugeschlagen, und wieder war das eigenartige Rumpeln zu hören, als ob jemand etwas Schweres über den Boden zog.

Zusammengerollt wie ein Ungeborenes lag sie auf der Matratze, streichelte sich selbst ihre Oberarme. Sie atmete tief durch und tastete sich dann auf dem Boden auf allen Vieren kriechend durch den dunklen Raum zum Lichtschalter. Kurzzeitig befürchtete sie, die Orientierung zu verlieren und in Panik zu geraten.

Sie fand den rettenden Lichtschalter. Auf dem Boden stand ein schön hergerichtetes Vesper. Sie wunderte sich über die Gänseblümchen im Schnapsglas und wusste, dass sie einem Verrückten in die Hände gefallen war. Jetzt erst merkte sie, wie hungrig sie war. Ein eigenartiger Geruch, der nicht zum Vesperbrett passte, stieg ihr in die Nase. Sie kannte den Geruch, sie mochte ihn nicht. Es fiel ihr nicht ein, wo sie ihn schon einmal gerochen hatte. Sie schnupperte die Luft im Bereich der Türe, um sich den Geruch zu merken. Dann war der Hunger stärker als alles andere, sie nahm vorsichtig das runde Holzbrett, setzte sich auf die Matratze und mit Tränen in den Augen aß sie alles, was auf dem Brett lag. Die Gänseblümchen stellte sie auf die Camper-Toilette. Als sie das Vesperbrett auf den Boden legte, fiel es ihr ein. Himbeer-Shampoo. Es war eindeutig der schwere süße Geruch von Himbeer-Shampoo. Dani hatte es auch einmal gekauft, weil es billig war, aber es roch so intensiv, dass es seine empfindlichen Bronchien reizte, er hatte es nie wieder benutzt.

Auch die Stimme, obwohl sie eindeutig verstellt war, kam ihr bekannt vor. Aber alle Personen, die sie zu den Verdächtigen zählten, kamen nicht in Frage. Entweder benutzten sie kein Shampoo dieser Qualität oder hatten eine andere Stimme.

Cäci ging vorsichtig zur Tür, drückte ihr rechtes Ohr dagegen und lauschte. Sie musste sehr vorsichtig sein, aber sie hörte nichts. Auch von oben war kein Geräusch zu vernehmen. Sie kramte das hellblaue Handy aus der Rocktasche hervor. Zärtlich streichelte sie es.

Diesmal tippte sie die Nummer ihrer Mutter ein.

19

Mit Deos Quickly rasten wir zum Goldenen Ochsen. Der giftgrüne Beetle zeigte uns an, dass wir nicht die einzigen Besucher waren. Frieda hatte an der Eingangstür zur Gastwirtschaft einen handgeschriebenen Zettel aufgehängt.

›Heute geschlossen – morgen vielleicht.‹

Im Schankraum saßen die drei. Frieda erzählte wild gestikulierend mit geröteten Augen, die Beamtin und der Beamte stellten Fragen und machten sich Notizen.

»Cäci hat vor fünf Minuten angerufen, sie wurde allerdings gestört, sie wird gefangen gehalten, es geht ihr aber soweit gut«, rief ich, als wir in den Gastraum stürmten. Frieda rannte auf mich zu.

»Sie ruft, wenn es möglich ist, hier noch einmal an.«

Detailliert begann ich zu erklären, was seit der Beerdigung geschehen war, ich versuchte mich an jede Kleinigkeit zu erinnern. Frieda hielt mich krampfhaft an der Hand.

Hauptkommissar Härmle verzog sich nach meinen Ausführungen und Deodonatus' Ergänzungen in eine Ecke des Gastraumes und führte mit seinem Handy verschiedene Telefongespräche.

»Ich habe die Technik verständigt, sie werden versuchen, den Anruf zu orten. Es werden auch Techniker hierher kommen, Ihre Telefone präparieren und die Telefonate aufzeichnen. Vielleicht gelingt es uns herauszufinden, woher der Anruf stammt.«

Umständlich erklärte er, wie es ihnen schon einmal gelungen war, über eine Telefonschaltung einen Verdächtigen zu ermitteln.

Deodonatus und ich unterbrachen den Hauptkommissar, erläuterten im Gegenzug den beiden Kriminalisten unsere Theorie und deren psychologischen Hintergrund zur Täterfindung. Die beiden Profis hörten mit wachsendem Interesse zu. Frieda hatte sich mit stark geröteten Augen wieder zur Zapfanlage hin verzogen. Mit einem Tuch wischte sie alles blitzblank und lauschte jedem unserer Worte aufmerksam wie ein Luchs.

»Wissen Sie, Herr Bönle und Herr Ngumbu, wir sind ja auch nicht untätig gewesen und haben versucht, ein Täterprofil zu erstellen. Wir haben sogar einen Profiler aus Stuttgart kommen lassen. Leider fehlt uns noch ein griffiges Motiv, wenn wir erst mal …«

In diesem Augenblick klingelte das Telefon.

»Soll ich abheben?«, fragte Frieda ängstlich und ließ ihren Putzlappen hektisch fallen.

Härmle nickte.

»Und wenn es Cäci ist, was soll ich sagen?«

»Gehen Sie ran, Frau Maier, beruhigen Sie Ihre Tochter und dann geben Sie das Telefon an mich weiter.«

»Hallo?«

–

»Oh Cäci, wie geht's?«, schluchzte Frieda.

–

»Wo bist du denn, wie geht's dir?«

Der Hauptkommissar streckte die Hand nach dem Telefon aus. Frieda sagte noch mit wackeliger Stimme: »Moment, der Herr Hauptkommissar will …« und reichte den Hörer mit zittrigen Händen dem ungeduldigen Kommissar.

»Hier Härmle, Kripo. Wie viel Akku haben Sie noch?«

–

»Wissen Sie, wo Sie sich befinden?«

–

»Sind Sie sich sicher, dann müssten Sie ja in der Nähe der Kirche sein.«

–

»Können Sie irgendwelche Hinweise zum Täter geben?«

–

»Ich lege jetzt auf, sparen Sie Akku, das ist ganz wichtig, sonst können wir Sie nicht lokalisieren. Rufen Sie nur im äußersten Notfall an. Melden Sie sich in zwei Stunden wieder. Wir rufen nicht bei Ihnen an, das könnte vom Entführer bemerkt werden. Bleiben Sie ruhig. Ade.«

Sekundenlang war es mucksmäuschenstill im Gastraum, dann jammerte Frieda los: »Mein Kind, das halt ich nicht aus, wenn mir das auch noch genommen wird. Es reicht, den Mann zu verlieren, aber nicht auch noch meine kleine Cäci. Die hat nie jemanden was zuleide getan. Dann hab ich ja gar niemanden mehr.«

Ihr Wimmern ging in unkontrolliertes Schluchzen über. Ich ging zu ihr, um sie zu trösten. Tränen liefen mir bis zum Kinn, tropften auf den Boden.

Wer tröstete mich?

Härmle war aufgestanden und durchlief den Raum mit langen Schritten.

»Nach ihren Aussagen muss sie sich hier im Dorf befinden, sie kann die Glocken identifizieren. Sie wird vermutlich in einem Keller gefangen gehalten, der wahrscheinlich sechs Treppenstufen unter dem Boden ist. Der Täter ist männlich, hat eine behaarte Hand und hat sich die Haare wohl gerade frisch mit Himbeer-Shampoo gewaschen. Ganz schön clever, Ihre Freundin.«

»Woher hat sie die Informationen?«, fragte ich aufgeregt und wischte mir die Tränen aus den Augenwinkeln.

Ich drehte mich so, dass die Blonde es nicht sehen konnte.

»Der Akku des Handys ist wohl sehr schwach, ich wollte vorerst nicht weiter fragen. Wenn der Akku ausfällt, wird es schwieriger, sie zu orten.«

Die Blonde recherchierte in ihrem Notizer. Doch keinem der beiden schien etwas einzufallen, was zum Täter führen könnte.

»Bleiben Sie hier!«

Härmle deutete auf seine Kollegin.

»Für den Fall, dass sie vorher noch einmal aus ihrem Versteck anruft, bleiben Sie hier. Ich muss nach Bad Saulgau, ich habe da eine Idee. Das ist aber alles noch sehr vage. Ich nehme Ihren Wagen und schicke Ihnen sofort zwei Kollegen vorbei. Die Leute von der Technik müssten auch bald hier sein.«

Mit auf dem heißen Asphalt quietschenden Reifen schoss der Hauptkommissar im Wägelchen der Blonden aus dem Ort hinaus. Die schaute besorgt aus dem Fenster, wie der Kollege mit ihrem Auto viel zu schnell die Riedallee entlang raste und schließlich hinter einer Kurve verschwand.

Deo hatte einen Rosenkranz aus der Tasche seiner Soutane geholt und bewegte seine Lippen zu einem stummen Ave Maria.

Die Kommissarin kam rasch auf mich zu, ihr schien ein Gedanke gekommen zu sein. Mit dem Zeigefinger zielte sie auf meine Brust.

»Welchen Weg geht Ihre Freundin von der Kirche aus, wenn Sie zu Ihnen nach Hause will?«

Die Kommissarin nickte mit dem Kopf Richtung Ausgang. Deodonatus, Frieda und ich folgten.

Die Hitze legte sich wie ein heißes Tuch über uns. Die Sonne stach gleißend hell. Wir gingen den offiziellen Weg entlang der Straße, den Cäci vom Gasthaus aus genommen hätte, um zu meinem Haus zu gelangen. Von da aus gingen wir Richtung Kirche. Die ganze Strecke über waren die Augen der Blonden keine Sekunde untätig, jede Kleinigkeit wurde registriert. Als wir an der Kirche angekommen waren, zeigte ich der verschwitzen Ermittlerin die Stelle, an der ich mich von Cäci auf dem Friedhof verabschiedet hatte.

»An dieser Stelle haben wir uns getrennt, und sie hat sich auf den Weg zu mir gemacht – in diese Richtung. Vorher habe ich ihr mein Handy gegeben.«

Frieda zeigte in die Hecken unterhalb der Mauer und meinte: »Hier vom Gott'sacker aus ist sie wahrscheinlich durch die Büsche runtergelaufen.«

Frieda deutete in die hohen Hecken unterhalb der Friedhofsmauer.

»Wie bitte, von wo aus?«, fragte die Kommissarin verständnislos in Friedas Richtung.

»Vom Gott'sacker, vom Friedhof eben.«

Der Begriff ›Gottesacker‹ für Friedhof schien der sonst so gewandten Kommissarin fremd.

»Ein schöner Begriff. ›Gottesacker‹, das habe ich noch nie gehört. Aber Sie haben hier in die Büsche gezeigt. Gibt es denn noch einen anderen Weg als den, den wir hochgekommen sind?«

»Ja klar, die Abkürzung durch die Hecken. Den nimmt man aber nur abwärts und dann auch nur, wenn es trocken ist.«

»Welchen Weg wäre sie gegangen?«

»Die Abkürzung«, kam es aus drei Mündern gleichzeitig.

Plötzlich hatten wir es sehr eilig. Deo steckte seinen Rosenkranz in die Tasche, blickte nach oben und sagte mit tränenerstickter Stimme: »Bitte, lieba Gott, hilf uns, de Cäci heile zu finda.«

Ich ging den steilen, engen Weg voraus und fragte mich, was Cäci hier erlebt hatte, wer sie mitgenommen hatte und ob sie vielleicht doch schwerer verletzt war, als sie im kurzen Telefonat angedeutet hatte. Mit großer Besorgnis dachte ich an die Kreuze, die in den Toten gesteckt hatten. Ich hatte schreckliche Angst um Cäci. Krampfartig zog sich mein Magen zusammen, mir wurde übel, ich würgte, schluckte, beinahe hätte ich mich übergeben müssen.

»Wenn sie hier gekidnappt wurde, konnte das von der Kirche oder von der Straße aus niemand erkennen. Die Hecken sind viel zu dicht und zu hoch«, bemerkte die Kommissarin.

Frieda keuchte hinter uns her. Immer wieder schaute sie suchend in die Hecken und auf die Erde.

»Sie hatte ja nichts dabei. Was soll man denn hier finden, nicht einmal das Gesangbuch wollte sie mitnehmen. Heute kriegt man ja selbst in der Kirche immer eine ganze Zettelwirtschaft mit«, jammerte sie.

Plötzlich ging die Kommissarin zielstrebig auf einen der Büsche zu.

»Das zum Beispiel.«

Sie zeigte auf die Ohrhörer, die im Geäst hell in der Sonne leuchteten.

»Kennen Sie diese Ohrhörer?«

Ich nickte und hatte das Gefühl, ein geschältes gekochtes Hühnerei stecke in meinem Hals. Ich wollte es hinunterschlucken, es ging nicht. Nur mühsam konnte ich antworten: »Ja, die sind von Cäcis iPod.«

»Sind Sie sicher?«

»Natürlich, damit sie sich nicht ständig in ihren Haaren verwursteln, habe ich hier das blaue Klebeband hingemacht.«

»Nicht anfassen.«

Sie zog meine ausgestreckte Hand sachte zur Seite und nahm den Stift ihres digitalen Notizblockes aus der Tasche, angelte damit die Ohrhörer an ihren Kabeln aus dem Busch heraus und ließ sie in ein kleines Plastiktütchen, das sie aus der Innentasche ihres gelben Blazers zauberte, fallen.

»Der Stift lässt sich tatsächlich positiv nutzen«, sagte ich in ihre Richtung.

»Vielleicht finden wir verwertbare DNA-Spuren vom Täter.«

Meine Bemerkung ignorierte sei einfach, sie war schon eine verdammt gute Psychologin.

»Und zum Stift: Sie wären wahrscheinlich zu doof, ein Notizpad zu bedienen. Sie würden es vermutlich mit der Mistgabel versuchen. Ich möchte das Thema aber heute nicht vertiefen. Ich habe das Gefühl, Sie brauchen noch etwas Schonung.«

Das saß.

Sie bewegte sich von uns weg in die Wiese hinein und führte, mit dem Rücken zu uns gedreht, zwei Telefonate.

Deodonatus war die ganze Zeit schweigsam mitgegangen. Er ließ seinen Rosenkranz wieder zwischen Daumen und Zeigefinger wandern und murmelte ein Vaterunser.

»Du, Dani, mich lässt die Sache mit da Bücha nicht in Ruhe, wir sollten uns des mal anschaua.«

Die fesche Kommissarin fuchtelte mit dem Handy und signalisierte uns über die Wiese hinweg: »Hallo, ich muss dringend weg, ein Kollege holt mich ab. Ich bin«, sie schaute auf ihre Armbanduhr, »in zirka 45 Minuten wieder im Gasthaus. Wir dürfen den Anruf von Cäcilia nicht verpassen.«

Sie winkte uns zu und rannte über die Wiese zur Straße hin.

Wir liefen zur Gastwirtschaft und setzten uns an einen Tisch mit Fenster. Frieda brachte drei WalderBräu naturtrüb hell. Noch nie schmeckte es so schlecht, aber es löschte den Durst und glich den Flüssigkeitsverlust aus.

Eigentlich neige ich ja nicht zu Depressionen, sie sind mir eher fremd. Männer bleiben, so meine Beobachtungen, eher von diesen befremdlichen Gemütsschüben verschont. Der richtige Artikel heißt ja auch nicht ›der‹, sondern ›die‹ Depression. Es heißt ja auch nicht ›der Frau‹, sondern ›die Frau‹ Trotzdem hätte ich auf der Stelle losheulen können.

20

Der Mann saß in der Werkstatt. Er wusste, dass er noch einmal heilige Arbeit verrichten musste. Er dachte an die Bibelworte aus dem Buch Genesis, die er mittlerweile auswendig dahersagen konnte: »Hör uns an, Herr! Du bist ein Gottesfürst in unserer Mitte. In der vornehmsten unserer Grabstätten darfst du deine Tote begraben. Keiner von uns wird dir seine Grabstätte versagen und deiner Toten das Begräbnis verweigern.«

Er lachte heiser und rief in die Werkstatt hinein: »Vornehm, vornehmer, am vornehmsten. Keiner wird das Begräbnis verweigern. Scheißdreck alter.«

Er schlug heftig mit der Hand auf die Holzplatte der Werkbank. Die Schublade sprang ein Stück auf. Er nahm die kleine Ausgabe des Alten Testamentes heraus und steckte sie in die weite Tasche seiner Cordhose. Das, was er für ein winziges Handy hielt, erinnerte ihn an seine Prophetin. Wenn er zurück war, das konnte aber lange dauern, musste er sich um sie kümmern. Dann drehte er sich ruckartig von der Werkbank weg und verließ die kühle Werkstatt.

Vor dem Schopf stand immer noch die Schubkarre. Er legte die kleine Holzkiste hinein, versteckte sie unter der alten Bundeswehrdecke, in der noch eingewickelt Spaten und Schaufel von der nächtlichen Arbeit lagen. Er ging erneut zurück in die Werkstatt und holte die Spitzhacke. Dann lief er mit seinem Gefährt los, weg vom Dorf, weg vom Ried Richtung Hagelloch, zum Schindanger.

Er hatte keine Angst, gesehen zu werden, der Weg war einsam und alle Aufmerksamkeit richtete sich zurzeit aufs Unterdorf, auf den Ochsen. Das sollte ihm ganz recht sein, er würde so die vorletzte Phase in aller Ruhe und mit der nötigen Andacht beenden können.

Er holperte mit seinem einrädrigen Gefährt den grünen staubigen Planweg entlang und erreichte dann die Senke, deren Trichter mit Mischwald bewachsen war.

Das Hagelloch. Hier gingen immer die heftigsten Gewitter nieder und hier war es im Winter auch am frostigsten. Die Stelle hatte für die Menschen der Umgebung etwas Unheimliches. Vielleicht lag es daran, dass der bewaldete Trichter außerhalb des Rieds lag, aber die tiefste Stelle im Zentrum immer moorig war. Mit Sicherheit lag es aber daran, dass es hieß, hier wäre früher der Schindanger gewesen. Hier seien die beerdigt worden, denen ein christliches Begräbnis verwehrt wurde. Aus diesen Gründen wurde das kleine Waldstück auch nie bewirtschaftet, es war ein kleines Stück Urwald. Es hieß auch in Stammtisch-Erzählungen, man dürfe keine Hunde zum Gassigehen hineinführen, sie würden dort verschwinden und abgeschlachtet. Es war ein begrenztes Areal – ein oberschwäbisches Tabu.

Man redete selten über das Hagelloch. Mutige Kinder besuchten ab und zu das Waldstück und kamen desillusioniert wieder zurück. Es war nichts Besonderes. Manchmal trafen sich am Rande des Trichters Jugendliche zum Saufen, selten sah man dort auch nächtliche Liebespaare in ihren Autos.

Der Mann lief weiter bis zum Rand des Waldes. Von dort aus ging er nach rechts am angrenzenden Acker entlang und wählte dann einen unscheinbaren Durchgang nach links. Er zwängte sich mit seinem Fahrzeug durch niedrige Hecken. Er folgte wenige Meter dem Wildpfad, den er immer nutzte, wenn er zu der Stelle ging. Von hier ab konnte er die Schubkarre nicht mehr einsetzen. Das Unterholz war oft zu dicht, viele Wurzeln verhinderten ein gutes Vorankommen und immer wieder lagen umgestürzte Bäume über dem Pfad, den er ging. Er hatte Spaten und Schaufel geschultert, die Spitzhacke würde er holen, wenn er sie tatsächlich benötigte. Aber die Erde an der Stelle war bestimmt noch nicht ausgetrocknet. Schon lange war er nicht mehr hier gewesen. Auf dem Weg zur Stelle kam ihm das Lied vom Luther Mate in den Sinn. Obwohl er mit den Wüstgläubigen nichts im Sinn hatte, gefiel ihm dieses Lied in einigen Strophen besonders gut. Mit fester Stimme hob er an, hier würde ihn keiner hören, nur ›es‹:

»Aus tiefer Not schrei ich zu dir,
Herr Gott, erhör mein Rufen.
Dein gnädig Ohren kehr zu mir
Und meiner Bitt sie öffnen.
Denn so du willst das sehen an,
Was Sünd und Unrecht ist getan,
Wer kann, Herr, vor dir bleiben?«

Die folgenden Strophen übersprang er, sie waren ihm nur noch bruchstückhaft in Erinnerung. Außerdem war er Katholik, deshalb ging es ihn sowieso nichts an, was dieser Mate Luther zu sagen hatte. Obwohl es ihm schon lange egal war, was katholisch oder evangelisch war. Deshalb begann er die letzte Strophe des Liedes in Anlehnung an ein ordinäres Sauflied, das er immer schon verachtet hatte:

»Scheißegal, scheißegal;
Ob katholisch oder evangelisch;
Ob bei uns ist der Sünden viel,
Bei Gott ist viel mehr Gnaden;
Sein Hand zu helfen hat kein Ziel
Wie groß auch sei der Schaden.
Er ist allein der gute Hirt,
Der Israel erlösen wird
Aus seinen Sünden allen.«

Singend war er an der Stelle angekommen. Trotz der langen Dürre war die Erde an diesem unheimlichen Ort tatsächlich immer noch feucht. Unter seinen Schritten gab sie leicht nach. Hier, an der tiefsten Stelle im Gehölz, gab es keine Buchen und Eichen mehr, hier standen, zum Teil schief, flach wurzelnde Nadelhölzer und gaben dem Ort seinen düsteren Charakter. Auf dem Boden stand verschmutzt und schief das rotgläserne ewige Licht, das er vor Jahren hier aufgestellt hatte. Er schob es beiseite und fing zu graben an.

Vorsichtig setzte er den Spaten in die weiche moorige Erde. Er war zufrieden, so würde seine Grabarbeit hier bald beendet sein. Doch dann kamen die Hindernisse, die flach wurzelnden Tannen hatten ihr unterirdisches Geflecht über den weichen Boden um den Stamm herum fingerartig ausgebreitet. Überall stieß er auf Wurzeln. Er versuchte, die teilweise armdicken Gebilde mit dem Spaten zu durchschlagen, er hatte keine Chance.

»Herrgott Sakrament noch mal!«

Fluchend ging er zurück zur Schubkarre und holte die Spitzhacke. Er schaute sicherheitshalber durch die Äste der den Wald begrenzenden Büsche hinaus zu den Feldern. Bis zum Ortsrand hin war niemand zu sehen. Die heiße Luft stand wie Seifenblasenwasser über den Feldern Riedhagens. Er legte sich das spitze Grabinstrument über die linke Schulter und stapfte wieder zurück zur Stelle. Er murmelte vor sich hin:

»Das Kind, das war so krank und klein,
der Pfaffe ist ein rechtes Schwein,
die Margot schlag ich morgen tot,
den Pfaff holt ich im Morgenrot.

Das Schwesterlein, das Schwesterlein
litt große Pein.
Da kommt das Brüderlein daher,
der Pfaff erzählt ihm eine Mär.
Da hol ich mir die Schweine halt,
verscharre sie im dunklen Wald.«

Als er die Verse zu Ende gesprochen hatte, lachte er laut in den Wald hinein.

Dichter, ich hätte auch Dichter werden können.

In bester Laune ging die schwere Arbeit mit dem richtigen Werkzeug nun besser voran. Früher standen da keine Bäume, hier waren damals niedere Büsche. Nur am Rande des Hagellochs standen damals schon die Eichen und Buchen und wenig Nadelgehölz.

Bald musste es soweit sein, dann müsste er das Bündel entdecken. Aber die Arbeit war komplizierter, als er dachte, er hatte schon tiefer gegraben, als die Erinnerung ihn ermutigte. Vielleicht hatten die Wurzeln beim Wachsen das Bündel verschoben. Er grub fluchend immer weiter um das Zentrum herum und wollte schon aufgeben.

Doch dann tauchten einen Meter von der gedachten Stelle braune Leinenfetzen auf. Er wusste, dass er ›es‹ gefunden hatte.

Mit den Händen grub er in der nassen, sauren Erde weiter, die aus verrotteten Pflanzenresten bestand. Dann hatte er das schmutzige Bündel freigelegt. Es lag da wie ein überdimensionaler Engerling.

Er nahm das Bündel mit beiden Händen aus der Mulde, die sich allmählich mit braunem riedigem Wasser füllte.

Die Neugierde trieb ihn. Noch einmal wollte er ›es‹ sehen. Die Leinenstoffbahnen ließen sich leichter als erwartet lösen. Einige Fetzen zerfielen unter seinen vorsichtigen Fingern, dann sah er ›es‹ und erschrak wieder. Die moorige Erde hatte ›es‹ all die Jahre bestens konserviert. Er erschrak auf die gleiche Art, wie er vor vielen Jahren auch erschrocken war, als er ›es‹ zum ersten Mal sah.

Er wickelte ›es‹ wieder so gut wie möglich ein. Die Grabwerkzeuge ließ er einfach liegen und trug das schmutzige Bündel wie eine kostbare Fracht vor sich her. Dann war er bei der Schubkarre angelangt. Unter der Decke holte er die Holzkiste, den kleinen Sarg hervor, den er in seiner Werkstatt selbst hergestellt hatte. Er passte nicht ganz, er hatte die Größe falsch eingeschätzt. Er hatte ›es‹ winziger in Erinnerung, und so drückte er einfach, bis ›es‹ hineinpasste. Schnell setzte er den Deckel auf und drehte die Schrauben mit seinem roten Taschenmesser mit dem weißen Kreuz durch die vorgebohrten Löcher. Als er das weiße Kreuz auf dem roten Grund sah, bekreuzigte er sich und sprach ein Ave Maria.

Er versteckte den kleinen Sarg unter der Decke in der Schubkarre.

Dann kehrte er noch einmal zum Loch zurück und holte seine Werkzeuge, danach zog er mit der Schubkarre los.

Links in weitem Bogen am Dorf vorbei durch den Moosforst hin zum Ried. Es war ein Umweg, aber durch das Dorf traute er sich nicht mit dieser Fracht.

Die Sonne brannte ihm auf die nackten Hände, seine weiße Mütze schützte ihn von oben. Er bereute es nicht, keine kurzen Hosen angezogen zu haben. Das wäre der Situation nicht angemessen.

Die Ein-Mann-Prozession bewegte sich über die vor Hitze flirrende Ebene durch die Felder bis hin zu den ersten Hecken und Fichten des Moosforstes, von dort ging es im Schatten der Tannen-Monokultur hinunter ins Ried. Als er aus dem Moosforst herauskam, sah er schon sein Ziel hell leuchtend neben der schmalen, kaum befahrenen Straße liegen. Er hatte keine Sorge, noch ein paar wenige Meter hinunter, dann würde man ihn hinter den hohen Binsen auch von der Straße her nicht mehr sehen können. Und wenn … ein Mann im Ried mit einer Schubkarre ist nichts Ungewöhnliches.

Als er hinter der Wendelinus-Kapelle angekommen war, verschnaufte er zuerst.

Hier hatte ich die alte Hexe zwischengelagert, als schon anfangs alles schiefging. Von hier aus sollte dann der spätere Wechsel sein, wenn die dumme Sau auf natürliche Art durch den Hunger der Maden leichter geworden wäre. Die Natur hätte bei diesen Temperaturen in wenigen Wochen gute Arbeit geleistet. Und hier kommen nie Wanderer vorbei.

Wenn man sie vorher nicht gefunden hätte, hätte ich ihre Gebeine problemlos zum Schindanger fahren können. Sie war einfach zu schwer, die fette Kuh, ich hatte mich überschätzt. Auch mit dem alten Pfarrer, dem geilen Fettsack. Aber Hauptsache, er liegt hinter der Mauer. Wer das Zeichen verstehen will, kann es auch deuten. Und dann wird man auch mich verstehen.

Die fette Margot, die konnte ich nur bergab transportieren, das übergewichtige Luder. Und selbst das war nicht einfach. Gott sei Dank hat sie immer Wert auf Qualität gelegt und ihr Koffergefährt ist unter ihrem Gewicht, als ich sie über dem geleerten Kofferteil festzurrte, nicht zusammengebrochen. Qualität zahlt sich doch aus. Schon eigenartig, dass sie ihren eigenen Leichenwagen dabeihatte. Die Kleider darin und ihre hässlichen Schuhe gammeln im Ried – und nur ich weiß wo.

Dass sie so schnell gefunden wurde, hat mir einen Strich durch die Rechnung gemacht. Alles ist durcheinandergekommen, alles. Scheiß Motorradfahrer, aber er kann nichts dafür. Der Herr will mich ständig prüfen. Ich darf jetzt keine Fehler mehr machen, der Herr würde es mir nie verzeihen. Es ist fast beendet. Heilandzack!

Der Mann setzte sich müde von der harten Arbeit der letzten Tage, die ihm wenig Schlaf ließ, auf warme Trümmersteine der maroden Kapelle und holte eine Flasche Mineralwasser unter der Decke in der Schubkarre hervor. Als er sie öffnete, sprudelte das warme Wasser über seine Hände. Er nahm ein paar kräftige Schlucke aus der Flasche. Dann holte er das Werkzeug, warf Schaufel und Spitzhacke durch das hintere ausgebrochene Kapellenfenster und stieg mit dem Bündel in der Hand ein. So konnte er von der Straße her nicht gesehen werden.

21

In zwei Stunden sollte sie sich wieder melden. Nervös schaltete Cäci immer wieder das Handy an, um die Uhrzeit auf dem Display abzulesen. Oft waren gerade erst wenige Minuten vergangen. So allein konnte sie die Zeit schlecht einschätzen.

Und dann war der Akku endgültig leer, das Display blieb dunkel.

»Scheiße!«

Sie schleuderte das Handy gegen die Wand. Blaue Splitter wirbelten in der dämmrigen Luft. Erschrocken sprang sie auf und sammelte die Überreste ein. Einige elektronische Teile waren auf einer dünnen Metallplatte verlötet. Mit dem Nagel, den sie in ihrer Rocktasche versteckt hielt, löste sie die Metallplatte ab.

Vielleicht konnte sie damit die Holzbretter lockern oder durch die Styropor- und Schaumschicht irgendwie zur Scheibe gelangen, damit sie hinausrufen oder durch einen Spalt schauen konnte.

Die Überreste des Telefons las sie sorgsam zusammen und steckte sie in die Rocktasche. Sie stellte sich auf die Zehenspitzen und fing an, mit dem scharfen Metallteil das Isoliermaterial zwischen den Brettern herauszubohren. Das Ende der kleinen Metallplatte hatte sie mit ihrem Haargummi umwickelt, um sich die Hand nicht zu verletzen.

Die Waden schmerzten ihr bald. Sie schob die Camping-Toilette unter das oben liegende Fenster, aber es war zu schwierig, darauf die Balance zu halten.

Immer wieder musste sie ausruhen. Und der Erfolg war gering. Sie wusste nicht, wie lange sie gearbeitet hatte. Es lagen etliche dünne Holzsplitter und etwas Isoliermaterial auf der Matratze.

Dann hatte sie eine weitere Idee. Sie packte die schwere Matratze, drückte sie gegen die Wand, faltete sie auf die Hälfte, drückte sie auf den Boden und stellte sich mit beiden Beinen darauf. Nun erreichte sie bequem das Fenster. Die Arbeit ging deutlich besser voran. Aus den Brettern konnte sie mit dem scharfen Werkzeug dünne Splitter entlang der Maserung herausschneiden. Nach mühsamer Arbeit klaffte ein daumendicker Spalt zwischen zwei Brettern und sie konnte nun das Isoliermaterial mit dem Zeigefinger herauspulen. Doch dann waren ihre Finger zu kurz. Sie machte eine Pause. Hunger stellte sich wieder ein. Das Vesperbrett war leer.

»Das Vesperbrett!«

Cäci nahm das runde Brett und schleuderte es mit aller Kraft auf den Boden, es zersprang in fast gleich große Hälften. Noch einmal schleuderte sie eine Hälfte auf den Boden. Es entstanden zwei lange, spitz zulaufende Splitter.

Mit der Kraft der Verzweiflung und blutenden Händen bohrte sie mehr und mehr Isoliermaterial, das vor der Scheibe klebte, heraus. Dann wurde es hinter dem Styropor heller.

22

Das zweite WalderBräu naturtrüb hell wollte mir ebenso wenig schmecken. Fortwährend dachte ich an Cäci, wie es ihr wohl gerade ging, ob sie überhaupt noch am Leben war oder ob der Verrückte mit ihr so umgegangen war wie mit seinen vorherigen Opfern. Immer wieder übermannte mich eine Mischung aus Trauer und Zorn.

Deodonatus und ich warteten auf die Techniker von der Polizei. Sie kamen nicht. Frieda lief nervös hinterm Tresen hin und her.

»Hoffentlich passiert meiner Kleinen nichts. Wo bleiben die denn mit ihrem Telefon-Zeugs?«

Dann fuhr der grüne VW vor, die Kommissarin stieg aus. Sie hatte ihr geliebtes Fahrzeug wieder.

»Härmle kommt nach, er hat eine Idee, ich darf Sie leider nicht einweihen. Er muss etwas auswerten. Ist hier was vorgefallen? Hat Cäcilia schon angerufen?«

»Wir haben noch 15 Minuten.«

Das Herumsitzen war furchtbar. Die Kommissarin ging all das, was sie uns bereits gefragt hatte, noch einmal durch. Immer wieder verglich sie die Antworten mit ihren Aufzeichnungen. Deodonatus hatte immer noch den Rosenkranz in seiner Rechten. Er trank nur Mineralwasser.

»Komm, Dani, hol de Bilda.«

»Was für Bilder?«, fragte die Blonde sofort.

Ich funkelte Deo an und schüttelte resigniert meinen Kopf.

»Das ista einziga Spur, die wir haben.«

Treu schaute er mich mit seinem unverletzten Auge an. Er hatte recht.

Ich stieg auf Deos Quickly und holte die Bilder in wenigen Minuten von zu Hause.

Deo hatte mittlerweile der Kommissarin erklärt, dass die digitale Fotografie mein großes Hobby sei und ich gar nicht mehr bemerken würde, in welchen Situationen ich auf den Auslöserknopf drückte. Die Kommissarin ließ ihn einfach reden.

Trotzdem blickte mich die strenge Beamtin strafend an, als ich mit den Bildern kam.

»Hat Cäci schon angerufen?«

»Nein.«

Sie schaute sich die Fotos kurz an und bemerkte nüchtern: »Sehr gute Qualität, Ihre Fotos sind eindeutig besser als Ihre Fürbitten.«

Ich ging auf den berechtigten Vorwurf nicht ein.

»Wer von Ihnen kann Sütterlin lesen?«

Frieda nickte und kam hinterm Tresen hervor, sie hatte vor lauter Aufregung begonnen, die Kupferleitungen der Zapfanlage blitzblank zu polieren.

»Wann ruft sie denn endlich an, es sind doch fast schon zwei Stunden vorbei. Ich werde noch wahnsinnig durch diese Warterei.«

Das Handy der Kommissarin klingelte. Sie bewegte sich in die äußerste Ecke des Raumes, nickte immer wieder und sagte: »Ja … ja … okay.«

Fragend blickten wir zu ihr.

»Die Techniker schaffen es zeitlich nicht, aber das ist kein Problem, wir haben da unsere Leute bei der Telekom schon eingeschaltet, die können alles auswerten, was im Telefonbereich abgeht. Wahrscheinlich können wir Ihre

Tochter nachher orten, wenn wir sie lang genug an der Strippe haben. Oder nachträglich zurückverfolgen, von wo der Anruf kam.«

Doch es kam kein Anruf.

Mittlerweile hatte Frieda begonnen, aus den fotografierten Buchseiten vorzulesen: »Hier geht es um nichts anderes als Geburten, Taufen, Hochzeiten und Beerdigungen. Da ist alles der Zeit nach aufgeschrieben.«

Sie studierte eifrig weiter: »Hier ist ein Blatt von 1932, das auch, die beiden Seiten sind von 1958 und die beiden von 1962.«

»Okay, das passt, es waren auch drei Bücher auf dem Tisch im Keller.«

Deo nickte bestätigend.

»Die Handschrift von 1932 ist anders als die von 1962 und 58«, bemerkte die Kommissarin, die die Akten interessiert studierte.

»Aba 1962 unda '58 kann de gleicha Handschrift sein.«

»Fangen wir mit dem frühesten an.«

Frieda begann das, was sie entziffern konnte, vorzulesen.

»Wonach suchen wir überhaupt?«

Wir erklärten Frieda noch einmal unsere Theorie, während die Kommissarin schweigend mit dem Kopf nickte. Sie schien sich schon ähnliche Gedanken gemacht zu haben. Und wer weiß, woran Härmle gerade herumdokterte.

»Lesen Sie uns, wenn möglich, alles vor, aber achten Sie vor allem auf Beerdigungen. Vielleicht können Sie ja auch etwas von Kindern in Zusammenhang mit Beerdigungen entziffern«, ergänzte die Blonde.

Die beiden Blätter aus dem Jahr 1932 brachten uns nicht weiter. Frieda unterbrach ihre Vorlesungen immer wieder erstaunt: »Das ist ja interessant … Ja, den kenne ich doch auch noch … Soo, die hat den geheiratet, das ist kein Wunder, dass die Kinder nichts geworden sind.«

Ein Stück Dorfgeschichte wurde für sie wieder lebendig und ließ sie kurzzeitig ihren Schmerz vergessen. Auch für sie war es mühsam, die Handschrift zu entziffern.

Die Blätter aus dem Jahr 1958 brachten den Durchbruch.

»Hier sind die Namen durchgestrichen, bei einer Geburt … und hier direkt danach eine Beerdigung, der Name ist ebenfalls durchgestrichen, aber das Datum, das heißt eindeutig 22. Dezember, zwei Tage vor Heiligabend.

»Das Geburtsdatum, wann war das?«

»Das Datum … Moment, das kann man lesen, ist Montag, der 22. Dezember 1958. Winteranfang. Das ist das Geburtsdatum. Und das Kreuz dahinter sagt wahrscheinlich, dass es auch das Sterbedatum ist. Und die Beerdigung war dann wohl auch am 22. Dezember, da stimmt doch was nicht.«

Unsere Köpfe stießen über dem Ausdruck der Buchseite beinahe zusammen.

»Oh Gott, das arme Kind muss ja gleich nach der Geburt gestorben sein … Und hier, da ist noch mal was durchgestrichen. Wahrscheinlich der Name der Mutter und des Vaters.«

»Kann man die Namen unter dem Durchgestrichenen nicht entziffern?«, fragte die Kommissarin aufgeregt.

Wir steckten die Köpfe zusammen, aber die Buchstaben waren auf der Fotografie nicht zu erkennen.

»Da bräuchte man das Original, dann hätte man eine Chance.«

Die Blonde zog ihr Handy aus der Tasche.

»Hallo, Herr Härmle.«

Sie erklärte ihrem Chef unsere Theorie ausführlich, schien aber während des Telefonates immer ärgerlicher zu werden.

»Was? Warum haben Sie mir nichts davon gesagt? – Was heißt hier ›zu vage‹, wenn die Leute aus dem Dorf hier selbst auf eine ähnliche Idee kommen?«

Sie durchschritt mit ihren langen Beinen energisch den Raum und fragte ihr Handy: »Konnten Sie die Namen unter dem Durchgestrichenen auf dem Original erkennen oder recherchieren?«

Sie drehte am Ende des Raumes zackig um, kam wieder auf uns zu und beendete ihr Gespräch: »Okay, rufen Sie mich bitte sofort an, wenn Sie die Namen herausbekommen haben. – Nein, Cäcilia hat sich immer noch nicht gemeldet und die Zeit ist schon lange abgelaufen. Vermutlich hat der Akku seinen Geist aufgegeben.«

Im Hintergrund schluchzte Frieda laut auf und putzte sich geräuschvoll die Nase, sie hatte sich zu diesem Zweck eine Rolle Klopapier auf den Schanktisch gestellt.

»Was ist los? Gibt es was Neues?«, fragte ich neugierig.

»Mein Chef arbeitet wohl an der gleichen Spur wie wir gerade. Er war jedoch völlig unsicher und hat mir leider nichts davon gesagt. Er wollte zuerst die Seiten persönlich in Augenschein nehmen, gerade versucht er, die Namen zu entziffern. Er ruft mich sofort an, wenn er sie leserlich machen konnte. Er hat schon einen Spezialisten für Dokumente bei sich. Die Seiten von 1962 seien für den Fall wahrscheinlich ohne Bedeutung.«

»Warum hat da Täta dann alle drei Bücha angezündet?«, fragte Deo.

Die Blonde betrachtete lange den Rosenkranz in Deos Händen, dann sprach sie langsam: »Vermutlich wollte er so verhindern, dass man herausbekommt, welches das richtige Buch ist. Er wollte sicher sein, dass wir ihm nicht auf die Spur kommen. Ein Feuer vernichtet nicht alle Spuren, aber doch sehr viele. Ohne die Bücher hätten wir gar nichts in der Hand oder doch sehr wenig.«

Ich nickte ihr zu und hinterfragte: »Oft existieren von solchen Dokumenten Abschriften oder Kopien, in denen man weiter recherchieren könnte.«

»Der Täter wollte vermutlich vermeiden, dass wir ihm zu schnell auf die Spur kommen.«

»Keiner von uns hatte doch nur annähernd geahnt, dass die Dokumente von Bedeutung für die Ermittlungen sein könnten.«

Ratlos schüttelte die hübsche Ermittlerin den Kopf.

»Warum ruft denn meine Kleine nicht an, das macht mich wahnsinnig«, weinte Frieda vom Ausschank her.

Wir warteten noch unzählige bange Minuten, die uns wie Stunden vorkamen, auf ein Lebenszeichen von Cäci und diskutierten, wer als Täter infrage kommen könnte. Doch alle Verdächtigungen schienen absurd. Ohne die unkenntlich gemachten Namen hatten wir keine Spur.

Dann klingelte das Handy der Kommissarin, ihr Chef hatte die Namen aus dem Dokument recherchieren können.

»Waas? Das ist ein Hammer, an den hätte ich zuletzt gedacht. Da schauen wir doch gleich mal nach, ob der mit der Sache was zu tun hat.«

23

Der Mann legte Trümmersteine der Kapelle auf die zugeschüttete Stelle. Er hatte seine Arbeit verrichtet. Nichts deutete auf das kleine Grab unter ihm hin. Endlich, nach so langer Zeit, konnte *es* in geheiligter Erde ruhen, hier an diesem sakralen Ort. Eigentlich hätte er es schon früher machen müssen, aber da hatte das Buch noch nicht so klar zu ihm gesprochen. Erst in den letzten Jahren waren die Hinweise eindeutiger geworden und die Stimmen lauter. Aus seiner Hosentasche zog er die kleine grüne Bibel, das Bändel hatte er schon zu Hause in die Seite mit der Textstelle gelegt. Es war das Buch Tobit. Er setzte sich auf einen der warmen Steine, die untergehende Sonne beschien durch das Seitenfenster das Textblatt:

› 2,7 Nach Sonnenuntergang ging ich hinaus, um ein Grab zu schaufeln, und begrub den Toten.
2,8 Meine Nachbarn aber sagten hämisch: Er hat schon gar keine Angst mehr, wegen dieser Tat hingerichtet zu werden. Eben erst hat er fliehen müssen, und schon begräbt er wieder die Toten.
2,9 Als ich ihn begraben hatte und in der Nacht nach Hause kam, legte ich mich an der Hofmauer zum Schlafen nieder, weil ich unrein geworden war. Mein Gesicht ließ ich unbedeckt,
2,10 ohne auf die Sperlinge zu achten, die in der Mauer nisteten. Da ließen die Sperlinge ihren warmen Kot in meine offenen Augen fallen, und es bildeten sich weiße Flecke in mei-

nen Augen. Ich ging zu den Ärzten, doch sie konnten mir nicht helfen.‹

»Im Winter wäre schon längst Sonnenuntergang gewesen, am 22. Dezember sowieso, da wird es schon nachmittags um vier dunkel. Heilandzack!«

Er steckte die Bibel in die Hosentasche.

Der Mann stieg durch das Fenster der Kapelle. Er suchte noch Sommerblumen. Er fand Knabenkraut und am Tümpel die gelbe Wasserlilie. Ein letztes Mal stieg er in die Kapelle, legte die Blumen auf das unsichtbare Grab und kletterte aus der Kapelle wieder heraus.

Den Weg nach Hause wählt er wiederum in der sicheren Variante, durch den Moosforst schob er die Karre leicht bergan. Als er aus dem Forst herauskam, blieb er stehen und schaute zum Hagelloch.

Er hob die Faust und schüttelte sie.

»Dort gehört ihr beide eigentlich hin, ihr Drecksauen, auf den Schindanger und nicht auf den Gott'sacker!«

Die wichtigste Arbeit hatte er verrichtet, *es* lag in geheiligter Erde. Und die beiden hatten ihre gerechte Strafe bekommen. Dass er es nicht geschafft hatte, die zwei auf den Schindanger zu verlegen, weil ihn die Kräfte verließen, störte ihn nun nicht mehr.

Noch einmal schüttelte er die Faust.

»Ihr Drecksauen, ihr dreckigen!«

Er hob die Karre an den beiden Holzenden an und ging, leise vor sich hin singend, seinen Weg weiter.

So, nun zurück zur Werkstatt. Jetzt kommt der krönende Abschluss!

»Der Kirchturm winkt mir drohend zu,
doch bringt er mir auch meine Ruh.
Dort wird nun meiner Hände Werk
das Zeichen meiner großen Stärk.
Noch einmal stürzt das warme Blut,
aus feinem Herz und brennt wie Glut.«

24

Die blutenden Finger schmerzten, die Hände zitterten. Die letzten Fetzen des Isoliermaterials schabte sie mit dem langen Holzsplitter des Vesperbrettchens heraus. Licht! Warmes, weiches Licht, es musste schon spät sein. Aber wo war sie? Sie drückte ihr Gesicht so nahe wie möglich an die Scheibe. Sie musste irgendwo in der Nähe der Kirche sein.

Sie holte die andere Hälfte des Vesperbrettchens und schob sie in den Spalt zwischen die beiden Bretter vor dem Fenster. Sie nutzte es als Hebel. Vorsichtig lockerte sie die Nägel, mit denen die Bretter angebracht waren. Als eine Seite abstand, fuhr sie mit den Fingern unter das Holz und zog knarrend das erste Brett weg. Gleichermaßen lockerte sie die übrigen Bretter und löste sie vom hölzernen Fensterrahmen. Nun war es einfach, die Isolierschicht von der Scheibe zu entfernen.

Das Fenster ließ sich leichter öffnen, als sie dachte. Sie hangelte sich am Rahmen hoch und schob ihren schlanken Körper durch die schmale Oberlichtöffnung. Die Hitze und die Anstrengung machten sie leicht schwindelig. Aber das war ihr egal. Geschafft, sie hatte es geschafft, sie war dem Mörder entflohen. Im Gegenlicht der untergehenden Sonne sah sie als Schattenriss jemanden kommen, sie war gerettet. Cäcilia lächelte, Tränen der Erschöpfung und Freude liefen über die Wangen. Die Gestalt kam rasch näher. Sie schob eine Schubkarre.

Der Mann traute seinen Augen nicht, als er mit der Schubkarre um die Ecke der Kirche bog und zum Schopf hin sah. Aus dem schmalen Fenster knapp oberhalb der Erde schob sich seine Gefangene, die schöne Prophetin aus dem Fenster.

»Helfen Sie mir, bitte, man hat mich eingesperrt.«

Die junge Frau lächelte erschöpft, Tränen tropften vom Gesicht, als sie wenige Meter vor dem Mann stand.

Dieser stellte sein einrädriges Gefährt ab. Besänftigend hob er die Hand, als sie ihm die letzten Schritte entgegentaumelte.

»Schnell, rufen Sie die Polizei, die ist bestimmt noch in der Nähe.«

Der Mann nahm die junge Frau wie zum Schutz in die Arme und bremste sie ab. Sie legte kurz ihren Kopf an seine Schulter.

Dann roch sie es, ganz flüchtig – Himbeer-Shampoo!

Doch es war schon zu spät, er packte sie am Handgelenk und versetzte ihr mit der anderen Hand einen kräftigen Schlag gegen die Schläfe.

Cäcilia sah Lichtblitze, dann wurde es dunkel. Ihr letzter Gedanke war: Der doch nicht!

Der Mann zog die Bewusstlose in seine Werkstatt. Er legte sie sanft auf den kühlen Betonboden. Dann ging er in den hinteren Bereich, dort, wo all die alten Kreuze lagerten. Sie waren die letzten Zeichen vergessener Verstorbener, aus einer Zeit, in der die Kreuze noch aus Gusseisen waren. Er holte unter der öligen Decke ein Kreuz hervor, das fast so groß war wie er selbst. Das würde reichen.

Dann öffnete er die Schublade und holte das weiße Handy. Mit dem schweren Kreuz und dem vermeintlichen Handy ging der Mann zu Cäcilia. Er legte das weiße Gerät auf die Brust der jungen Frau. Schön, wie sie mit ihrer schwarzen

Kleidung so dalag. Schön, der Kontrast des weißen Gerätes auf ihrer Brust. Er legte den Kopf schief und genoss den Anblick. Dann tastete er nervös in seiner Hosentasche nach der winzigen Bibel. Sie war da.

Gott sei Lob und Dank!

Der Mann blickte mitleidig zu der Frau am Boden, dann hob er das Kreuz weit hoch und legte es sich auf die Schulter.

»Entschuldigung, Kind.«

Weinend verließ er den Schopf und ging langsam auf die Kirche zu. Er lief von hinten zur Sakristei. Von dort aus schloss er die Tür zum Glockenturm auf. Mit dem Kreuz stieg er die steile Wendeltreppe hinauf.

25

Nachdem wir den Namen, den Härmle mit seinem Spezialisten entziffern konnte, gehört hatten, spurteten wir zum grünen Fahrzeug der Kommissarin.

Eigentlich hatte ich mir geschworen, nie in so einem albernen Gefährt mitzufahren. Zum jetzigen Zeitpunkt war mir das egal. Deodonatus zwängte sich auf die Rückbank, Frieda versuchte höflichkeitshalber auch hinten einzusteigen, blieb aber bei dem zweitürigen Fahrzeug mit ihrem Gesäß zwischen Sitzlehne und Türholm hängen. Ich zog sie wieder heraus und setzte mich nach hinten. Frieda platzierte sich stöhnend auf dem Beifahrersitz neben die hektisch blickende Kommissarin.

»Hoffentlich kommen wir nicht zu spät.«

Sie legte den ersten Gang ein und das untermotorisierte Fahrzeug machte einen Satz nach vorn, als sie die Kupplung energisch kommen ließ. Mit quietschenden Reifen brausten wir zur Kirche hoch.

Deo hatte seinen Rosenkranz fest um beide Hände gewickelt: »Gegrüßast seist du Maria, voll da Gnada.«

An der Kirche vorbei fuhren wir auf die alte Werkstatt zu. Wenn er mit der Sache tatsächlich etwas zu tun hatte und Cäci irgendwo versteckt hielt, dann wahrscheinlich hier. Hier war sein Reich. Knirschend kam der Beetle im Kies vor der Werkstatt zu stehen.

»Cäci!«, rief ich in die dunkle Werkstatt hinein.

»Cäci, wo bist du?«, rief auch Frieda, deren Stimme sich überschlug.

»Vata unsa in Himma«, betete Deodonatus in Richtung Kirchturm.

»Hallo, ist hier jemand? Kommen Sie bitte mit erhobenen Armen heraus!«

Die Kommissarin hatte plötzlich ihre Dienstwaffe in der Hand.

Ich stürmte in die offene Tür der Werkstatt, dann sah ich sie schon auf dem Boden liegen, direkt auf ihrer Brust lag der weiße iPod.

»Ich habe sie«, rief ich den Hereinhastenden zu, »sie kommt gerade zu sich. Rufen Sie einen Krankenwagen.«

Deo rief von draußen: »Jesus, Josef unda Mariaa, er steht auf da Glockatuam!«

Entsetzt schaute mich Deo an, als er Cäci sah.

»Er steht mit Kreuz auf Glockatuam, oh Jesus, Allmächtiga!«

»Habt ihr ihn?«, stöhnte Cäci.

Sie krallte sich in meinem Arm fest.

»Wo kommt mein Player her?«

Staunend nahm sie ihn in die Hand und stand schwankend auf.

Frieda schrie: »Cäci, wie geht's dir?«

»Bleiben Sie liegen«, bat die Kommissarin.

»Mir geht's gut«, erwiderte Cäci und stand schon keuchend neben mir.

An der linken Schläfe zeichnete sich eine mächtige Beule ab. Ich stützte sie, sie barg ihr Gesicht an meiner Schulter und weinte leise.

»Ich bin so froh, ich liebe dich.«

Ich schluckte heftig, presste mich eng an Cäci und weinte. Ich konnte nichts sagen. Nur ein gurgelndes Schluchzen kam aus meiner Kehle. Frieda drückte sich an uns. Als ich wieder Herr der Lage war, fragte ich Deo: »Was ist mit dem Glockenturm?«

Als wir hinaustraten, sahen wir ihn, er stand im obersten Glockenturmfenster und hatte ein großes schwarzes Kreuz in seiner rechten Hand, in der linken hielt er ein Buch.

Ich stützte Cäci, wie versteinert standen wir vor dem mächtigen Turm. Deo betete mit dem Rosenkranz in der Hand.

»Oh Herr, vergib diesem Sünda.«

Die Kommissarin telefonierte mit ihrem Chef, während sie uns zurief: »Der Eingang, wo ist der Eingang zum Turm?«

Frieda umarmte immer noch ihre Tochter von der anderen Seite und schnäuzte in ihre Kittelschürze.

»Er steht da oben im Glockenturm mit einem Kreuz in der Hand, er ist verrückt«, rief die Kommissarin in ihr Handy und zeigte zur Turmspitze hoch.

Deodonatus lief zur ihr und rief: »Komm mit, ich zeiga Ihna, wos hochgeht!«

Die beiden spurteten zur Sakristei. Deo hatte seinen Rock mit beiden Händen hochgerafft, um mit seinen mächtigen Schritten noch weiter ausholen zu können. Zum ersten Mal kam der athletische Massai-Krieger in ihm durch. Der Rock der sportlichen Kriminalblondine war aus kinetischer Energie heraus von selbst nach oben gerutscht und bot einen unvergesslichen Blick auf ihre Beine. Die Waffe hielt sie immer noch in der erhobenen Hand. Zum Turm hin rief sie: »Bleiben Sie dort oben stehen, bewegen Sie sich nicht, wir holen Sie sicher herunter.«

Die Tauben, die im Turm nisteten, flatterten aufgeregt um das Fenster herum und ließen Kot ab. Als er uns sah, las er aus dem Buch und rief mit kräftiger Stimme herunter: »Eben erst hat er fliehen müssen, und schon begräbt er wieder die Toten. Heilandzack! Als ich ihn begraben hatte und in der Nacht nach Hause kam, legte ich mich an der Hofmauer zum Schlafen nieder, weil ich unrein geworden war. Mein Gesicht ließ ich unbedeckt, ohne auf die Sperlinge zu achten – Heilandzack, das sind doch Tauben –, die in der Mauer nisteten. Da ließen die Sperlinge ihren warmen Kot in meine offenen Augen fallen und es bildeten sich weiße Flecke in meinen Augen. Und ich, ich gehe nicht mehr zu den Ärzten, die können mir auch nicht helfen, die konnten es nie.«

Dann warf er das Buch in unsere Richtung. Es flatterte wie ein in der Luft getroffener Vogel vor unsere Füße. Es war das Alte Testament. Dann hielt sich der alte Mesner Kalner das Kreuz mit der Spitze an die Brust und sprang.

Durch das Ried hörte man die Signalhörner der Einsatz-Fahrzeuge näher kommen.

26

Vier Tage, nachdem sich der Alt-Mesner Kalner vom Kirchturm gestürzt hatte, war das Geschehene immer noch Tagesgespräch in Riedhagen und den umliegenden Dörfern. Es entstand für wenige Tage ein regelrechter Turm-Tourismus. Auch Presse und Fernsehsender labten sich wie Maden am Fleisch der schrecklichen Ereignisse. Menschen, behängt mit Videokameras und digitalen Fotoapparaten aus dem Bodenseeraum, aber auch Neugierige mit Stuttgarter Autokennzeichen besuchten Riedhagen. Sie gaben vor, sie hätten schon immer mal die schöne Riedlandschaft besuchen wollen, aber alle wollten den Kirchturm sehen und die Wohnung des Alt-Pfarrers, wo er mit seiner Haushälterin gewohnt hatte.

Vor allem die Stelle unterhalb des Kirchturms war der Touristenmagnet, wo Kalner nicht, wie er geplant hatte, vom Kreuz durchbohrt, sondern neben seinem Kreuz liegend gestorben war. Er hatte sich selbst verfehlt.

Deodonatus hatte an der Aufprallstelle ein schlichtes, weißes Kreuz, ein ewiges Licht und ein Blumentöpfchen mit Vergissmeinnicht aufgestellt. Ein Spendenkässchen für die Kirche rundete das Trauer-Arrangement ab.

Müller stand mit Racko meist im Garten – mit seiner guten Trainingshose, die mit den weißen Streifen an der Seite – und gab den Suchenden und Neugierigen bereitwillig Auskunft über Haushälterin und Pfarrer, die jahrelang seine ›besten Nachbarn‹ waren. Er genoss in seinem Frührentnerdasein die Aufmerksamkeit, die man ihm und seinem Hündchen schenkte. Die sensationsgeilen Touristen verließen meist schnell sein Grundstück, als er ihnen auch noch sein Hunde-Epitaph vorstellte. Mittlerweile war es liebevoll mit einem Bild von Waldemar geschmückt.

27

Frieda stand grübelnd an unserem Tisch und überlegte, ob sie den Biergartenbereich vergrößern sollte, ließ jedoch ebenso schnell wieder von der Idee ab: »Wenn es nichts mehr zu glotzen gibt, kommt keiner mehr.«

»Frieda, noch ein WalderBräu naturtrüb hell«, rief ich ihr zu.

»Ja, sofort, iss auch was. Ich bring dir Bratwürste mit Kartoffelsalat, geht aufs Haus.«

Cäci lachte mich an und wurde ein bisschen rot.

»Was führt denn die im Schilde?«, fragte ich neugierig. »Die will doch irgendwas von mir.«

Cäci schüttelte nur grinsend den Kopf und hob an, mir etwas zu sagen, als eine bekannte Stimme rief: »Hi, Dani, ist noch ein Platz frei?«

»Ich bin auch noch da«, meinte Cäci.

»Das sehe ich. Na, wie geht's so, nach all dem Stress?«

Die doofe Hilde trug einen äußerst knappen schwarzen Stretchrock und ein sonnengelbes Top. Irgendwie kam mir das bekannt vor, ich wusste nur nicht, woher. Cäci hatte die Augen zusammengekniffen, riedwasserbraun blitzte es aus den dünnen Schlitzen. Leise zischte sie in meine Richtung: »Was fällt der dummen Kuh bloß ein? Und wehe, sie macht dich jetzt noch an!«

Ihre Fingernägel trommelten den Radetzky-Marsch auf die Oberfläche des blechernen Tischchens.

Jetzt erst fiel es mir auf, meine Cäci trug das gleiche, lose Arrangement wie Hilde, nur umgekehrt. Bei Hilde sah allerdings alles noch viel enger aus – aber keineswegs besser.

Die knapp beschürzte Outfitgleiche setzte sich unaufgefordert zu uns. Kaum sitzend, hob sie die Hand wild fuchtelnd und zitierte Frieda an den Tisch.

»Bitte ein Mineralwasser ohne Gaz und haben Sie auch Kressesalat?«

»Nein, Bohnen-, Karotten- und grünen Salat. Natürlich auch Kartoffelsalat, Fleischsalat und Wurstsalat. Die meiste Städter kommen aber wegen meines Heringssalates. Den gibt's immer freitags.«

»Igitt, stopp. Dann bringen Sie mir grünen Salat, der ist ja hoffentlich nicht aus der Dose?«

»Nein, auch die Bohnen und Karotten nicht, die sind eigener Anbau, alles biologisch!«

Cäcilia schaute erstaunt zu ihrer Mutter. Diese erwiderte in unerwarteter Schärfe ihren Blick.

»Mama!«

»Dann bringen Sie mir bitte Bohnen- und grünen Salat, die Bohnen sind ja ohne Speck? Und keine Fleischbrühe an der Salatsoße?«

»Natürlich.«

Frieda entschwand in die Küche. Sie ging auffallend langsam und aufrecht, den Kopf stolz erhoben und leicht zur Seite geneigt. Cäci schmunzelte.

»Wenn du mal was Gutes Vegetarisches essen willst: Saure Bohnen mit Spätzle sind fantastisch.«

»Was?«, fauchte sie mich angewidert an. »Was soll denn das sein?«

Ich erklärte der Staunenden kurz die Zubereitung des herrlichen Gerichts: »Stangen- oder Buschbohnen kurz blanchieren. In einem Topf Butter leicht erhitzen, fein gehackte Zwiebeln goldgelb bräunen, die abgetropften Bohnen hineingeben, mit Mehl bestäuben und mit dem

Bohnenwasser ablöschen, etwas Gemüsebrühe dazugießen, 30 Minuten mit einem Schuss Essig, Zucker, Pfeffer und Salz einköcheln lassen. Dazu in Butter geschwenkte Spätzle. Das schmeckt suuuper.«

»Ach, verarschen kann ich mich selbst, so was gibt's doch nicht«, zischte mich die Unwissende an und tippte sich gegen die Stirn.

Die verwegene Hilde war heute in Angriffsstimmung und fragte mit einer äußerst kecken Kopfbewegung in Richtung Ried: »Und, kommen heute noch deine Rockerfreunde? Ich würde auch gern mal mit deiner Honda mitfahren. Ich habe gestern Susi getroffen, sie meinte, da könne man sich einen Mann sparen, wenn man da hinten drauf auf dem nackten Schutzblech sitzt.«

»Das nennt man Fender, Deppen sagen auch Kotflügel dazu.«

»Ach, wie der Berg am Bodensee. Nimmst du mich auch mal mit?«

Provokativ schlug sie ein Bein über das andere, das knappe Nichts von Rock rutschte um die Hälfte seiner Gesamtlänge weiter nach oben, Richtung Beinende.

»Du bist doch jetzt mit Philipp zusammen, da brauchst du doch mein ›Schutzblech‹ nicht? Und der Berg am Bodensee heißt übrigens Pfänder und nicht Fender.«

»Bitte keine sexistischen Anspielungen!«

Cäci stieß mir unterm Tisch gegen meinen Fuß und schaute mich warnend an.

»Ich darf gar niemanden mitnehmen, das ist nur ein Einsitzer.«

»Und Susi?«

»Susi ist niemand.«

Cäci schmiegte sich etwas enger an mich.

»Der Kalner hat ja nicht richtig getickt.« Hilde schaute altklug.

»Woher willst du das wissen?«

»Aus Ravensburg, ich kenne da einen in meiner Gruppe, der ist in Behandlung bei einem Psychiater, bei dem auch der Kalner vor Jahren war.«

»Ach, deshalb hat er etwas von ›Ärzten‹ vom Turm heruntergebrüllt, zu denen er nicht mehr gehen würde«, bemerkte Cäci.

»Ja, der war wohl jahrelang wegen religiöser Wahnvorstellungen in Behandlung, aber sagt das niemandem weiter, das fällt nämlich unter die ärztliche Schweigepflicht. Aber er hat dann wohl die Behandlung abgebrochen und vermutlich seine Medikamente auch weggelassen.«

Dieser Umstand war uns neu, Hilde schien gut informiert.

»Und dann wurde auch noch Philipp verdächtigt, wegen dem Feuerzeug. Die stellen sie doch in der betreuenden Werkstatt her, in der er arbeitet. Kalner hat das vielleicht mal von Philipp oder sonst jemandem bekommen, oder er hat es ihm geklaut, um eine falsche Spur zu legen. Da waren nämlich keine Fingerabdrücke drauf.«

Sie kramte in ihrer Handtasche, zog das orangefarbene Feuerzeug heraus, hielt es triumphierend in die Luft und stöhnte: »Dann hätten die mich auch verdächtigen können.«

Mir fiel plötzlich wieder ein, woher ich das Feuerzeug kannte: Der Trauermarsch, der Trauermarsch durchs Dorf für Waldemar, den treuen Schäferhund. Sie hatte die Kerzchen damit angezündet.

»Und die Sache mit den Kreuzen, warum er die beiden mit den Kreuzen aufgespießt hat, gibt es da schon eine Erklärung?«, erkundigte sich Hildegard.

»Das Kind aus den Kirchenakten war das uneheliche Kind seiner Schwester, der Vater ist bis heute unbekannt. Und irgendetwas muss mit dem Baby auch nicht gestimmt haben, man munkelte, es sei behindert gewesen und sei deshalb gleich nach der Geburt gestorben. Kalner hat es wohl nie verkraftet, dass es gestorben ist und auf dem Schindanger begraben wurde. Das Symbol für eine ordentliche Beerdigung ist eben das Kreuz. Das Kreuz bedeutet ja auch Auferstehung, und Kalner hat wohl geglaubt, wenn das Kind auf den Schindanger kommt, hat es keine Möglichkeit, in den Himmel zu kommen. Deshalb hat er die beiden aufs Kreuz gespießt, weil das Kreuz dem Kind verweigert wurde. Vermutlich hat sich der Pfarrer auf Margots Einwirken hin geweigert, das Kind auf dem Friedhof zu bestatten. Die Alten im Dorf erzählen, dass Margot den Pfarrer ständig beeinflusst hat und sehr eifersüchtig war. Sie muss ihn mit irgendeinem Wissen in der Hand gehabt haben. All das muss Kalner jahrzehntelang umgetrieben haben. Wahrscheinlich hat er mehr von den beiden mitbekommen, als diese geahnt haben.«

Cäci nickte mir bestätigend zu: »Vermutlich ist er deshalb auch Mesner geworden, um immer in der Nähe des Pfarrers und der Haushälterin zu sein, um sich irgendwann an ihnen rächen zu können«, folgerte Cäci.

»Ja, aber warum hat er's dann jetzt erst gemacht?«

»Das weiß man nicht, da wird man wahrscheinlich auch nie dahinterkommen. Wenn einer so spinnt, das steigert sich halt, und irgendwann bricht es heraus.«

»Vielleicht hatte er aber auch Angst, dass sie abhauen würden. Die Margot hatte doch eine kranke Schwester in Stuttgart und ist öfter da hingefahren. Es kann sein, er befürchtete, dass sie irgendwann dortbleibt. Und der alte Pfarrer hat doch immer so von Südtirol geschwärmt. Vielleicht hatte Kalner sich gesagt: ›Jetzt oder nie.‹«

»Na ja, das erscheint mir alles sehr spekulativ und es erklärt die Sache mit dem armen Hund vom Müller nicht. Warum wurde der halb eingegraben und ihm ein Kreuz ins Maul gesteckt? Und waren da nicht noch Blumen dabei?«, fragte Hilde.

Ich zuckte mit den Schultern. Cäci schüttelte den Kopf und dachte laut nach: »Das hat garantiert auch eine Bedeutung. Es kann sein, dass er zu der Zeit, als das Kind seiner Schwester gestorben ist, schlechte Erfahrungen mit Hunden gemacht hat, aber das ist alles spekulativ und wird vermutlich nie herauskommen. Und das mit den Blumen ist seltsam, als er mir ein Vesper in mein Gefängnis gebracht hat, waren da auch Blümchen in einem Schnapsglas dabei, Gänseblümchen.«

»Die Tiere müssen halt immer sinnlos leiden«, seufzte die doofe Leichtbekleidete, der Waldemars Schicksal näherging als das des Alt-Pfarrers und seiner Haushälterin.

»Das Leiden von Margot und dem alten Pfarrer war auch nicht gerade sinnvoll«, konterte Cäci.

»Ja schon, aber Tiere werden von Menschen immer nur ausgebeutet. Der Mensch ist der Täter, das Tier ist das Opfer. Wir dürfen die Täter-Opfer-Konstellationen nicht verdrehen. Die Tiere sind uns Menschen schutzlos ausgeliefert und dienen nur dem Kommerz.«

»Ja, so wie deine Lamas …«

»Was soll das nun wieder heißen?«, entrüstete sich Hildegard.

»Du verkaufst doch die Wolle teuer an ›Friderikes Alternatives Wollädelchen‹. Wenn das nicht Ausbeutung im klassischen Sinne ist.«

»Arschloch!«, fauchte sie mich an.

»Weiß eigentlich jemand im Dorf, was mit Kalners Schwester passiert ist? Lebt die noch?«

Hilde wusste wieder am meisten.

»Ja, die ist danach ins Kloster gegangen, wurde wohl Nonne oder so etwas Ähnliches. Von dem Kind wusste aber offensichtlich niemand etwas aus dem Dorf, außer Kalner, dem Pfarrer und wahrscheinlich Margot.«

»Das kann ich mir nicht vorstellen, in so einem Kaff kommt doch alles heraus.«

»Anscheinend nicht, vielleicht haben die sich gegenseitig das Schweigen erpresst.«

Frieda kam mit den Essen.

»Der Salat sieht ja lecker aus und sogar Bio.«

Hilde nahm einen Schluck vom Mineralwasser und rief Frieda nach: »Das Wasser ist lack!«

»Ohne Gas«, rief Frieda fröhlich zurück.

Vorsichtig stocherte die ökologische Hilde im Salat herum und untersuchte jede Bohne und vor allem die dünnen Karottenstreifen, wahrscheinlich auf bedenkliche Rückstände hin. Sie schien keine zu finden. Cäci nahm meine Hand unterm Tisch und verdrehte kurz ihre Ried-Augen in Richtung der stochernden Hildegard. Ich drückte ihre Hand fest.

Ein Zweitaktkreischen vom Oberdorf her kündete den rasenden Deo an. Mit gewohnt kühnem Schwung manövrierte er sein Moped um die Kurve und stieg lachend ab. Wie immer war er ohne Helm unterwegs, sein Auge war noch leicht geschwollen.

»Hallo, ihr drei, dafa mich dazusetza?«

Deo hatte die Predigt für Sonntag schon unter Dach und Fach und wollte sich nach den schrecklichen Ereignissen in seiner Gemeinde einen angenehmen Samstagnachmittag gönnen. Und der beste Ort dazu war der Goldene Ochsen.

»Na, hast du im Beichtstuhl noch was Neues über die Geschichte erfahren?«

Deo schaute mich entsetzt an.

»Aba Dani, da Beichtgeheimnis, ein Pfarra darf niiiiemals, aba weils du bist, ähm, da gibt's doch eina ganz intarassanta Sache, aba ihr düeft niemand erzähla, sonst kann ich meina Beruf verliera wega Beichtgeheimnis. Ihr müsst auf de heiliga Bibal schwöra.«

Die meineidige Hilde hob sofort die rechte Hand und drängte: »Ja, ja, wir schwören ja schon, erzähl, was gibt's? Was hast du Interessantes zu den Morden erfahren?«

Alle rückten wir nahe zusammen, Hilde drückte ihre Schulter einen Tick zu zart an die meinige. Deodonatus hob den Zeigefinger verschwörerisch an seine vollen Lippen: »Aba wirklich niemand saga, sonst bin ich meina Beruf los. Nein, ich kann des nicht saga, meina Berufsethos vabietat mir das.«

Hilde wurde nervös: »Aber Herr Pfarrer, wir schweigen wie ein Grab.«

Deo machte es wirklich spannend.

»Also, mia ist in da Beichtstuhl Folgandes passieat. Aba ich sollte des wirklich nicht saga. Tut mir leid, ich kann nicht.«

»Gut, dann lässt du's halt!«, bemerkte ich kurz.

Deo kam mit seinem Kopf ganz dicht zu den unsrigen und flüsterte kaum hörbar: »Also, bei eina vertraulicha

Beichtgespräch hat eina junga seeehr attraktiva Frau gesagt, der Daniel ist de größta Aschloch in de ganze Dorf.«

Wie auf Knopfdruck wieherten die Synchrongekleideten los. Deodonatus schien plötzlich 70 Prozent mehr Zähne zu besitzen. Weiß strahlte sein kindisches Lachen.

»Der war gut, Deo!«

Die beiden Frauen schienen die besten Freundinnen zu sein.

Deodonatus freute sich am meisten über seinen naiven und missratenen Scherz. Er schlug sich immer wieder auf die kräftigen Schenkel und hatte vor Lachen Tränen in den Augen, vor allem im linken. Ich gönnte es ihm.

»Na, die Damen und Herren sind ja bei bester Laune«, bemerkte eine blonde Stimme.

Deos niveauloser Scherz und die wiederkehrenden, gackernden Lachsalven der einfachen Hilde hatten verhindert, dass ich die Ankunft der kühlen Blonden bemerkte.

Ich streckte ihr die zusammengehaltenen Hände entgegen.

»Bitte, lesen Sie mir meine Rechte vor.«

»Sie sind immer noch gleich infantil, aber ich wüsste schon einen Platz für Sie in einem integrativen Kindergarten.«

Die nicht zurechnungsfähige Hilde verschluckte sich vor Lachen an einem Schluck vom lacken Wasser und Cäcilia bekam einen roten Kopf, weil sie kaum mehr Atemluft anschnorcheln konnte. Deodonatus trommelte völlig enthemmt auf seine Schenkel, sodass ich ernsthafte Verletzungen befürchtete.

»Haaa! Da Dani in da intagrativa Kindagataa. Und da tanzta mit de Kauboistiefa zu de Bibabutzemannlied.«

»Lern du erst mal richtig Deutsch reden, du … du … du Busch-Depp!«

Deodonatus brüllte vor Lachen, ich hatte Angst, dass ihm sein zugegebenermaßen makelloses Gebiss aus dem Gesicht fallen könnte. Tränen primitivster Freude liefen ihm die dunklen Wangen herunter.

»Ja, so wie du«, dann versuchte er meine dunkle Stimme nachzuahmen »… hei, Beibi, willsta mit meina Halay mitfahra?«

Das Gelächter im Kontext dieses wirklich schlechten Witzes war unerträglich. Die lächerliche Kommissarin hatte ebenfalls einen roten Kopf und rieb sich mit dem Handrücken die Tränen aus den Augen.

Und Deo setzte noch einen drauf: »Vielleicht nimmsta wieda mal da rota dralla Fräulen Suse mit, dann brauchsta keina Airbag an de Halay, die hata zwei.«

Das Lachen der drei schwoll zum hysterischen Gekreische an. Auch die Blonde bekam kaum mehr Luft. Von einem Geistlichen, auch wenn er Massai war, hätte ich deutlich mehr Niveau erwartet. Ich stand auf und bemerkte souverän: »So, ich gehe jetzt – aufs Klo.«

Das Gelächter hinter mir war nicht mehr zu überbieten. Frieda stand fassungslos, aber in diskreter Distanz im Eingang. Deo, mein ehemaliger Freund, rief mir nach: »Aahh, auch da Kauboi muss scheißaaa!«

Die vier kringelten sich. Frieda klopfte mir beruhigend auf die Schulter, als ich mich an ihrem feisten Leib vorbeizwängte: »Reg dich nicht auf! Da merkt man, dass die ganze Last jetzt erst abfällt.«

»Schon, aber nicht auf meine Kosten.«

Vom Klo aus stieg ich direkt auf mein Eisen. Der schwarze Sattel war unanständig heiß. Frieda rief mir nach: »Was ist denn mit dir los?«

Die Katze mit dem schwarz-weißen Schwanzende, die

Motorradfahrer schätzte, hatte mich bis zu meiner Harley verfolgt und wollte mich zum Hierbleiben überreden.

Ich drückte den Anlasser und erweckte den 1600 Kubikzentimeter starken V2-Motor stampfend zum Leben. Cäci rief mir noch irgendetwas zu, das ich nicht verstand. Ich wollte einfach ein bisschen den Kopf leer fahren. Die Katze blieb ratlos in der Sonne stehen, ihre Schwanzspitze zuckte verärgert hin und her.

Warum ich an der Kapelle anhielt, wusste ich nicht. Hier hatte es angefangen. Ich stieg ab, ging durch das Zirpen der Grillen und das Gesumme von Bienen und Fliegen in die Kapelle. Irgendjemand hatte irgendwelche Blumen mitten in den zerfallenen Raum gelegt. Und immer noch schien der Geruch von Verwesung im Raum zu hängen. Ich setzte mich auf eine zerfallene Mauer und wusste nicht, wann ich beschlossen hatte, wieder in den Ochsen zurückzukehren. Ein weiteres WalderBräu naturtrüb hell konnte bei dieser Schwüle nicht schaden. In der Ferne über dem Höchsten türmten sich weiße Wolken mit dunklen Rändern auf. Ich wischte mir den Schweiß von der Stirn. Noch einmal schaute ich mir das welke Sträußchen Blumen auf dem Boden an. Rührung umfing mich.

»Ein richtiger Winter wäre auch mal wieder schön.«

1958

Josef hielt seiner Schwester die Hand. Sie atmete schwer. Der Bruder schaute besorgt zum Lager. Trotz des kleinen Ofens war es bitterkalt im Raum.

»Soll ich wirklich nicht die Hebamme holen?«

Er sprang auf und hastete zur Tür. Die junge Frau weitete ängstlich die Augen und stöhnte: »Auf keinen Fall, lass mich nur nicht allein. Bitte, Josef, bleib hier.«

Sie streckte flehend die blasse Hand zum Bruder hin. Er kehrte an ihr notdürftiges Lager zurück.

»Bleib ruhig, ich geh nicht weg, wenn du's nicht willst.«

»Danke, wir schaffen's auch so zusammen.«

Josef war sich nicht sicher. Ängstlich rieb er sich die vor Kälte blauen Hände.

»Sag mir, was ich machen soll, wenn's Butzele kommt.«

Er war wieder aufgesprungen und ließ sich von seiner Schwester erneut die Sache mit der Nabelschnur erklären.

Er griff zu seinem Taschenmesser, das er schon neben dem einfachen Lager seiner Schwester bereitgelegt hatte.

»Ich mach's noch mal scharf.«

Bis jetzt hatte die junge Frau ihre Schwangerschaft verheimlichen können. Sie hatte gehofft, Weihnachten ohne Kind zu sein, eigentlich war es nach ihrem Gefühl noch viel zu früh für die Geburt. In zwei Tagen war schon Heiligabend. Das Fest der Liebe. Doch nun war es so weit. Nur ihr Bruder und der Vater des Kindes wussten davon.

Sie hatte so gehofft, dass er auch dabei sein würde. Bis jetzt hatte sie gehofft.

Josef schrie: »Was ist das?«

»Die Fruchtblase, sie ist geplatzt.«

Völlig verunsichert starrte er auf den größer werdenden feuchten Fleck.

»Ist das normal, so viel?«

Er hatte Schweiß auf der Stirn.

»Was kann ich tun? Kommt das Butzele jetzt gleich?«

»Josef, hol bitte den Pfarrer, wer weiß, was passiert«, bettelte sie unter heftigem Wehenschmerz.

»Warum denn den Pfarrer? Dir geht's doch gut, oder?«

Sie wusste, dass Josef ihr den Wunsch, den Pfarrer zu holen, nicht mehr abschlagen würde. Der Pfarrer sollte mit dabei sein, wenn das Kind zur Welt kam. Aber der junge Pfarrer war ihr gegenüber ablehnend, seit sie ihm gesagt hatte, dass sie ein Kind erwartete, er wollte nun nichts mehr von ihr wissen. Er habe damit nichts zu tun, das Kind sei nicht von ihm. Sie wusste aber, dass das Kind nur von ihm sein konnte.

Und als sie sich an die Leidenschaft erinnerte, mit der sie sich geliebt hatten, schrie sie voller Wut: »Hol ihn einfach, er gehört dazu!«

»Warum den Pfarrer, wir brauchen die Hebamme! Ich kann das doch alles nicht.«

Die Schwester schrie.

Als Josef atemlos beim Pfarrer ankam und um Hilfe für seine Schwester bat, schüttelte dieser nur den Kopf.

»Ich bin doch keine Hebamme. Mit der Sache habe ich nichts zu tun. Pass du mal besser auf deine Schwester auf.«

Auch seine Haushälterin war aus der Dunkelheit eines Zimmers wie eine Spinne im Netz auf ihn zugestürzt und hatte ihn zur Tür hinausgeschoben und fluchte ihn an. Das Luder solle sich um sich selbst kümmern. Der Herr Pfarrer müsse sich vor Weihnachten um andere Dinge kümmern als um einen Bastard, ein Hurenkind.

Josef rannte verschüchtert zur Schwester zurück. In der Kirchenwerkstatt neben der Garage hatte er ihr ein bescheidenes Lager hergerichtet, als sie meinte, dass es wohl bald losginge.

In der Werkstatt durfte er seit dem Sommer immer wieder arbeiten. Der Pfarrer, der in letzter Zeit sehr freundlich zu ihm war, gab ihm dafür sogar gelegentlich ein Taschengeld. Gern räumte er dafür die alten Gräber ab, hielt die Werkstatt sauber und ging dem gebrechlichen Mesner zur Hand.

Den Ofen hatte er kräftig eingeheizt, als seine Schwester ihn drängte loszugehen. Im Raum war es jedoch im Laufe der Stunden noch ein bisschen kälter geworden.

»Kommt er?«, rief sie ihm vom Lager aus zu.

»Vielleicht. Er war noch beschäftigt.«

Die Schwester schimpfte und fluchte. Sie weinte und schrie. Josef lief verzweifelt auf und ab.

Aus dem VW-Käfer des jungen Pfarrers, der in der Werkstatt seine Garage hatte, holte er eine karierte Wolldecke und legte sie zusätzlich über seine Schwester. Als die Wehen nach einer kurzen Pause sich steigernd wieder einsetzten, sprang er auf und rief: »Ich halt das nicht mehr aus, wie lange geht das denn noch?«

»Es wird schon kommen«, jammerte seine Schwester und presste.

In den Kanonenofen legte er noch geschwind ein paar Buchenholzscheite nach.

Es ging lange, bis es kam, viel zu lange. Es blieb Zeit, und Josef erfragte, die Wehen seiner Schwester ausnutzend, das, was er schon lange ahnte: »Sag doch endlich, wer der Vater ist! Warum hast du mich ausgerechnet zum Pfarrer geschickt und nicht zur Hebamme?«, schrie er sie an.

»Das geht dich nichts an!«

»Mir ist es doch egal, wer der Vater ist, ich freu mich doch so, Onkel zu werden. Dann hab ich endlich mal was Sinnvolles zu tun. Onkel Josef, das hört sich gut an. Ich mach auch den Götte, wenn du mir sagst, wer der Vater ist.«

Er setzte sich zu ihr und nahm ihre Hand.

»Das kann ich dir nicht sagen.«

»Warum denn nicht?«

»Der Vater leugnet es.«

»Warum?«

»Das kann ich nicht erzählen.«

»Ich bin doch dein Bruder.«

Sie fing an zu weinen und schlug die Hände vors Gesicht. Die Wehen wurden stärker.

»Und immer, wenn wir mit seinem Auto unterwegs zum Wäldchen waren, hat er mir die ewige Liebe geschworen und gesagt, dass er den falschen Beruf ergriffen hätte.«

»Es gibt nur drei Autos im Dorf. Gib doch endlich zu, dass es der Pfarrer ist, das Schwein!«

»Lass mich in Ruhe, es wird auch nicht besser, wenn du weißt, wer der Vater ist.«

»Besser wird es nicht, aber ich werde ihn mir vorknöpfen. Den Spaß, den hat er gehabt, aber das Kind will er nicht.«

»Er sagt, es sei nicht von ihm. Wem glaubt man mehr, einem Pfarrer oder der Tochter eines Bäckers?«

Nun war es heraus. Josef hielt seiner Schwester fest die Hand. Er hatte es geahnt. Der Pfarrer, das Schwein.

Die Wehenintervalle wurden immer kürzer.

Als der Kopf des Kindes kam, erschrak Josef. Er hatte noch nie bei einer Geburt assistiert, er wusste jedoch, dass *so* ein Kinderkopf nicht aussehen durfte. Das Neugeborene bewegte sich schwach, nachdem es Josef mit seinem scharfen Taschenmesser abgenabelt hatte. Er wickelte es in die karierte Decke aus dem VW des Pfarrers.

»Ich will mein Butzele sehen«, forderte die Schwester schwach.

»Lieber nicht.«

Der unförmige Kopf des Kindes war blau-schwarz verfärbt, nach wenigen Minuten ließen die schwachen Bewegungen der Ärmchen und Beinchen nach und dann war es einfach gestorben.

Josef war aufgewühlt wie nie in seinem Leben. Die Schwester wimmerte und lag bleich auf dem primitiven Lager, sie hatte ihr Kind kurz angeschaut und gesehen, dass der Tod die gnädigste Lösung für das Kleine gewesen war.

Josef packte seine Schwester an den Schultern und schüttelte sie: »Wir müssen es sofort beerdigen, dann erfährt auch niemand davon.«

»Man soll es aber erfahren, es ist mein Kind, ich will, dass man es tauft. Ich will nicht, dass es in die Hölle kommt.«

»Es ist tot, man kann es nicht taufen!«, schrie Josef verzweifelt.

»Ich will, dass es anständig beerdigt wird. Es braucht ein Sakrament, sonst holt es der Teufel. Dann geh ich halt selbst zum Pfarrer mit dem Kind.«

Josef drückte sie sanft auf die Matratze zurück.

»Nein! Doch, er soll es noch segnen, du hast recht, er soll es auch noch sehen. Er darf seinem eigenen Kind den Weg in den Himmel nicht versperren, seiner Missgeburt.«

Josefs Augen funkelten voller Zorn, als er an den Pfarrer und seine Haushälterin dachte. Er ging mit festen Schritten im Raum auf und ab, die Arme hatte er über seinem Kopf verschränkt. Er überlegte. Plötzlich drehte er sich zum leblosen Kind und wickelte das missgestaltete Baby liebevoll in die karierte Decke, bis nichts mehr zu sehen war.

»Dein Kind wird einen Segen bekommen«, flüsterte er seiner Schwester zu und eilte mit dem Bündel im Arm die wenigen Schritte zum Pfarrhaus.

»Das ist Ihr Kind, ich weiß alles und kann es auch beweisen«, log Josef und öffnete die Wolldecke.

Die Haushälterin schrie auf, der Pfarrer wich entsetzt zurück.

»Das ist vom Teufel!«, flüsterte Margot und bekreuzigte sich.

»Ist das Kind von dir?«, fuhr sie den Pfarrer an.

Der junge Sütterle gab keine Antwort. Er war blass.

»Meine Schwester will, dass es anständig beerdigt wird.«

»Das geht nicht, es ist nicht getauft.«

Margot fauchte: »Die Missgeburt ist vom Teufel, die kommt nicht auf den Gott'sacker, die begräbst du auf dem Schindanger, und wehe, du erzählst jemandem davon. Das bekommen wir schon alles hin, höre nur auf mich.«

»Meine Schwester will aber ...«

»Deine Schwester hat gar nichts zu wollen! Du fährst jetzt noch mit dem Herrn Pfarrer zum Schindanger, er hilft dir. Und wenn du deinen Mund hältst, dann können wir dir vielleicht eine gute Arbeit besorgen, bei der Kirche. Irgendwo anders findet so einer wie du doch keine Anstellung!«

Der Pfarrer nickte. Schweigend holten sie das Grabwerkzeug aus der Werkstatt und legten es in den Frontkofferraum des VW-Käfers. Nicht einen Blick warf der Pfarrer auf die junge Frau, mit der er vor knapp einem Jahr ein leidenschaftliches Verhältnis angefangen hatte.

Vom Matratzenlager her rief Josefs Schwester: »Hermann, du Schwein, wenn du unser Kind nicht segnest, bring ich dich um!«

Pfarrer Sütterle und Josef fuhren mit durchdrehenden Hinterrädern durch den Schnee Richtung Hagelloch zum Schindanger. Josef hielt das Bündel, erst jetzt fiel ihm der eigenartige Geruch auf – es roch nach Metzgerei.

Am nächsten Tag mühte sich Josef durch den hohen Schnee zum Schindanger, er trug einen Rucksack. Darin hatte er ein Tannenkränzchen und ein ewiges Licht. Er hatte seiner Schwester versprochen, das Grab zu schmücken. Und im Frühjahr und im Sommer, auch im Herbst würde er immer frische Blumen von den Wiesen hinbringen.

Für immer würde er den unscheinbaren Ort schmücken. Es hat es einfach verdient, dass man es nicht vergisst. Auch eine Missgeburt soll ein schönes Grab haben.

Und dem Pfarrer und seiner Hauserin würde er es noch heimzahlen – sie hatten versprochen, er könne als Mesner bei ihnen anfangen, wenn er das Maul halten würde. Er würde bestimmt einen Weg finden, sie an ihre Sünden zu erinnern. Sein Maul würde er schon halten, aber …

Als er zum Grab kam, hörte er schon von Weitem den Hund. Entsetzt beschleunigte er seine Schritte. Der Köter zerrte knurrend an dem kleinen eingewickelten Leichnam, der im gefrorenen Boden nicht tief genug beerdigt worden war. Gott sei Dank hatten sie ihn gestern fest eingebunden. Josef griff zu einem Stecken und verscheuchte den Hund. Der zog sich in den Wald zurück und beobachtete das Geschehen aus sicherer Entfernung. Kalner ließ den kleinen Tannenkranz und das ewige Licht an Ort und Stelle, packte das Bündel mit dem toten Kind in den Rucksack, stapfte durch die Kälte nach Hause und holte Spitzhacke und Schaufel. Als er wieder am Schindanger ankam, war das Kind noch sicherer in Leinen und Wachstuch eingeschnürt. Er hatte auch eine ganze Flasche Kölnisch Wasser über den Stoff geleert, um den Geruch des toten Körpers zu verfälschen.

Josef schlug ein tiefes Loch in den gefrorenen Boden. Der Hund war immer noch da und beobachtete aus sicherer Distanz, wie die Arbeit beendet wurde.

»Der Drecksköter, der dreckige, wird dir nichts mehr tun!«

Mit seinem Vesperbrot, das er, weil es im Rucksack neben dem Bündel gelegen hatte, nicht mehr essen wollte, lockte er den Hund an, der immer noch auf schnelle Beute hoffte, und erschlug ihn mit der Spitzhacke.

Der junge Pfarrer Sütterle sorgte dafür, dass die Mutter seines toten Kindes im nahen Kloster als Küchengehilfin unterkam. Vom schlechten Gewissen geplagt, trug er, ohne dass Margot es wissen sollte, die Sterbe- und Geburtsdaten des Kindes ins Kirchenbuch ein. Auch den Namen der Mutter setzte er weinend dazu. In die Spalte ›Vater‹ setzte er das Wort ›unbekannt‹. Margot beobachtete ihn heimlich aus dem Nebenraum. Sie schüttelte den Kopf und murmelte: »Du Schafseckel!«

ENDE

Weitere Krimis finden Sie auf den folgenden Seiten und im Internet: www.gmeiner-verlag.de

MANFRED BOMM

Kurzschluss

420 Seiten, Paperback.
ISBN 978-3-8392-1049-9.

HOCHSPANNUNG In einem See am Rande der Schwäbischen Alb wird ein Angestellter des kleinen örtlichen Energieversorgers tot aufgefunden – mit einem Stein um den Hals im Wasser versenkt. Er hatte die Aufgabe, täglich die Entwicklungen an der Leipziger Strombörse zu verfolgen, um bei günstigen Notierungen den Bedarf für die nächsten Jahre zu ordern.

In der Wohnung des Ermordeten findet Kommissar August Häberle mehrere selbst produzierte Dokumentarfilme über die Energiewirtschaft. Und dann erreicht ihn die Nachricht von einer weiteren Leiche – in einem See im fernen Mecklenburg-Vorpommern, versenkt mit einem Stein …

UTA-MARIA HEIM

Totenkuss

279 Seiten, Paperback.
ISBN 978-3-8392-1059-8.

DA ZIEHT'S DIR DOCH DIE SCHUHE AUS MITSAMT DEN SOCKEN! Der Serienmörder Olaf Hahnke ist aus Stuttgart-Stammheim ausgebrochen. Ein Skandal bahnt sich an, der rote Karle flucht, und KHK Timo Fehrle träumt davon, endlich den Fall seines Lebens zu lösen. Nur Karles Schwester Rosa weiß, schuld an allem ist der Totenkuss.

Ein schwarzhumoriger Psychothriller über die Nachtseite des Schwabenlands, das hinunterreicht bis in die Toskana. Das Grauen wartet überall. Die Spirale des Wahnsinns eskaliert.

GMEINER

Wir machen's spannend

FRIEDERIKE SCHMÖE
Bisduvergisst

274 Seiten, Paperback.
ISBN 978-3-8392-1034-5.

ZEIT DES VERGESSENS Sommer 2009, während der »Landshuter Hochzeit«. Als die 82-jährige Irma Schwand die niederschmetternde Diagnose Alzheimer erhält, beauftragt sie die Münchner Ghostwriterin Kea Laverde, ihre Erinnerungen aufzuschreiben. Die Autobiografie ist für ihre Enkelin Julika bestimmt. Doch kurz nach dem letzten Interview mit Irma wird das Mädchen ermordet aufgefunden.

Während der Kokon des Vergessens sich immer enger um die alte Dame schließt, entdeckt Kea, dass Irma jahrzehntelang einen Mord gedeckt hat – eine Tat, die in den letzten Wochen des 2. Weltkriegs geschah …

GABRIELE DIECHLER
Engpass

276 Seiten, Paperback.
ISBN 978-3-8392-1042-0.

ALTLASTEN Nachdem sie ihren Mann mit einer anderen erwischt hat, verlässt die Kriminalpsychologin Elsa Wegener Hals über Kopf Köln, um im bayerischen Unterwössen beruflich wie privat neu anzufangen. In dem idyllischen Dorf nahe des Chiemsees wird sie nicht gerade mit offenen Armen empfangen. Und auch Anna, Elsas pubertierende Tochter, ist von ihrer neuen Heimat alles andere als begeistert. Doch Elsa bleibt kaum Zeit, über solche Probleme nachzudenken. Als die Leiche einer zwanzig Jahre lang vermissten Frau entdeckt wird, hat sie der Arbeitsalltag längst eingeholt …

GMEINER

Wir machen's spannend

ONO MOTHWURF

Werbevoodoo

276 Seiten, Paperback.
ISBN 978-3-8392-1033-8.

BAYERISCHER VOODOO Zwei Armbanduhren, die um 23:24 Uhr stehen bleiben. Ein Herz, das um 23:24 Uhr stehen bleibt.

»Für Voodoo sind wir nicht zuständig, Wondrak. Das ist ein Fall für einen Parapsychologen auf Pro 7, nicht für die Kripo Fürstenfeldbruck.«

»Es gibt nur zwei, denen ich gehorche«, sagte Wondrak darauf. »Der eine ist mein Chef. Die andere ist Charlotte. Und Charlotte sagt mir, dass das ein Fall für mich ist. Hier geht's um Mord.«

Wondraks Katze Charlotte hat den richtigen Riecher! Denn dies ist erst der Auftakt zu einer ganzen Serie rätselhafter Todesfälle in einer Starnberger Werbeagentur …

PIERRE EMME

Pizza Letale

276 Seiten, Paperback.
ISBN 978-3-8392-1055-0.

HENKERSMAHLZEIT »Hilfe, ich wurde … vergiftet, der … Pizzamann …« Wilhelm Sanders Anruf bei der Notrufzentrale in Wien-Döbling kommt zu spät – die alarmierten Polizisten können nur noch seinen Tod feststellen. Der Pizzabote ist schnell ausfindig gemacht. Es sieht nicht gut für ihn aus, als man auch noch ein ominöses Fläschchen in seiner Jackentasche entdeckt. Doch dann wird eine stadtbekannte Politikerin ermordet und Kriminologe Mario Palinski findet heraus, dass beide Fälle zusammenhängen …
Aber auch privat hat Palinski alle Hände voll zu tun: Nach 27 Jahren wilder Ehe will er seiner Wilma endlich das Ja-Wort geben.

GMEINER

Wir machen's spannend

Das neue KrimiJournal ist da!

2 x jährlich das Neueste aus der Gmeiner-Krimi-Bibliothek

KRIMIJournal

Wien hard-boiled

E-Books

Tödliches Spiel

In jeder Ausgabe:

- Vorstellung der Neuerscheinungen
- Hintergrundinfos zu den Themen der Krimis
- Interviews mit den Autoren und Porträts
- Allgemeine Krimi-Infos
- Großes Gewinnspiel mit ›spannenden‹ Buchpreisen

ISBN 978-3-89977-950-9
kostenlos erhältlich in jeder Buchhandlung

KrimiNewsletter

Neues aus der Welt des Krimis

Haben Sie schon unseren KrimiNewsletter abonniert?
Alle zwei Monate erhalten Sie per E-Mail aktuelle Informationen aus der Welt des Krimis: Buchtipps, Berichte über Krimiautoren und ihre Arbeit, Veranstaltungshinweise, neue Krimiseiten im Internet, interessante Neuigkeiten zum Krimi im Allgemeinen.
Die Anmeldung zum KrimiNewsletter ist ganz einfach. Direkt auf der Homepage des Gmeiner-Verlags (www.gmeiner-verlag.de) finden Sie das entsprechende Anmeldeformular.

Ihre Meinung ist gefragt!

Mitmachen und gewinnen

Wir möchten Ihnen mit unseren Krimis immer beste Unterhaltung bieten. Sie können uns dabei unterstützen, indem Sie uns Ihre Meinung zu den Gmeiner-Krimis sagen! Senden Sie eine E-Mail an gewinnspiel@gmeiner-verlag.de und teilen Sie uns mit, welches Buch Sie gelesen haben und wie es Ihnen gefallen hat. Alle Einsendungen nehmen automatisch am großen Jahresgewinnspiel mit ›spannenden‹ Buchpreisen teil.

GMEINER

Wir machen's spannend

Alle Gmeiner-Autoren und ihre Krimis auf einen Blick

ANTHOLOGIEN: Mords-Sachsen 4 • Sterbenslust (2010) • Tödliche Wasser • Gefährliche Nachbarn • Mords-Sachsen 3 • Tatort Ammersee (2009) • Campusmord (2008) • Mords-Sachsen 2 (2008) • Tod am Bodensee • Mords-Sachsen (2007) • Grenzfälle (2005) • Spekulatius (2003) **ARTMEIER, HILDEGUND**: Feuerross (2006) • Drachenfrau (2004) **BAUER, HERMANN**: Verschwörungsmelange (2010) • Karambolage (2009) • Fernwehträume (2008) **BAUM, BEATE**: Ruchlos (2009) • Häuserkampf (2008) **BECK, SINJE**: Totenklang (2008) • Duftspur (2006) • Einzelkämpfer (2005) **BECKMANN, HERBERT**: Mark Twain unter den Linden (2010) • Die indiskreten Briefe des Giacomo Casanova (2009) **BEINSSEN, JAN**: Feuerfrauen (2010) **BLATTER, ULRIKE**: Vogelfrau (2008) **BODE-HOFFMANN, GRIT / HOFFMANN, MATTHIAS**: Infantizid (2007) **BOMM, MANFRED**: Kurzschluss (2010) • Glasklar (2009) • Notbremse (2008) • Schattennetz • Beweislast (2007) • Schusslinie (2006) • Mordloch • Trugschluss (2005) • Irrflug • Himmelsfelsen (2004) **BONN, SUSANNE**: Der Jahrmarkt zu Jakobi (2008) **BODENMANN, MONA**: Mondmilchgubel (2010) **BOSETZKY, HORST (-KY)**: Unterm Kirschbaum (2009) **BOENKE, MICHAEL**: Gott'sacker (2010) **BÖCKER, BÄRBEL**: Henkersmahl (2010) **BUTTLER, MONIKA**: Dunkelzeit (2006) • Abendfrieden (2005) • Herzraub (2004) **BÜRKL, ANNI**: Schwarztee (2009) **CLAUSEN, ANKE**: Dinnerparty (2009) • Ostseegrab (2007) **DANZ, ELLA**: Rosenwahn (2010) • Kochwut (2009) • Nebelschleier (2008) • Steilufer (2007) • Osterfeuer (2006) **DETERING, MONIKA**: Puppenmann • Herzfrauen (2007) **DIECHLER, GABRIELE**: Engpass (2010) **DÜNSCHEDE, SANDRA**: Todeswatt (2010) • Friesenrache (2009) • Solomord (2008) • Nordmord (2007) • Deichgrab (2006) **EMME, PIERRE**: Pizza Letale (2010) • Pasta Mortale • Schneenockerleklat (2009) • Florentinerpakt • Ballsaison (2008) • Tortenkomplott • Killerspiele (2007) • Würstelmassaker • Heurigenpassion (2006) • Schnitzelfarce • Pastetenlust (2005) **ENDERLE, MANFRED**: Nachtwanderer (2006) **ERFMEYER, KLAUS**: Tribunal (2010) • Geldmarie (2008) • Todeserklärung (2007) • Karrieresprung (2006) **ERWIN, BIRGIT / BUCHHORN, ULRICH**: Die Gauklerin von Buchhorn (2010) • Die Herren von Buchhorn (2008) **FOHL, DAGMAR**: Das Mädchen und sein Henker (2009) **FRANZINGER, BERND**: Leidenstour (2009) • Kindspech (2008) • Jammerhalde (2007) • Bombenstimmung (2006) • Wolfsfalle • Dinotod (2005) • Ohnmacht • Goldrausch (2004) • Pilzsaison (2003) **GARDEIN, UWE**: Die Stunde des Königs (2009) • Die letzte Hexe – Maria Anna Schwegelin (2008) **GARDENER, EVA B.**: Lebenshunger (2005) **GIBERT, MATTHIAS P.**: Bullenhitze (2010) • Eiszeit • Zirkusluft (2009) • Kammerflimmern (2008) • Nervenflattern (2007) **GRAF, EDI**: Bombenspiel (2010) • Leopardenjagd (2008) • Elefantengold (2006) • Löwenriss • Nashornfieber (2005) **GUDE, CHRISTIAN**: Homunculus (2009) • Binärcode (2008) • Mosquito (2007) **HAENNI, STEFAN**: Brahmsrösi (2010) • Narrentod (2009) **HAUG, GUNTER**: Gössenjagd (2004) • Hüttenzauber (2003) • Tauberschwarz (2002) • Höllenfahrt (2001) • Sturmwarnung (2000) • Riffhaie (1999) • Tiefenrausch (1998) **HEIM, UTA-MARIA**: Totenkuss (2010) • Wespennest (2009) • Das Rattenprinzip (2008) • Totschweigen (2007) • Dreckskind (2006) **HUNOLD-REIME, SIGRID**: Schattenmorellen (2009) • Frühstückspension (2008) **IMBSWEILER, MARCUS**: Altstadtfest (2009) • Schlussakt (2008) • Bergfriedhof (2007) **KARNANI, FRITJOF**: Notlandung (2008) • Turnaround (2007) • Takeover (2006) **KEISER, GABRIELE**: Gartenschläfer (2008) • Apollofalter (2006) **KEISER, GABRIELE / POLIFKA,**

GMEINER

Wir machen's spannend

Alle Gmeiner-Autoren und ihre Krimis auf einen Blick